家国十年

红色少年日记

张新蚕 著

人民出版社

再 版 说 明

本书从一个少年的视角回顾了20世纪六七十年代作者的亲身经历和成长过程。

作者珍藏多年的日记真实纪录了那个特殊年代的社会文化，通过这些作者的亲身经历，再现了那个特殊年代青年人的思想面貌，为研究一个特殊的历史时期的社会现象做了一个真实的记录。

五位知名专家的点评，旨在让读者更好地了解当年的历史背景。由于作者特殊年代的认识水平所限，对许多人物、事件的看法有其历史的局限性，为尊重历史，在本书再版时未做较大改动，特此说明。

目　录

作者少女照

内容简介与评说

一、在乡村舞台上翩翩起舞

《家国十年——红色少年日记》作者 / 张新蚕

　　此次《家国十年——红色少年日记》的再版，篇幅和排序均略有压缩和调整。从头至尾通读统览一遍，再一次勾起了我对过往光阴的回首和感慨，为能给亲爱的祖国留下一部厚厚的作品而深感庆幸和欣慰。

　　如果把此书比作一台摄像机，那么全书摄下了特定年代"中学红卫兵"从产生、发展，直至走向解体的全过程。

　　也许有人会问：当年中国的教育界到底发生了什么问题？稚嫩可爱的孩子们为什么要去揪斗"牛鬼蛇神"，参与大批判、大斗争？少数人甚至于手持刀械参加派系间的武斗，小小年纪做出无畏牺牲，以至于亡命九泉。

　　此外，知识青年也是本书叙事的另一个重点。

　　少男少女们正当妙龄，正值花季，集体户一度成了他们陌生、新鲜、赖以生存的家。在少男少女们身上发生的许多故事，令人忍俊不已；同吃同住同劳动中的诸多细节，妙趣横生，群体形象逼真动人，众多农民和农村基层干部的形象不时也跃然纸上，栩栩如生。

此书难得之处在于她的朴实无华，在于日记体叙事面的宽泛和女性笔触的细腻。尤其值得一提的是，因叙事取材于特定历史时期的"家"与"国"，原生态叙事风格始终徜徉于全书，这就使得"家"的生活情结浓郁厚重，"国"的画面浓墨重彩，时代特色鲜明，读来令人吃惊和发人深思。

我想，但凡有过红卫兵和知青经历的同龄人，当你们扎下心来潜心地读下去，读着读着，一时间恍然回到了昔日的岁月，生命历程中曾经迸发

作者11岁小学学生照，
从此步入少女时代

作者当年用过的书包
和红宝书

红小兵战地

出的豪情壮志，以及人生极其宝贵的、那些金光闪闪的思想的火花，也会让我们的眼睛湿润起来。不是吗？当年集体户的同学们，满怀激情，置身于广阔天地，日出而耕，日落而息，与贫下中农一起，战天斗地，无私无畏，谱写了一曲曲可歌可泣的洋溢着集体主义精神的赞歌。那时，我们带着理想的金项链，不时在乡村舞台上翩翩起舞，从而留下了无法抹去的历史的足迹。

此书直面社会现实，字数近 30 万。当年写下这些文字，并非作者有意而为之，但无意中却有幸保存下来。偶然发现时，轮廓小小的 5 本日记毫发无损，静静地、规规矩矩地躺在一个旧得不成样子的木箱子里面，掐指一算，悠悠岁月已过去了近 50 年。

半个世纪后的今天，作者和编者决定在全书加入极为珍贵的若干图画、老照片、15 篇补记，以及请出国内 5 位著名的教授、专家参与点评和注释，以此来增强作品的可读性，并纠正小作者叙事时所产生的诸多认识上的偏差，指出红卫兵们当年所受极左思潮的毒害和影响。

2018 年 7 月

写于春蚕工作室

吴福辉教授

二、人物众多，呼之欲出

中国现代文学馆原副馆长／吴福辉

　　《家国十年·——红色少年日记》的价值一眼就能识别，并不需要怎样深奥的学问和多么敏锐的见地。它的历史价值在于它是一种"民间文本"，从中我们能看到"时代少年"成长的文化人格模式，这不是个别的，而是时代群体的缩影。这个缩影轮廓清晰，线条优美，人物众多，呼之欲出，是了解、认识我们共和国成长历史的一部重要文献资料，也是中国人自己教育自己的一面镜子。

　　此书从始至尾穿插着对家庭和亲情关系的描写，更多的见诸于补记文章。这些"补记"与日记的内容有机地组合在一起，相互衔接，前后呼应，文字流畅，构思巧妙，展露出作者的文学功底和功力，具有较高的文学价值。

　　史无前例的"文化大革命"，从1966年算起，已经过去整整五十多个年头了。用鲁迅的话来说，"忘却的救世主"已然降临。今天，面对这部厚重的作品，即便是加了很多解释性附类的文字，我想我们的后代或者后后代，许多地方读来还是会觉得如同雾里看花，不甚了然，或许竟会发出疑问：这是可能的事吗？很不幸，这本日记的第一位的价值正是它的"真实"，真实到如入其境，真实到毫发毕现，连同它的缺点也是真实的。假如你不耐烦了，请不要把书放下，这就是你的父辈、祖辈们所经历过的，而且千万不要以为是与自己无关的历史。一个民族的历史从来就是连续的，哪怕是出现"五四"那样一个区分现代和古代的断裂的运动，回过头再去看，还是有其"连续"的一面。不然，我们又如何解读"文化大革命"在现代中国的出现呢？我们又如何解释去山西洪洞县关过苏三（京剧《苏三起解》里的苏三，且勿论其有无）的监牢里参观，会冷不丁地想到"文

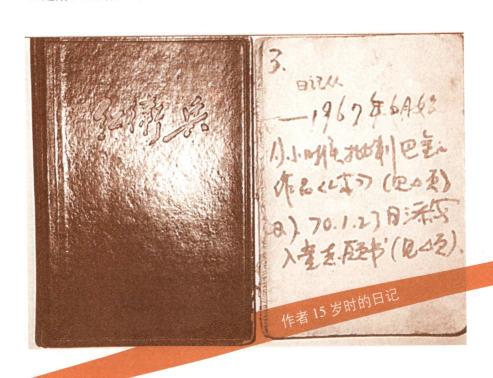

作者 15 岁时的日记

革"中各种古老刑法的沉渣泛起呢？

是的，每一代青年都有自己的尊严，当年的少年红卫兵一代，上山下乡的知青一代，也同样有着她们的尊严。我们不能全盘否定她们年轻时赖以生存的社会基础和物质基础。同时，我们也不能把疗疮当作烂漫鲜花来看待。我们只能否定我们应该否定的东西，挣脱掉一个时代套在人们身上的枷锁，不能靠别人，只有靠自己。

我盼望留住自己的那段青春的日子，我又诅咒那个荒唐的年月。呜呼！那个我最好的年纪和无谓浪费的珍贵时间，是永远也回不来了，而我自己正在逐渐地老去。同时我也想过，像《家国十年——红色少年日记》这样保存于民间、时间跨度长达半个世纪的文本，它所具有的那份记录的逼真性、丰富性和思索性，是永远不会老去的。至于比我们更下一代的人们，我相信他们比我们更聪明，更善于总结以往，开辟未来。

2016 年 8 月于京城小石居

张颐武教授

三、忍俊不禁，流连忘返

北京大学中文系教授／张颐武

今天，当《家国十年——红色少年日记》摆上案头的时候，也将一个时代摆在了我们的面前，这个时代距今整整过去了50个年头。

自20世纪80年代以来，在学术界和思想界曾出现过几次二元对立的大争论。有人将那个时代描述得阴森可怖，充满了压抑和痛苦，也有人将那个时代视为一种不同于今天国情的"历史定格的显现"，南辕北辙，泾渭分明。

此书既不是二元中的一元，也不是对"文革十年"的追踪和回忆，而是少年红卫兵在时代潮流中的自我写照。

书中没有复杂隐秘的"宫廷内幕"式的描写，却真实地再现了大动荡年代的小城社会。从描写在家里养鸡的细节，到有关大姨夫的有趣的人生故事；从干部子弟的优越感到父母被批斗的悲哀；从干部家庭在"文革"

中的跌宕起伏，到轰轰烈烈的上山下乡；从步入大学校门的亢奋，到毛泽东主席逝世后的痛悼……总之，作者写出了中学校园及小城社会的大浪淘沙，以及国家、家庭、个人之命运，已完全为政治运动的多变所左右。

此外，书中也透露了那个时代人与人之间的一种相对单纯的关系，一种互相关切和相互帮助的道德风尚，一种高尚无私和真诚奉献的存在，一种个人对于国家的献身精神，还有那种片面、封闭却又大无畏的国际观。

不可忽略的是，与政治氛围格格不入的日常生活中的故事，始终在全书中时隐时现。很多故事因为是出自女孩子之手，读来让人忍俊不禁，流连忘返。这说明绝对的"公"的领域是不可能存在的，而"私"的领域即使是在"文革"十年，依然不可或缺。书中诸多有趣的故事，为我们提供了有关"文革时代"人们生活的难得的素材。

作者是领导干部子弟，书中对于"文革"时期地市一级干部的状况，有着简略却细心的描述，语句不多，却令人惊诧，比如：从自缢身亡的地委第一书记，到住在楼上天天被揪走的地委代理第一书记；从母亲的被游街、被下放，到大姨的头部被人手持匕首刺伤；还有，父母一经被人揪斗，街道委员会便传唤大姨夫前去交待问题。

以上所述因为都是来自耳闻目睹，加之有相当篇幅的有趣的"补记"，使得人物故事生动感人，也为我们研究当代人文史提供了重要的参考资料。

在时代教育和训导之下，作者对于当时流行的价值观充满了虔诚的信仰，即崇尚一种极端的道德理想和一种绝对的"公"的价值。作为一个花季少女，她对自己有着近乎严苛的限制和要求，体现在书中，就是那种无休止的对于"个人私心"的自省和自我检讨；那种本十分幼稚、十分单纯，却又异常严肃的对于诸多优秀文学作品的批判与清剿；书中还处处可见那个时代流行的激进的语汇和套话，正值妙龄的少年红卫兵们，对"阶级敌人"持有一种近乎神经质的敏感和无情。只要我们深入其中，便不难发现，这部来自民间的、持续了 10 年的手写稿，将为"红卫兵精神史"的研究，提供宝贵的难以替代的第一手资料。

纵观当年红卫兵运动的潮起潮落，拨开历史的迷雾，可以让我们重新审视那个时代，从中获得一种饱经沧桑的智慧。没有对于那个时代的深入的研究和思考，也就不可能深入地了解我们的国家和我们自己。

2016 年 8 月写于北大寓所

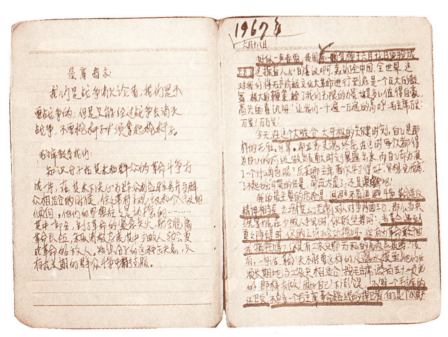

作者日记真迹（1）

金春明教授

四、历史之谜一个层面的破解

中央党校党史部教授／金春明

俗话说"隔行如隔山"，我同张新蚕同志的工作虽然都同属于意识形态领域，但一个是搞历史的老教授，一个是中年的女作家，素未谋面。作者找到我，见面交谈后才知道，当年她是吉林省四平市七中的一位初中生。我被她诚恳的态度所打动，加上对"文革史"特殊的专业兴趣，我接受了她的委托，同意校阅她的日记清样，并承担起核对史实和适当加注的任务，就史实和人物方面，我进行了30多处的考证、修改和注释。有关电影、戏剧和文学作品，何镇邦先生已着手进行，不敢掠美。

"文化大革命"是20世纪中国最大的历史之谜，同时又是花费了高昂代价而获得的历史经验教训的丰富宝库。历史之谜需要集各方之力去逐步破解，丰富宝库也需从多方面加以总结。而二者的共同前提，就是要把握充分而真实地体现那一段历史的第一手资料。

从一位初中女生所处的实际环境出发，有一点需要指出，北京的红卫兵已经"杀向社会"，闹得天翻地覆了，而张新蚕这时刚刚参加红卫兵；毛主席从1966年8月18日开始八次在北京天安门接见红卫兵，而她11月才到北京参加受阅，赶上了一个尾巴；红卫兵徒步跨区域长征，她和小伙伴们就近在地区范围内进行；全面夺权和大打派性仗的"全面内战"她没有参加，如此等等。也就是说，因为作者所在的城市远离政治斗争的中心，要求此书提供重要的史实是不切实际的。某些方面和某种程度上，"日记"体现了地区差异造成的运动的滞后性，或者说对北京当年发生的重大事件，"日记"带有一种滞后的减弱了的回响。也许正因如此，来自民间的"滞后的减弱了的回响"，反倒凸显出真实可信的一面，阅后让人深感惊讶，自然会产生相当大的作用力。

在中国大地肆虐了20多年的"左"的思潮，危害是十分严重的，确实残害了几代人的心灵，留下了难以在短时间里完全消除的阴影。再有，"文革十年"是一个十分复杂的大事物，是一个矛盾错综交叉的综合体，包括政治、经济、军事、文化、教育等诸多方面，体现在被席卷进来的亿万群众等诸多个层面。而此书为"中学红卫兵"这个层面，提供了真实可靠的历史佐证，也为我们总结思想教育领域的历史经验，提供了可供剖析的典型。

2016年8月于大有北里中央党校宿舍

何镇邦教授

五、心灵的戕害与痕迹

中国作家协会鲁迅文学院教授／何镇邦

　　《家国十年——红色少年日记》出自 14 岁到 24 岁女性之手，作者向我们朴实生动地记述了中学红卫兵从发生、发展到结束的全过程，从而留下了"文革"的侧影、脚印、乐章和回音。

　　另一方面，也让我们看到"文革"十年，那种肆虐于中华大地的"怀疑一切，打倒一切"的极"左"思潮，对纯洁幼稚的少年们的心灵戕害。在极"左"思潮的影响下，作者对当代文学艺术中的重要作品，如长篇小说《家》《青春之歌》《铁道游击队》，影片《林家铺子》《舞台姐妹》《不夜城》等，乃至对《桃花扇》这种古典文学中的经典作品，都持有一种怀疑和批判的态度，并在"日记"中大加鞭挞。通过破四旧立四新、大批判、闹派性、武斗、大联合、军训、上山下乡、抽调回城、步入大学等过程，日记记录了一代青少年接受极"左"思潮残害的痕迹，也记录了那个时代诸如雷锋、王杰、刘英俊、焦裕禄等先进群体那些昂扬奋进的英雄乐章，让我们看到在那个动荡和狂乱的岁月里，人们是怎样生活和思考的。从这个意义上说，《家国十年——红色少年日记》无论对成年人，还是对青少年，都是一部值得一读的好书。

我为此书做了两个方面的工作：一是对"日记"加以编辑，按内容和发展阶段划分成 7 个章节，并加上标题，以便读者查阅和阅读；二是做了数十处的注释，或详或略，或夹有简要的评论，用意是想对当年作者某种错误的认识有所匡正，诸如对长篇小说《家》的注释即是，当然也是为了便于读者的阅读。

2016 年 8 月 31 日于北京亚运村寓所

第一章　暴风雨前

（1966 年 6 月 5 日至 1966 年 8 月 1 日）

1966 年 6 月 5 日　星期日

我非常喜欢这些小鸡，它们从一个个小不点儿很快长大起来。长大后我根据它们羽毛的颜色和形态分别给起了名字："花豹""瘦猴""大老傻""花花""美不溜""脏鬼""歪脖"。【张颐武点评：名字生动，只有孩子想得出来。】

"歪脖"原来叫"长脖"。从春天养它到夏天，一直都挺好的，后来就得病了，怎么喂也喂不好，不几天就开始抽风。一抽起来，就歪着脖子，连同身子在院子里打急转，吓死人了，一看它抽风我就非常难受。

每天吃完晚饭，我负责剁好小半盆白菜叶子，再往鸡盆里放入草籽、苞米面、麦麸、饭嘎巴儿、剩饭、剩菜、刷锅水，然后拌在一起。拌好了，放在鸡笼边上，等到明天，够十多只鸡吃三顿的。【张颐武点评：本篇是这部日记的开篇，没有政治性的议论，却充满了细致和饶有兴味的感受。它说明孩子的眼光仍然有政治之外的空间，有着童稚的、未被成人世界侵袭的思维的领空。我们将从这里走进张新蚕的少年天地，并慢慢走近一个复杂的时代。】

补记 1：分到油饼交给老福姥姥

蓖麻属于经济作物，可用来榨油。1961 年前后，我在北京市复兴路小学上四年级。那一年国家经济比较困难，学校号召小学生们在地边、道边、高坡、地沿等不大长庄稼的地方种植蓖麻。虽然蓖麻油不如棉花籽油好吃，但那时油的供应量有限，家家吃油都很节省，记得保姆老福姥姥曾用一块薄铁片围成一个小勺，上面有长长的把儿，炒菜时仅仅舀上一羹匙油那么多。

蓖麻长高以后，会长出很多大绿叶，等长出果实的时候，果儿的外皮带刺，掰开来看，里边有一瓣瓣的小粒粒。到了秋天，果实熟了，剥下它的外皮，可见黑花色的一粒又一粒的蓖麻籽，每一粒有花生米那么大。

到了秋天，小学生们向校方上缴各自收获的蓖麻籽。有一天，学校决

作者（前排右一）与老福姥姥（二排右一）及姐姐们合影

定按班级给学生们发放油饼，一人一份，每份 5 张，以资鼓励。

那天下午，我拎着油饼和王全全、罗玫、金小毛等几位女同学结伴回家。记得刚刚跨过一个铁道口，从后边赶上来一个叫李文的女生，她跟我说，她想用她手里的一个小物件换走我的油饼，我没有同意。快到家门口时，我看见老福姥姥正坐在一个小板凳上与邻居的大娘大妈们聊天。老福姥姥见我拿回了油饼，非常高兴，夸我懂事，知道疼她，说这东西好吃着呢，晚上热一热就可以吃了。我说在放学回家的路上，有个女生想换走我的油饼，我没换，不知是换对还是不换对。老福姥姥说："哎哟！小祖宗，你可千万不能换，当下有粮食吃比什么都重要。那个女孩子有心眼儿，肯定比你大，家里一定是缺粮吃。"

开门进了屋，老福姥姥先去了厨房，出来时问我："那个女生跟你没换成，又跟别的孩子换成了吗？"我摇摇头说不知道，反正我没换。

1966 年 6 月 8 日　星期三

今早我把锅里的饭嘎巴藏起来，没让 3 个小弟小妹吃。【张颐武点评："好玩的事让人宁肯少吃饭"——孩子的想法。】我跟他们说今天鸡食少，鸡还没吃的呢，今天就别吃了，等一会儿我领你们玩猜谜、套圈、摸鼻子，然后再到外边参加入队仪式，走一、二、一。他们三个就笑嘻嘻地说行，不吃就不吃。

猜谜时，我问弟妹们一个问题："人身上什么最硬？谁先答上有奖。" 6 岁的新伏答得慢，11 岁的振西说是骨头最硬，9 岁的新兰说是膝盖骨，新伏想了会儿说是脑袋。我说："你们答得都不对，是牙齿！"然后大家哈哈大笑。

摸鼻子也很好笑，蒙上眼，不大能摸准，摸到了边也算。奖品是小手绢，或一支铅笔、一块橡皮。

套圈时，他仁都往最大的那个纸包套，振西套上了，打开一看，原来是一个有残缺的石膏娃娃头，那是我从垃圾箱捡来的，捡回后用报纸包好存放起来，也不知是哪家破损后扔掉的。【张颐武点评：这里写到了当年儿童的种种游戏，这里留下的细节能够引起我们的怀想。人生的那些岁月已经随风而逝，但岁月的痕迹仍然留存。这些游戏远比现在的那些电子游戏要单纯得多，但却含有一种朴素的力量，一种电子游戏无法取替的美。】

"一、二、一，一、二、一！"我当上了老师，给他们三个一一戴上了红领巾。因红领巾缺一条，新伏戴的是红围巾。之后，带他们朝后院走。我喊："一、二、三、四！"他们三个就喊："一、二、三、四！"

1966 年 6 月 16 日　　星期四

今晨还不到 5 点，就听见大姨夫又起床点火了。全家 10 口人，每天都是他起得最早。烧水、馇粥、馏饹饹，然后再打扫门前的卫生。

今早 6 点半，兰藕姐替大姨夫煮粥。煮着煮着，外边有个小姑娘叫她。可怎么叫她，她尽管答应就是不动。后来大姨夫听见了，说："兰藕，你没听见楼上老庄家的大姑娘庄建敏叫你吗？"兰藕姐犹豫了一会儿，不情愿地去了。姨夫一和弄锅，哟，这才多一会儿，这粥里什么时候放进去一个鸡蛋呀？

姨夫就叨咕："你说说这孩子，自介个①想吃，就给你煮。"

我在一旁听了，偷偷笑个不止。

一会儿兰藕姐回来了。她说，新蚕呀，我刚才出去，咱家鸡今天把我

---

① 作者注释：自介个，河北蠡县一带的乡音，意思是自己。

当成你了，从老远的地方向我这儿跑，因为我上身也穿着跟你一样的绿不叽的衣服。

听后，我更是哈哈大笑，说，快吃你的煮鸡蛋吧，一会儿该煮老了。

补记 2：为娶大姨买活期地

姨夫的老家在河北蠡县的大王村，大姨的老家在蠡县的南阶河，大王村与南阶河相距不远。1940 年冬，姨夫的一个亲叔伯姑从大王村来南阶河，姥姥从她那里听说了大姨夫。

姨夫叫刘乃谦，生于 1914 年，属虎，当年 25 岁，高小文化。姨夫的父亲叫刘化普，出身贫农，当过小学教师；母亲王荣，劳动妇女，心地善良，经常给八路军炒花生、烧开水，是当地的保密户。

姥姥的小名叫青菊，青菊是个急性人，想想大闺女还没有找婆家，于是就急着要见大姨夫。几日之后，大姨夫果然来了，高高的个头儿，面阔口方，直鼻大耳，浓眉大眼，腰间还挎着个盒子枪。一打听，身份是八路军冀中军分区连指导员。

姥姥心下欢喜，忙打发人去区里叫回儿子，好帮着自己拿个主意，一心想尽快定下这门亲事。

姥姥青菊晚年照

这日，大舅送走大姨夫，回头望着亲娘不开口，开口了，又吞吞吐吐："人嘛，长相倒是不错，就是……就是……看上去不太稳当，说话走路有点慌慌叽叽……"

姥姥急了："慌慌叽叽才精哩！你爹老实，不慌慌叽叽，一辈子吃苦受穷。再说人家好歹是个八路军连级干部，出出进进有模有样，哪一点不好?! 我倒是担心大徐（大姨的小名）配不上人家。"

姥姥厉害，认死理，不顺心眼子了，说翻脸就翻脸，骂人时不容对方还嘴。那年，青菊骂村里一个叫老闷的男人，骂得狗血喷头，老闷并不生气，越骂越咧嘴冲青菊笑。事后大舅找老闷道歉，请他多担待自己的娘。老闷说："青菊骂是骂哟，心口窝可是对我好哟！前年村里闹饥荒，没吃没喝，你娘有一嘴东西也不忘我，'我这儿有俩鸭蛋，拿走一个，忙拿走！'要不是青菊接济我，我活不到今天。等哪天有白面饼子吃了，我会还青菊一斗的白面。"

既然娘不高兴了，大舅也就不再言声。性急的姥姥托媒人定了个良辰吉日，媒人让大姨夫那边找个保人，写份定婚证书，交由双方签字画押。刘化普又从本村一家富裕中农那里买了6亩活期地，算是给儿媳妇的一份彩礼。当时有买活期地和死期地之分，活期地便宜，三十几块一亩，三年期满由卖主收回；买死期地则要花大价钱，一经买到手，土地便可永久性据为己有，刘化普买的是活期地。

转眼到了1941年。结婚那天，新郎头戴一顶黑礼帽，身穿一件藏蓝色长袍；20岁的新娘头戴一束鲜花，身穿一件绛红色的袍子；婆婆王荣把新买来的同时印有红金鱼和绿金鱼的被单铺在炕上，把新房布置得亮亮堂堂。

大姨出嫁后，在婆家生活了几年。大王村附近有个地方叫杜个章，杜个章有一家由天主教出钱办的小学堂。母亲白天在小学堂念书，晚上就住在姐姐、姐夫家。整个夏天，刘家拿母亲当贵宾看待，姨夫的妹妹叫爱姐，爱姐的性子随她娘，性格温柔，人品极善，经常变着法子为嫂子的妹妹做些可口的饭菜。母亲心存感激，与姐夫一家人相处甚好，这为日后大姨、大姨夫投奔母亲打下了良好的基础。

1942 年春，日本鬼子来了，烧杀抢掠，环境变得恶劣血腥，"五一大扫荡"后，杜个章小学被迫解散，母亲又改去一个叫井上部的小学念书。这期间，党组织打着天主教会的名义暗中发展党员和传播共产主义思想。大舅入党后，20 岁的大姨和 15 岁的母亲也先后加入了中国共产党。

到了 1943 年，母亲一边上学一边开展党的地下工作，负责分管 5 个村子的党支部建设。

1944 年 8 月，上级抽调母亲到保定地区受训，召集人是区委书记李由。

为找到区训练班，姥姥陪着母亲走了 5 个村子。训练班结束时，受训人员要分散到静海县、文南县、天津县去工作，母亲要求分回老家蠡县，她坦白说自己家庭观念强，她娘自小拿她最娇，出来的时候娘都哭了。于是大家就批判她家庭观念强，批就批，她还是哭。李由书记帮着说话了："刘淑英别哭了，你妈那天一直送了你 5 个村子，谁没看见？这是谁都知道的事，是吧？"这样母亲就分到了蠡县。

1966 年 6 月 25 日　星期六

今天妈妈公布捋菜籽第一和学习成绩第一名的人，结果都是兰玲姐，爸爸妈妈奖给她一元钱和一个大笔记本。给我们其他孩子是一人一张嘎嘎新的 1 角钱，姨夫好像还单给新伏一张嘎嘎新的 1 角钱。

我发现 4 个大人都喜欢 6 岁的新伏。平时 11 口人吃饭，分 3 个地方吃。爸妈在他们屋；姨、姨夫领 3 个小不点在他们屋；兰玲姐领我和兰藕姐在外屋。因爸爸胃部切除过三分之一，故爸爸妈妈他们屋晃常①就有细粮吃。每次吃细粮，最小的新伏总能沾点光。可在我们3个大孩子的方竹桌上，饭够吃，菜常常不够，因为我最能搂菜了，没菜时就跑到大姨她们那个圆桌上倒菜汤底子。

平时新伏跟着大姨在大屋子里睡，时间长了，爸妈这边就想抱她过去睡，可大姨这边又心痛。凡事只要大姨不同意，妈妈就会笑着走开。我总是觉得妈妈对孩子们太严，但对大姨却特别忍让和宽容。

有一次妈妈跟大姨说了半天才让抱走新伏。大姨答应之后又后悔，后悔吧又不便敲门，于是跑到后院趴着窗户看新伏。后来让妈妈发现了，就把窗帘拉上了。

第二天好像听大姨说，就这一宿就怕孩子睡不好了。该把孩子放在床的中间睡，挨着墙头容易着凉。【张颐武点评：这里刻画了一个大家庭生活资料的匮乏和有趣的人生，当时1角钱或1元钱的珍贵是我们今天难以想象的。而不够吃的菜和有关"细粮"的描述也和今天有天壤之别。在那个年代，大家庭的活力还没有丧失，个人组合在大家庭的结构里，人们生活的格局、亲戚之间那种紧密的关系，都还带有一种传统的色彩。】

1966年7月6日　星期三

我发现姨夫有点偏心眼。他对我们几个女孩儿都挺好的，对我妈和姨也好，尤其对我妈，我妈说东他不说西。虽然他有时跟大姨吵架拌嘴，但吵完了也就没事了。可他对家里两个男的不很喜欢。而且我看得出来，好像姨夫身上有什么毛病，爸爸有点看不起他，两人极少交谈，双方有

---

① 作者注释：晃常，东北方言，意思是"时不时"。

雷锋生前照

了事，都是推出母亲去交涉。好在爸爸每天上班一走了之，两人互相见不着，晚上回来又各有各的房间。但对振西，姨夫有时爱数落。那些年，我家住在一栋楼的一层，那天新伏叫她哥到后院菜地帮她揪个西红柿吃，兄妹俩都在，让姨夫碰上了。他不说新伏，专说振西，有点不太公正。

大姨夫性子慢，待人温和，每天天不亮就拎着个小铁锹，挑着两个土篮子上街捡粪，专找粪多的地方走，牛粪、马粪、羊粪、人粪，是粪就捡，一捡就是一冬，哪天也得走上个十里八里的。每天早晨，在生火做饭之前，他会把粪肥倒在南头的院子里。到了星期天，他把这些粪还有我养的那些小鸡儿拉的粪，一起装上一辆手推车。

有一次我说姨夫你上哪儿去呀？我跟在你后边跑着玩行不行？他说行。结果他把一手推车的大粪拉给了郊区勤业 8 队的一个生产队，而且分文不取。队上的社员感谢他，他说学习雷锋[①]

爸爸妈妈房间晃常就有细粮吃

① 何镇邦注释：雷锋，湖南省望城县人，曾是驻扎在辽宁抚顺的解放军某部汽车连某班班长。因他在平凡的岗位上做出了极不平凡的业绩，成为中国家喻户晓的英雄人物。1963 年 3 月 5 日，毛泽东发表了"向雷锋同志学习"的题词，刘少奇、周恩来、朱德等领导同志的题词也同时发表。

作者全家照，中为
作者8岁照

20世纪60年代
的粮票和饭票

1958年的定额储蓄存单

1959年的定额储蓄存单

做好事应该的。【张颐武点评：这里张新蚕对于姨夫观察是非常细腻的。从张新蚕童言无忌的表达中可以看出，由于性格、利益、地位等等方面的差异，造成了姨夫和父亲关系的微妙和复杂。同时，有关姨夫拾粪的记载让我们发现那时的中国中等城市与乡村的异常紧密的联系。其实，那种与农村、农业、农民的联系，正是中国社会主义文化和日常生活的重要组成部分。干部下放，经常的农业劳动，对于农民体力劳动和简朴生活的推崇，都是这种文化的体现。当时，农民的日常生活在那个时代仍然比城市居民艰苦，但另一方面，他们在伦理上的纯洁和美好，经常性地被社会所肯定。】

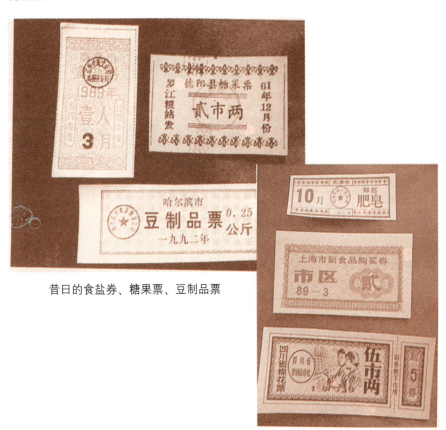

昔日的食盐券、糖果票、豆制品票

20 世纪七八十年代的肥皂票、副食品票、棉花票

补记 3：给军烈属寄"老三篇"，是粪就捡

那些年时兴发行"老三篇"单行本，姨夫一买就是几十册，然后自己掏钱悄悄寄往吉林省白城地区，并在信中附言说，白城是困难地区，这些"老三篇"请无偿转送给村干部和军烈属。不久，一位姓刘的大队会计还给姨夫寄来了一封表扬信。

那几年大姨夫逢人便说："我做的好事可多咧，寄'老三篇'，清扫公共院子，帮邻居推煤、推木柴、种苞米、种菜、无偿奉献粪肥……"

有时候，粪肥攒得多了，四平市郊区勤业 8 队就会派一辆胶皮轱辘马车来家拉粪，一车粪能有几百斤重。记得勤业 8 队的全体社员寄来几封表扬信，信中说大姨夫将两三车大粪无偿贡献给了 8 队，支援农业多打了粮食。

姨夫回信说："学习了'老三篇'，要为人民服务，要立竿见影。我要向雷锋同志学习，助人为乐，关心他人比关心自己为重，这是我应该做的。"

补记 4：丢了官饭也是凭劳动吃饭

一、吵吵吧火大闹一场

姨夫随妻子入住小姨子家，11 口人同吃同住一过就是几十年。这种组合在中国不敢说绝无仅有，也可以说极为少见。

爸爸的房间与大姨夫的房间离得很近。虽说同为男性，又咫尺相隔，但爸爸和姨夫来往不多，也较少涉谈家务私事。

父亲性格内向，不善言辞，万事都由母亲裁断。下班后，爸爸在自己的卧室看书看报、抽烟喝茶，与母亲聊天。凡有家务琐事，概由母亲出面。届时，姨夫总是满脸谦谨，洗耳恭听，然后任劳任怨地去做。

大姨夫心里明白，在这个大家庭里，除了大姨是他的亲人外，对己知疼知热、能理解他、善待他、并给他生活温暖的人，也只有他的小姨子。

有天下午，我从外边回来，看见表姐的女儿小朵站在门外哽咽不止。再向里看，原来姨和姨夫正在吵架。

那年小朵正上小学六年级，"文化大革命"学校停课，表姐给她买了张火车票，让她去姨姥家住些日子。

平日姨夫绝少与家人发生冲突，却免不了常跟大姨拌嘴。拌几句嘴倒没什么，但大姨一旦吼叫起来，场面就会变得异常可怕。

"娘了个 × 的，小朵要钱你就给，怎么就你有钱？你的钱是从哪儿来的？"大姨扯开嗓门儿逼问，眼里射出凶狠的光。

姨夫说："噢，我手里就不能有俩钱？我给老家寄信，买笔买纸，不得花个俩仁的？买张邮票还得花 8 分钱呢！"

"你个嘴歪，我说的是 8 分钱吗……""咣当"一声，就见大姨踢翻了一张椅子，顿足道："你存心想气死我，我死了，你也就称心了……由着你这么气我，你还不如嘎嘣一下死了的好！"

大姨夫手拿一把小铁铲，正蹲在门道口铲除鸡笼子里的鸡粪，听见老婆骂他，遂不紧不慢道："你也别咒我，还嘎嘣一下死了的好。鬼子的炸弹没炸死我，让我活到了新社会，现在吃得饱，穿得暖，比打鬼子的时候强多了。你也不是不知道，老刘家自根儿就是长寿家族，别说我还没老，就是老了，身子骨也比别人结实……"

"你个没志气，没出息……丢了官饭还吃得饱，穿得暖。没我，你喝他妈的西北风！"

大姨夫边除鸡粪边嘟囔道："丢了官饭我也是凭劳动吃饭，让你说说，我哪一天不劳动了？哪一天游手好闲了？"

"你个没良心的……你个没良心的……"大姨越嚷越气，嚷着嚷着就休克过去了。

大姨夫光顾低头拌嘴，猛一抬头见妻子突然躺倒在地，口溢白沫，心说坏了，老毛病又犯了。他丢下小铲，转头唤我和小朵快去房间铺床铺枕。大姨夫将大姨抱到床上，一手掐人中，一手掐大腿根，蜷腿蜷手地好一阵忙活，大姨才渐渐苏醒过来，醒后便是一阵号哭。

二、爱动气的人没有长寿的

每当遇到姨妈和姨夫吵架，除了母亲可以掺和外，其他人断不可上前说三道四，那样只会火上浇油，加重事态。

"姐，消消气，消消气。"母亲下班回来，边近前赔笑，边将姐姐揽入怀中，命小朵拿进一条干净手巾，命我端来一大茶缸温开水，央求姐姐喝水服药。

"我姐夫认错咧，别涕乎咧！"母亲为大姨盖上被子，安抚道："服完药好好睡上一觉，醒喽喝碗你爱吃的面片汤，再歇上一宿，明儿就会好的。"

当下母亲将大姨安抚入

姨、姨夫、新伏妹（中）摄于20世纪60年代初

睡，稍事片刻，见无大碍，遂唤姨夫去了她的房间。

"我姐这人心眼不坏，她就怕别人对她说软话。那些年我姐照看那么多孩子，我和我哥只要回家探亲，给我姐买这买那，她一不高兴了，我们就忙着说软话，说央求她的话，这一软一央，啥事都结了。她再闹你，你就说：'知道咧，知道咧，可不是呗，可别跟我一样，昂？'说几句软话也就过去了。可你不光不说，还辩理，跟老婆又能辩出个什么理来？"

姨夫不愠不火道："你姐那性子不行，三句话不到，火气就来了，容不得别人讲话，你总得听我解释解释吧！你姐刚才的意思好像我做了什么亏心事，小朵不敢跟她姨姥姥要钱，跟我要，说想买双袜子买个零嘴什么的。长辈对小辈素讲慈爱，一要，我就给个块八毛的。噢，孩子朝我要，给还给出毛病了?! 你姐嗔叨我，我刚说一句，她就发大火，说着说着，就休克了。"

母亲笑道："都是随了我娘的性子了，早些年也是太苦了她。你也都看到了，这么多年，我一直让着我姐，孩子他爸也从不说咸道淡，你是她男人，更得让着才行。"

至晚，母亲叫来小朵，正色道："再要零花钱，管小姨姥姥要，不要再冲大姨姥爷要了。你没看见大姨姥姥发火吗？"说着塞给小朵5元钱。此刻，小朵早已吓得不知所措，忙不迭地点头应是。

翌日清晨，母亲早早来到大姨身边，她掖了掖4个被角，顺手拎过一个方凳，俯身劝道："为小朵要零花钱的事，吵吵豁豁大闹一场，倘若有个三长两短，这一大家子人怎么办？值吗？我已把小朵说了……你别生气咧，昂，姐姐，别生气咧……"

大姨这边想起妹妹平日的好处，不觉泪珠满面，哽咽道："小巧，你说我自打嫁给他，就没享过一天的福，就没省过一天的心……要不是哥和你……"说着说着，泪水如洗。

爸妈上班去了，两口子各自保持缄默。至9时，大姨欲进食，大姨夫端汤端水精心照料。至下午，大姨面颜转暖，绽笑如初。至此，大姨夫慢声慢语道："你遇事忒爱动气，爱动气的人没有长寿的，三国的周瑜是怎么死的？不就是动气气死的吗？如果周瑜不生气，不大动肝火，也不至于年轻轻的就死了吧？马克思说得好，美好的心情比十副良药更能解除心理上的疲惫和痛苦……"

听这话时，大姨的火气早已烟消云散，见丈夫开始唠叨自己，只管笑道："别再腻烦了！过会子人都回来了，快上街买点菜吧！"

1982年，平反冤假错案在全国展开，大姨夫当年被判一年徒刑的事儿获得甄别平反，不仅补发了少量工资，恢复了18级待遇，原单位还为姨夫购置了两室一厅的房子。自此，大姨和大姨夫便与父母亲分开居住，兰玲姐也陪着搬了过去。

【吴福辉考证：18级待遇，是指干部的级别和相应的政治、生活待遇。作者的大姨夫原来是第18级，1982年甄别平反后仍恢复了这个级别，标志着平反比较彻底。中共自苏区到延安、到新中国成立后的1952年，一直沿用供给制。高级干部与一般干部的供给水平虽有差距，但相对说来不太大。如伙食分大、中、小灶，连以下吃大灶，团营吃中灶，师以上吃小灶。1952年到1955年，是供给制（加津贴）和工资制并存的时期，当时干部分29级，从22级到17级为行政正副科长的级别，18级便包含其中。1955年8月，国务院发布《关于国家机关工作人员全部实行工资制和改行货币工资制的命令》，一刀切了，干部分成30级，13级以上为高干，17级为县团级，18级在部队为正营级，在地方是正科级。刚开始执行工资制时，属于不小的变动，同样资历的干部会造成不同级别的差别，同是一个职务可能有许多级，工资是不一样的，所以引起了波动。当年毛泽东听说有的干部想不开，曾经在会上说："男儿有泪不轻弹，只因未到评级时"，一时传开。】

三、小姨子给姐夫存入 1000 元

1996 年 9 月，母亲患了乳腺癌，准备赴京动手术，当下兰玲姐问姨夫："我姨不在了，我妈都这样了，你不往外掏点钱啊？"

翌日晨，姨夫将 500 元人民币揣入下衣兜，锁好房门，慢慢悠悠地向老房子走来。见过小姨子，一面掏兜，一面说道："500 元不多，多少是那点意思呗！要是外人，50 元也不给你拿呀！"说着说着眼睛就湿了。人一上了岁数，眼睛先失神老花，如今经泪水这么一浸，看上去满脸的惨淡。

母亲见姨夫动了情感，心里也不好受："姐夫，大夫说我这病还处于早期，早期的乳腺癌好治。这钱我先收下，就算我先赊你的……啊？"

1996 年 10 月中旬，母亲从北京 301 医院做完手术归来，休息数日后，母亲叫来兰玲姐，"去工商银行存上这 1000 元，折子上写你姨夫的名字，存后转交给他就是了。"兰玲姐笑道："不但还了本钱，还多出了 500 元。"母亲长叹一声，"唉！你姨夫这辈子遭难遭大了，老了老了，手头刚攒俩钱，不容易啊！他没儿没女，我姐又不在了，给我 500 元，那可是他的养老钱！"

2001 年 1 月，母亲病逝。丧事结束后，我特意去了大姨夫家。那天大姨夫神情有点不大对劲，你问他话，他总是"嗯嗯"的，并不接话。两日之后再去，他坐在床边，一句一句地念起了小姨子平日对他的好处："你妈手术回来，我隔三差五去看她。一去，总不忘给我拿东西，什么葡萄啦，苹果啦，要是有几天没过去，就让兰玲给我捎东西过来，晃常就捎来一盒牙膏，一块香皂，一条手巾……赶上清明就唤我过去拉拉家常，问我给没给我爹我娘、你姨、你姥姥姥爷烧纸，还念叨起上小学时照顾过她的爱姐（姨夫的亲妹妹），最后又念叨起你那死去了 8 年的姨。你妈说：'我姐命苦哇！年轻时操心出力过了头，前些年你平了反，有了自己的住房，孩子们也都上班了，我姐刚刚 60，本该享几年清福了，谁知脑溢血突发，

说没就没了……唉！去了也好，一了百了，真闹个瘫痪，闹个植物人什么的，也就苦了你，苦了留在四平的这两个闺女（兰玲姐、新伏妹）了。'"

补记 5：每月给干娘家送 100 斤小米

记得有一年的除夕夜，我告诉母亲说，我给干爹、干娘的信已经寄走了。母亲说："应该寄，趁年前赶快寄，永远也不要忘了你的干爹和干娘。"联想起大姨夫跟我说过的干爹、干娘的事，于是便问母亲："我在干娘家长到 5 岁半，我听我姨夫说，姥姥姥爷月月给干娘家送小米？"

母亲说："那时候，把你送给你干娘奶着，我和你爸每月要送给你干娘家 115 斤小米。其中将 15 斤小米兑成 15 元现金，让你干娘给你和她的孩子们买零嘴吃。"

我问："那剩下的 100 斤小米，月月都得给干娘家背去吗？"

母亲笑了："那么远的路怎么背，是推着只有一个轱辘的小车送，100 斤小米放在车上，上面还能坐上去一个孩子。"

"一个轱辘的小车？那谁去推呢？"

母亲微笑道："你姥爷推……那时候，兰玲奶在大百尺，兰藕奶在你姥姥住的南阶河村，你奶在蠡县的留史村，估摸着快要给 3 家送小米了，就提前接你兰玲姐回姥姥家住几天。日子一到，你姥爷把你兰玲姐放在小米袋上，用绳子将她固定好，然后就推着去大百尺。去过大百尺之后，再去留史。"

1966 年 7 月 24 日   星期日

　　最近美帝国主义正在侵略越南，美帝在罪恶的战争中越陷越深。【金春明考证：越南战争是第二次世界大战后时间最长、规模最大的一场局部战争。从 1945 年 8 月日本投降到 1975 年美军撤出，越南人民先后同法军、美军和他们支持的南越军作战长达 30 年之久，被称为"越战一万天"。1963 年 11 月，美国总统约翰逊上台后，越战急骤扩大，1964 年 8 月北部湾事件后，美机开始轰炸越南北方，轰炸首都河内，并多次入侵中国领空，把战火烧到中国南大门。

　　1964 年 11 月，毛泽东发表声明，称："美帝国主义是全世界人民的共同敌人。"】它在"特种战争"中不断遭到惨败，但仍作垂死的挣扎，加紧战争"升级"。目前，它甚至袭击河内和海防地区，对越南国土进行狂轰滥炸，妄图以炸迫和，迫使越南人民屈服。我们决心做英雄的越南人民的后盾，如果越南人民一旦需要，国家召唤，我将毫无顾虑地去和美帝战斗，和越南人民一道消灭美帝，就是献上生命也在所不惜！美帝国主义极力散布"和平谈判"的论调，妄图永远霸占南方，侵略北方，而那些修正主义，还有帝国主义的帮凶者却大力附合美帝的论调，因此我们要提高警惕，决不上他们的当。【张颐武点评：越南战争的历史竟然在一个孩子的日记中有这样的评说，虽然难免有套话的成分，却也说明当时中国国际观教育的深度。当时的社会虽然难以得到其他方面的信息，但国家的国际立场和观点深入公众的程度却引人注意。今天全球化文化生活的宽泛，使人们获得信息的渠道远远超出 20 世纪 60 年代，但今天的少年未必会对国际性政治如此关注和评论。】

1966 年 7 月 28 日　　星期四

　　毛主席 7 月 16 日畅游长江的喜讯传到耳边，毛主席他老人家是多么热爱人民关心人民呀！当我们喊"毛主席万岁"的时候，他老人家却说"人民万岁"！他老人家多么谦逊呀！人民永远跟着毛主席在革命的路上奋勇前进！

　　我看完了《铁道游击队》① 这本书，被他们英勇顽强的斗志所感动。但我认为，有的话写得不大好，比如："在战斗中，刘洪虽然是坚如钢铁的英雄，可现在对待凤儿细致周到的照顾却充满着温情。"这话到底想说什么意思呢？而且书中每欢迎一个同志总是设酒摆宴，把好人描写得总是骂骂咧咧，什么"奶奶个熊""熊种""入他奶奶"，都是什么话呀？还经常出现"孬种""有种"的字眼，或是什么"够朋友"。【张颐武点评：《铁道游击队》是革命文学的经典著作之一，但这里竟然认为它的革命性还不够纯洁，还包含混杂不纯的成分。这说明了当年教育的极端片面性的弊端。这里对于小说的读解是非常特别的，它高度地重视细节，高度地注重作品内部的政治纯洁度。任何琐碎的日常生活细节都会被放大，一切都上升到政治立场的层面去解读（即当时流行的所谓"上纲上线"）。青少年所接受的高度纯洁的"社会生活的政治化、革命化"教育，构成了一种非常简单的心灵。在"新时期"之初出现的如刘心武的《醒来吧弟弟》以及当时引起青年心灵大震撼的有关"潘晓"的信的讨论，都是对于当时过分狭窄和刻板的教育问题的反思。这倒不一定是心灵扭曲，而是过分的单纯和天真，尽管这种单纯和天真也有一种感人的力量。】

　　① 何镇邦注释：《铁道游击队》，长篇小说，知侠著。新文艺出版社 1954 年初版。以抗日战争时期活跃于鲁南地区的一支游击队的英雄事迹为基础写成。故事富于传奇色彩，人物形象鲜明。20 世纪 50 年代拥有众多读者，曾被改编成同名电影。

1966 年 7 月 29 日　星期五

今天晌午，我听到这样一句话，说"其实地主管账也是很操心的"，我认为这话完全没有阶级性。什么叫"地主管账操心"？一定的阶级有一定的看法。地主的账本动一动，不知要有多少农民坐监狱、被抓、被打，不知有多少劳苦人民流离失所，背井离乡。为什么只看到他管账本操心，为什么不看看他"操心"的后面呢？这话是抹杀新旧社会的差别，抹杀阶级斗争！【张颐武点评：这种分析尖锐、简单，观念压倒感受。】

在旧社会，老爷们、公子小姐们榨取了无数劳动人民的血汗。今天我们翻身了！工人农民一切劳苦人民再也不受剥削了，再也不是给那些资产阶级老爷们做牛做马的时候了，现在我们都以主人翁的姿态出现在新中国了！

1966 年 7 月 30 日　星期六

在班级，我和李影是"一帮一、一对红"，昨天我俩去通知冯立华明天到校的事儿。一路上雨下得很大，浑身的衣服都被淋湿了，凉飕飕的，直打颤。这时，我不想去了，因为路很远，道路还不定怎么泥泞呢！后来我想在这大雨天里解放军叔叔就不保卫祖国了吗？难道就在屋里等着雨停下来吗？如果这

一对一，一对红（左为作者，右为李影）

贺龙探望麦贤得

时敌人要侵犯我们的国土你又会怎样呢？我受这点苦，和邱少云①、麦贤得②又怎能相比呢？想着想着，雨下得更大了，一步一滑，几次使我陷进泥坑。风和雨打在脸上，真是难受极了。这时候我又想到二万五千里长征的红军叔叔，在毛主席领导下，经过了千辛万苦，最后终于走完了长征路，打败了小日本，解放了全中国。

到了冯立华家，我本想休息，但还要去通知别人。一出门，一阵凉风吹来，又有点怕困难了。这时，我想起焦裕禄③带着疾病，迎着风沙，到贫下中农家去访问，也不是为了到人家去休息呀！【张颐武点评：这种高度的上纲上线显然有点严苛，但其真诚、自然、纯洁的表述，令人感动。】

1966 年 8 月 1 日　星期一

28 日那天，我到地委大院去玩，见到有一群人在院里劳动。其中有一位长得白胖的、右胳膊受了伤缠着白布的叔叔，他见我过来就朝我笑，

①　何镇邦注释：邱少云，是中国人民志愿军的英模。为了保证伏击成功，他宁肯忍受烈火煎熬，直至牺牲。

②　何镇邦注释：麦贤得，1964 年 3 月入伍，是中国人民解放军海军战士，是1965 年"八·六"海战中的英雄，弹片打裂头骨他仍坚持战斗，被誉为"钢铁战士"。

③　何镇邦注释：焦裕禄，生前曾任中共河南兰考县委书记，带病坚持带领全县人民治沙治穷，关心人民疾苦，最终病逝在工作岗位上，被誉为"县委书记的榜样"。

然后问别人我是谁家的孩子。

问完了他笑呵呵地说："噢，是刘部长家的啊……小刘啊，你们这个年龄每天无忧无虑，什么负担也没有，正是最幸福的时候，哪像我们啊，一天到晚死累死累的。"

我听后很反感，我们生长在伟大的毛泽东时代，再幸福不过了，可你们大人也不能把革命工作看成是**死累死累**的呀！再说干革命应拣重担挑，毛主席说了，"艰苦的工作就像担子，**摆在我们面前，看我们敢不敢承担**"①，你这么说，不是与毛主席的教导相**违背**吗？

另外我爸爸叫张云沛，妈妈叫刘淑英。我不姓刘，姓张。你叫我小刘，肯定又冲我妈妈去了。这也许是因为母亲的名声比父亲大，职务也比爸爸高的缘故吧。

毛主席说："艰苦的工作就像担子"，你这种说法不是与毛主席教导相违背吗？

①　何镇邦注释：这段语录出自毛泽东《关于重庆谈判》（1945年10月17日）一文中，见《毛泽东选集》第四卷，人民出版社1991年版，第1161页。

第二章　锋芒初试

（1966 年 8 月 3 日至 1966 年 10 月 28 日）

1966 年 8 月 3 日　星期三

今天在南新民家看到了一篇文章，是马南屯（即：邓拓）①写的。他反对见面握手，说人的手毕竟不是那么干净，一握手，细菌就会相互传染，建议用封建主义的拱手相拜作为见面礼。今天经过讨论，我认识到原来邓拓借握手反对我们学习毛泽东思想和革命理论，反对革命的互相帮助。握手是我们表示亲切慰问的一种方法，而拱双手相拜，是封建主义传道士的做法，这么一比较，不就清楚马南屯为什么提倡那种封建礼教了吗？【张颐武点评：关于"拱手相拜"的提议，当年林语堂也说到过。"新时期"以后，仍有人当作新鲜见解写进文章。人生许多合理化的建议不一定都能实现，问题是这样的政治批判由孩子嘴里说出就令人深思了。】

---

① 何镇邦注释：马南屯（邓拓）（1912—1966），福建福州人，新闻工作者，杂文家，诗人，曾任《人民日报》社长和中共北京市委（文教）书记。马南屯是邓拓常用笔名之一。1961 年在《北京晚报》副刊上用马南屯的笔名开辟《燕山夜话》杂文专栏，又约吴晗、廖沫沙以"吴南星"笔名写作《三家村札记》，在《前线》连载。"文革"初，邓拓首批罹难，以自杀抗争，1979 年得到平反昭雪。

我们学习小组今天在南新民家还学习了《关于正确处理人民内部矛盾的问题》。其中"工商业者问题"对我教育很大："……把企业作为自我改造的基地……经过学习改变自己的某些旧观点……"我要牢牢记住毛主席的教导，要把在学校的学习生活当做自我革命自我改造的基地，经过学习改变自己的某些旧习惯，把自己锻炼成一个无产阶级革命事业的接班人。

1966年8月4日　星期四

今天我给"一帮一、一对红①"的李影同学写了一封信：

李影同学：

雷锋、欧阳海、王杰②、麦贤得、刘英俊③等英雄人物是我们学习的好榜样。

今天在学校看到你手中拿着一本《欧阳海之歌》，我怀着激动的心情给你写这封信。

以这本书联系我们的实际情况，它会使我们深刻地对照检查自己。每当看完这本书，几乎每看一次都沉默几十分钟，心跳得非常

---

　　① 何镇邦注释："一帮一、一对红"，是20世纪六七十年代开展政治思想教育的一种互助方式，一般由两个人组成。

　　② 何镇邦注释：王杰，山东省金乡县人，1961年7月入伍。1965年7月14日王杰在担负民兵训练的任务中，突然发生手榴弹爆炸事故，为了保护现场12名民兵的生命安全，他奋力扑向爆炸物，英勇牺牲。

　　③ 何镇邦注释：刘英俊，"文革"中广为宣传的英雄人物之一。其主要事迹：为抢救路边的群众，奋不顾身拦截惊马，因伤势过重壮烈牺牲。1966年7月15日，团中央发出了《关于开展向毛主席的好战士刘英俊同志学习活动的通知》。

厉害，怀着无比激动的心情写下自己的感想，这本书给我上了一堂很好的政治课。

你看完之后，请把你的体会、感想及时写下来，我们有机会互相交谈一次，或用书信的形式写下来。

让这本以毛泽东思想为指南的闪闪发光的书籍鼓舞和鞭策我们前进！

张新蚕

1966 年 8 月 4 日

【张颐武点评：信写得很真诚，这种风格的信在当年非常流行，"一对红"之类通过个人之间的谈话来追求一种内心的超越和升华，其文化背景和心理的因素值得研究。】

1966 年 8 月 6 日　　星期六

昨天，妈妈说今天下午要领我到工人俱乐部去参观李素文事迹展览，【金春明考证：李素文，原为沈阳某商场售货员，全国活学活用毛主席著作积极分子。"文革"中曾任党的九大和十大代表、中央委员，沈阳市和辽宁省革委会副主任。1975 年四届人大当选全国人大常委会副委员长，"文革"后被撤销党内外职务。】我高兴极了。突然，我想起原定下午要去应届毕业生家，帮助下乡的毕业生收拾行装，怎么办呢？我心里直嘀咕：真是太倒霉了，怎么偏偏就这么凑巧呢？怎么能想个办法不去了呢？这时我想起毛主席的话："我们的责任，是向人民负责。每句话，每个行动，每项政策，都要符合人民的利益，如果有了错误，一定要改正，这就叫向人

乡间声势浩大的批斗场景

大字报：捣毁"三家村"一切分店

民负责。"我又想起了白求恩①，他是个外国人，那么大年纪了，为中国人民献出了自己的生命；又想起革命先烈为了我们今天的幸福，抛头颅洒热血，联想到自己在这件平凡的小事情上，不是以国家、集体、他人的利益为重，而是一事当先，先替自己打算。

----

① 何镇邦注释：白求恩，即诺尔曼·白求恩（1890—1939），加拿大共产党党员，国际主义战士，著名胸外科医生。1937年抗日战争全面爆发后，率加拿大、美国医疗队到中国，由延安到晋察冀边区，在那里工作了一年多。1939年11月在河北唐县因病逝世。

到了张新同学家，我不会缝褥子，缝了又拆，拆了又缝，手被针扎了好几个洞，可还是缝不好，急得心直跳，站着干着急。记得在"八一"建军节时，我们学习了毛主席的教导："学生也是这样，以学为主，兼学别样，即不但学文，也要学工、学农、学军，也要批判资产阶级。"①今后我要按照这个目标去努力。【张颐武点评：本篇日记有关"思想斗争的表述"在当时的文化氛围中很具有代表性。同时遇到两件事，在难以抉择的时候，一件对个人有利，一件对他人有利，在矛盾中通过学习毛主席的教导选择了对于他人有利的事去做。这经常出现的"思想斗争"，说明了那时对于个人欲望的彻底否定的困难，这种激进的价值观是高度理想化的，当年曾作用于很多人。】

1966年8月13日　星期六

三天来，学校安排同学们与工农兵相结合，我在商店当上了服务员，这让我明白了很多道理。

原来我以为卖东西很容易，不过是卖卖菜、收收钱、点点头、说几句话而已。可仅仅3天的时间，便体会到当个好营业员并不容易，应踏踏实实地向李素文学习。

来的顾客都要问你很多话，先问有什么菜，再问菜多少钱，在给顾客称菜时，一慌，不是忘记收钱就是忘了找钱。如果人少还好办，人一多就糟糕了，有时正在算钱，顾客一吵吵心里就非常急，还多找给顾客几元钱，多亏那位同志觉悟高，给送了回来，不然国家财产就要受到损失。

【张颐武点评：这里的描写细腻生动，卖菜也的确不容易。但有人能够把

---

① 何镇邦注释：即1966年5月7日毛主席作出的"五七"指示。

营业之前学习毛主席语录

多找的钱送回来，说明那个时代也有引人怀想的一面。】最让人着急的就是，称了以后，有的蔬菜烂了，破损了，顾客不要，还得重新换；有个小孩儿还没有轮到他，他就大喊大叫，说我的风凉话，让我快点卖，自己只能忍着。在服务的过程中，我找错过钱，称错过斤，被太阳烤过，被人议论过，还为打破了鸡蛋哭泣过，我要牢记毛主席的话："下定决心，不怕牺牲，排除万难，去争取胜利。"

还有，我愿意称东西，不爱干拣烂柿子和倒腾蔬菜的活儿。这让我想起张思德[1]和雷锋，他们不都是在细小、平凡的岗位上忘我地工作吗？干什么工作都是为人民服务，越重越不好干的工作越应该抢着去做。

在服务中，有许多工农兵的优秀品质值得我学习。如：一位解放军看

---

[1]　何镇邦注释：张思德，毛主席著作《为人民服务》中表彰的人物。《为人民服务》是毛泽东同志于 1944 年 9 月 8 日在中共中央直属机关为追悼张思德同志而召开的会议上所作的讲演。

见买菜的人多，立即投入工作，帮助营业员干活；由于自己着急忘记了要钱，那位同志主动交钱给我；当一位老同志耍态度时，我身边的一位女同学大胆地向他提出批评意见；营业组组长小唐姐姐对工作极端负责，沈德芳同学没吃中午饭，饿着肚子干了一下午……一切一切，都在我的脑海里不住地旋转……

1966 年 8 月 19 日　　星期五

今天全市有 8 万人参加了庆祝大会。人们跳、唱、扭，一片欢乐的欣欣向荣的景象。毛主席的像好似在朝我们笑。我想，毛主席他老人家多么信任革命的人民，让我们自己解放自己，自己掌管国家的命运，毛主席的形象在我的脑海里深深地扎下了根。【王海泉考证：1966 年 8 月 19 日这一天，约有 10 万人在四平市体育场集会，庆祝中共中央发布《关于无产阶级文化大革命的决定》，地委、专署、市委、市人委领导均出席了大会。】

这一切辉煌的战果是在党中央和毛主席亲自领导下取得的，这怎能不使我们高歌欢舞，万分激动呢？

【金春明考证：1966 年 8 月 12 日，中共八届十一中全会闭幕。全会通过《关于无产阶级文化大革命的决定》，改组了中共中央政治局常委会。8 月 18 日，毛泽东在北京天安门广场接见各地来京的百万革命师生，并佩戴红卫兵袖章，之后各地纷纷举行庆祝大会。】

1966 年 8 月 20 日　　星期六

今天下了学，见一栋楼东南角又有一片新脱的煤坯。算了算，又快两个月了。大约每隔两个月一次，大姨夫都要推着手推车买回一大堆东西，有粮食、豆油、蔬菜、煤块、煤面儿和劈柴。买回来后，他要择个时间脱煤坯。拖煤坯缺不了黄土，黄土有黏性，跟煤面能和到一起，附近凡有盖楼盖房子的，每每打根基，掘出的土大部分是黄土。

脱煤坯的程序很繁琐，5 筐煤面需掺一筐黄土，煤土搅和均匀后要扒成一个大圆圈，倒入水，等水下沉一会儿，看看水多水少，再按比例往里面添黄土和煤面子。脱时需要木框架、铁铲、铁锨、一大盆水，把湿煤面放入架中，用铲铲平，抽出架子，放入水中涮一涮，然后再脱第二块。晾上一两天之后，再用一把旧刀将煤坯切成小块块保存起来。**【张颐武点评：几笔白描，画出能干的大姨夫，和前后的描写可相参照。】**

大姨夫不但会脱煤坯，还会干木匠活。在周日的上午，我常看见他在门前摆好一个木架，再把一小条一小条的木块放到架上刨光，刨光后刷上亮油，晾干，最后制成不同颜色的小板凳，发给家里的每一个孩子。

补记 6：人前一站比谁都低

一、你爸上班挣钱，哪能干这活？

"姨夫，家里不是有块煤么，为什么还要脱煤坯呢？"那年暑假，我这样问大姨夫。

姨夫说："块煤比煤面子贵多咧，只有在蒸馒头、煮饺子才舍得用哩！"

除了脱煤坯，姨夫还要到很远的木材公司去买木头。一车木头 500 来斤，推回家后，劈成一小条一小条的，留着每天早晨生火用。有一次，爸爸从银行买回一些成材，姨夫就用电锯锯，那些锯掉的边角料也可用来生火。

"姨夫，我可以帮您脱煤坯吗？"

"这活你可别碰！干上一会儿，脸上、身上、鞋子上全是煤面子，东北人讲话，太埋汰。如果赶上刮风天，造得像个小鬼，你一个小女孩碰不得！"

"爸爸是男的，爸爸可以帮您啊。"

"你爸上班挣钱，哪能干这活？"

"您不上班挣钱，所以您就干？"

"哈可不。土话说'不挣钱不如人'，像我和你姨不挣钱，没收入，又没亲生子女，人前一站比谁都低，指不上谁，就得投奔你妈。1953 年，保定一女人介绍说，他们那个屯子有家男婴想送人，因女婿家住湖南，女方要随男人调湖南，走前想把男婴送人，我们没要，主要是你妈有话，说你大姨当年作了牺牲，拉扯了一大帮孩子，干嘛还要别人家的孩子，所以就没要。要是要了，喂他奶粉就能活，今天也能有你这么大了。"

"哦……我们都是我姨拉扯大的？"

"可不呗！你舅带你妈出去打日本，一天介不着家，天天打游击，晚上睡碱地、红樱子地，要不就睡一片一片的灰菜地，浑身长满了疥疮……'花姑娘的干活！'有一次一个日本兵追你妈，你妈地形熟，躲过去了，抓住了那还有好？解放后，兄妹俩都在国家机关工作，不方便带孩子，你舅还是个大官，两人成家后各自生下一堆孩子，一个不落全往老家送。每人每月各寄回六十至七十元，你姨拿这钱买布，给你们做衣服，开始用手针做，后来学着用缝纫机做。一开始孩子少，在本村或邻村找奶娘带。过了几年，孩子多到十几个。哎哟喂，大点的懂点事还好，几个小的，一大早醒来，只要有一个张开嘴咧咧，其他几个就一起跟着咧咧，一咧咧起来没完没了，比开幼儿园还热闹。"

"那时候我属于大点的还是小点的？"

"你是老三，刚满月就把你送到了蠡县的留史村。你妈是蠡县一带的老党员，寄养你的干爹是村支书，也是老党员，认识你妈，有感情，奶你的干娘①拿你娇着哩！只要你一哭着叫娘，找娘，你干娘一边朝你跑，嘴里一边喊：'娘来咧！娘来咧！'"

"我几岁离开干娘家的？"

"5岁半。你妈说快上学咧，该领走咧。那天你干娘头冲窗户看见我和她徐姐（注：大姨的小名叫大徐，下同）挑着挑来了，忙回头对家人说：'来咧！南阶河来人咧！要接新蚕走咧！'不知是谁教你说的，一听说要被人接走，你小小的人儿，站在窗台上朝外骂街，叫门外挑挑的人滚蛋。你姨进屋后吓唬你：'小兔羔子，学会骂街了，再骂，看我不拿扁担揍你！'吓得你直往干娘怀里扑。后来还是你干娘亲自把你抱到挑上，一路陪着走到了南阶河。等晚上哄你睡着了，你干娘才睡，一大早不等你醒来便走了。等你睁开眼一看不是干娘家，咧开小嘴这个哭哦！"

"怪不得一到春节，我妈就叫我给留史村的干爹干娘写信，写了好多封信，就是没见过面。"

"你走后，你干爹干娘套着牛车来过几趟南阶河。分手时，你干爹干娘心里不好受。你姥姥就让你姨把你先抱到邻居家，这样你干爹干娘走时看不见心里会好受些。后来，你干娘一吃好的就又想起你来了，又套上个牛车过来看，来时高高兴兴的，走的时候直抹眼泪。你想想看，抱走你的时候刚满月，哺乳到3岁，养到6岁，一个乡下婆子，容易吗？从感情上讲，她舍不得让你离开，可小巧（母亲的小名）有言在先哟，说好了的是代养，6岁前还家，感情归感情，归属归归属，没有办法。"

"我姥姥和大姨看十多个孩子？怎么会有那么多啊？"

---

① 作者注释：干娘，这里指从小喂过我奶水、抚养过我的奶娘。干娘逝于1988年，享年71岁。

大姨夫不但会脱煤坯，还会干木匠活。他制作了很多小板凳，发给家中每一个孩子。

"你算么，你大舅家有平分、纪元、新表、新华、新胜、振东……新胜小时候有气管炎，整天喉巴呛，累得你姨吼吼的……你妈这边有兰玲、兰藕、新蚕、振西、新兰、新伏……一出门，你姨胸前抱一个，背上背两个，你姥姥领着几个，到了地方把你们安顿好，由你姥姥看着，你姨下地干活。"

"这么多孩子一个比一个淘气吧？"

"淘气不可怕，最怕的就是生病，一有生病的，你姨背起来就往乡卫生院送。属新兰听话，不爱啼哭，做嘛吃嘛，指哪儿去哪儿，从不调皮捣蛋，吃饭时老坐在一个地方不动弹。有天晚上，屁股底下趴着一条长虫，身边'出溜出溜'地跑着一只老鼠，也不说动动地儿。那年春天，新兰4岁，跟一帮孩子在离家门口不远的蓖麻地里玩，玩着玩着就睡着了。后来孩子们玩火，把她左袖子燎着了也没醒。傍黑时一点数，发现少了一个，吓得你姨魂都没了，扯开嗓门儿哭包！你姥姥嗔道她：'光啼哭管嘛用耶？

快去找啊！找不回来，小巧（指母亲）回来还不得疯喽？'等众人赶到火场，将新兰从火堆旁抱出来，左手腕已被烧掉了一层皮，自此留下了终生的伤疤。你妈回来不高兴了，过了些天心眼子又顺了，她也看见了，十多个孩子，哪能看得过来呀！"

"多亏有姥姥，要不我姨一个人更承受不了。"

二、人活在世上总得占一头

"后来你姥姥得了哮喘病，家里、地里就指着你姨一个人，逼得她什么农活、家务活都干，脾气那个暴躁就别说了。1960 年你姥姥死了，你们也都大了，该上学了，你妈和你大舅一合计，这才各人领回各人的。之前你妈跟我说，这么多孩子，总得有个照顾家的人，说这么多年我姐把孩子们拉扯大了，有感情了，离不开了，你就跟我姐姐一块过来吧！我说，行。这样我和你姨跟着你妈来到了四平。我心里想了，你小巧没白当干部，会说话，叫我和你姐听着心里舒服，把你妈的话调个个儿想，换句话说，她这一下子领走 6 个，雇个保姆得花多少钱吧？"

"每年春节前，我妈给全家人分东西，一人一包，属您和我姨的那两包东西最大、最多。"

"你妈虽说厉害，可心眼儿好使哟……哎……让我这一生最不痛快的就是我犯过错误，丢了公职，人前一站比谁都低。你姨一提这事，气就不打一处来。好在你妈对我们好，敞口吃，敞口喝，不缺吃，不缺穿，有温饱，有依赖。人活在世上总得占一头，对社会对别人总得有点用处。我是干点累活，是抱点屈，抱点屈就抱点屈呗！嘿嘿嘿嘿……"说着说着，大姨夫咧开嘴大笑起来。

三、小人们别当老人们提死的事儿

"我妈脾气大，急了爱骂人，可从来不跟你们发火。"

"嘿！你妈那体性紧随你姥姥，大高个，走路快，东北人讲话了，说话做事刹愣①。你妈生于民国，没裹脚，不像你姥姥生在清朝，是个小脚。别看你姥姥是小脚，嘿！走起路来快多多咧。"

"我们管妈妈的妈妈叫姥姥，那管姥姥的妈妈叫什么呢？"

"那就得叫老姥姥了。"

"那我老姥姥肯定也能耐喽？"

"你老姥姥我没见过，说不好，可我知道你姥姥。在家，你姥爷什么也不管，大事小事由你姥姥做主，不高兴了就骂你姥爷。你姥姥在村子里有求必应，谁圆不下来的事儿，她一出面准能给你圆下来。在家里，她不怎么干活，专门指挥你姥爷和你大姨干：'大徐，拿醋来，拿蒜去，添点盐再拿过来，还缺双筷子……'反正就是不让你姥爷、你大姨稳稳当当地站一会儿。生气了，骂你，还不准你言声，好话赖话都不准你说，只能听她说。说完了，骂完了，痛快了，舒坦了，心里头并不盛着。"

"那她老了以后呢？"

"你是说你姥姥上了岁数昂？"

"嗯。"

"上了岁数就不行了，喉了带喘，有气无力，想干嘛也干不了咧，还得你姨天天照顾她。你姥姥老了以后脾气好多了，也不骂人了，等再上些岁数，慢慢就糊涂了，人一糊涂了，离死就快了。人老了，比不了年轻的时候哟！你姥姥年轻那会儿，可是不得了。"

"姨夫，人一糊涂，离死就快了，那等您糊涂的那一天，你怕死吗？"

---

① 作者注释：刹愣，东北话，指一个人做事风风火火，雷厉风行。

"咦?! 新蚕,你这话问得可不好,那是怕的事儿昂?! 越怕越不行! 老话说了,'鸟之将死其鸣也哀,人之将死其言也善',死是一件悲哀的事儿,小人们别当老人们说什么'糊涂了''怕死'什么的,东北人讲话了,让人心里头膈应①。老话还说了,'此时相见彼时老,能有几时为弟兄?'活一天,就得珍惜一天,干嘛去想死的事儿……"我吃惊地傻笑了,忙改口说:"不说了,不说了,姨夫您别生气……"心下暗想,姨夫这人不好欺哎,平时看去,老实巴交,没有脾气,可心里头样样事情都有数,说谁说得都挺准。此外,我感谢他能把我小时候的事和干爹干娘的事讲给我听。若干年后,我回老家去看干爹干娘,不幸的是他们已经离开人世好多年了。

补记 7:两次离婚热

"姨夫,听说生子要跟他妈回老家了,他爸为啥不要她们了呢? 生子的妈妈都生了两个孩子了。"有一天,我这样问大姨夫。

"两个? 生了四五个还吵吵豁豁地闹离婚呐!"姨夫说,"刚闹革命那会儿,不太讲究女人好不好看,只要人老实,不是地富出身就行,挺重成分的。解放后职务上去了,就觉得土媳妇配不上自己了。咱们这栋楼的××部长,要与农村老婆离婚,领导不怎么同意,理由是你想娶的那个年轻女人,家庭出身是地主,她有地主阶级思想,你娶了她,慢慢也会渐渐染上剥削阶级思想,娶了她不是一件麻烦事吗? 那位部长申辩说:马克思、恩格斯还讲赎买政策呢! 解放后对资本家不也实行私营转合营吗? 我娶了她,就能改造她,还是批准我娶她吧!"

---

① 作者注释:膈应,东北话,意思是忌讳。

"后来批准了吗？"

"批准了。女方成分是高，可你挡不住人家自由恋爱结婚啊！"

"那不是苦了先前那个老婆了吗？"

"不光老婆子苦哇！孩子们也没了亲爹了呀！可有么法？出来闹革命的时候，父母包办婚姻，一个农村妇女，目不识丁，庄稼气，说话土气，跟文化高的人坐在一块，说不到一起，要是找个工作人在一起生活该有多好。那时有政策，男女任何一方提出离婚就可以离。1946 年至 1949 年有过一段离婚热，1950 年至 1952 年又掀起了一次离婚潮。在单位，在公众场合，每天都能听到又有谁谁闹离婚了。后来搞运动，镇反，打'老虎'，三反五反，反右，一搞政治运动，人们的神经吊了起来，也就顾不上想离婚的事了，离婚热才渐渐冷了下来。"

"于平他爸爸姓高，为什么他的孩子姓于？"

姨夫说："革命那会儿叫真名的少，地下工作者用的全是假名。于平他爸本姓于，革命后改姓高，咱们邻居罗大刚原姓也不姓罗……要举例子，那可太多了。还有就是上学后老师重新给起名，我原名叫刘乃谦，老师起的名字叫刘金耀，但我没有改。"

1966 年 8 月 21 日　　星期日

有本小人书抽空就看

最近，我学习主席著作仅学习了一点点，不像英雄人物和英雄集体那样，把学主席著作看成是自己生活的命根子，是生活的第一需要。我应以英雄人物为榜样，时时刻刻"读毛主席的书，听毛主席的话，照毛主席的指示办事，做毛主席的好战士。"【金春明考证：本自然段尾部的这段话是

林彪为《毛主席语录》题写的题词，印在了《语录》的扉页上。】

今天开讨论会，刘桂兰同学的发言很合乎我的情况。如果有本小人书，抽空就看，而对学习主席著作非得在规定的时间才肯学，有时甚至自己原谅自己。

昨天听了刘英俊生前战友的报告，我马上感觉到自己是多么渺小！一块表，一二百元，要是我丢了，很着急，非得求几个人帮我找一找，哪还顾得上集体的利益，可是刘英俊恰恰做到了。

他有了缺点，犯了错误，大胆检查，并请示上级给以严厉的处分。我呢，有缺点生怕被别人知道，吞吞吐吐，拐弯抹角地往别人身上推，跟班长那次就是。有了优点，豪爽说出，比风还快。刘英俊做了好事，日记上不谈，对人不说。我可好，上学期就好像为写、说、讲而做好事，正像主席说的"生怕别人不知道"。

还有，见到别人有困难，明知该帮，有时就悄悄地躲了过去。

1966 年 8 月 24 日　　星期三

向高跟鞋、公鸡头开炮

晚间吃饭的时候，听大人们唠嗑，说看见一个传单上讲，北京某中学的学生向那些高跟鞋、公鸡头、高盔帽的资产阶级开炮，同时发出了愤怒的警告。【张颐武点评：其实北京那时已经风云变色，当时正是"文革"最初的"破四旧"的狂风暴雨时期，而东北的小城却还宁静。不过危险的示范作用正在显现出来。】

这件事顿时提醒了我。他们这种敢说敢干的革命大无畏精神太可贵了，人家的革命意志多坚定啊！而我给刘老师提点意见却忧虑十足，摇摆

日记考证、注释者之一：王海泉教授
——吉林省四平市人

作者 14 岁时申请加入红卫兵照

不定，这说明我还不够一个左派学生的资格。

这件事鼓励了我，我顿时心情激动，革命意志高昂，立即挥笔写出埋藏在心里很久又顾虑很大的小字报："向朱 ×× 老师[1] 发出紧急警告"和"反对刘 ×× 老师[2] 用这样的话教育我们"。我一定要向那些敢革命的战斗小将们学习！【金春明考证：1966 年 8 月 18 日自毛泽东接见红卫兵和革命师生之后，林彪也发表讲话。19 日，首都红卫兵开始成群结队杀向街头横扫"四旧"。此风从北京一起，全国各大、中城市立即仿行。本篇日记可以说是"破四旧"在四平市的反应。】

【张颐武点评：从对朱老师的警告里和反对刘老师的小字报里，我们可以看到"文革"意识形态对于孩子心灵的影响。刻板的理念把一个女孩

---

[1] 作者注释：朱 ×× 老师，当时教我们音乐课，每天上班，衣着和发型比一般的老师要讲究。

[2] 作者注释：刘 ×× 老师，当时任四平七中二年二班班主任。

子的判断变得扭曲和狭窄。】

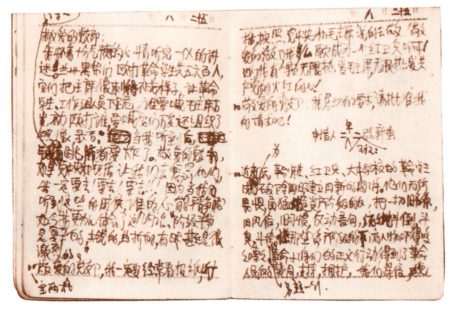

"申请加入红卫兵"日记真迹

1966 年 8 月 25 日　星期四

申请加入红卫兵①

敬爱的党支部：

　　我怀着十分气愤的心情听完一个人的讲述。兰州黑帮们殴打革

---

　　①　王海泉注释：红卫兵，其含义是捍卫毛泽东思想、反对修正主义的红色卫兵。四平市最早的红卫兵组织成立于四平师范专科学校（1966 年 7 月下旬）。至 8 月下旬，四平市红卫兵组织蜂拥而立。初时，加入者需提出申请，一般由"文革委员会"审查批准，成员必须是"红五类"（老红军、老革命、工人、贫下中农、军烈属）的后代。后来，批判"血统论"，非"红五类"家庭出身的学生也允许加入红卫兵组织。

命学生五六百人，他们把主席像刺得不成样子，让革命学生、工作组人员下跪，谁要喊毛主席万岁，就殴打谁，要喊他们万岁，还组织了照相、录音。当我听到后，气得心直跳，肺都要炸了。

敬爱的党支部，如果党中央和毛主席让我们去惩罚他们，我一定要去！要去！！要去！！！【张颐武点评：典型的"文革"时代的风格，"申请"显现了各地的混乱和紧张。】

当我们听到这些的时候，谁的心能平静呢？如今我更加体会到："阶级斗争是复杂的、尖锐的、曲折的，有时甚至是很激烈的。"

敬爱的党支部，我一定要经常看报纸、听广播，按照党中央和毛主席说的去做！敬爱的党支部，我多么愿成为一个红卫兵啊！因为我有一颗无限热爱毛主席、无限热爱共产党的火红的心！

敬爱的党支部：我恳切地要求，请批准我的请求吧！

申请人：二年二班　张新蚕

1966 年 8 月 25 日

1966 年 8 月 26 日　　星期五

我日夜想念，想成为一名红卫兵的愿望今天终于实现了！当我戴上红袖章的时候，我想，同学们选我当红卫兵，这是对我的信任和鼓励。我决不能辜负毛主席对我的希望和教导，我要猛攻"四旧"①，向旧习惯旧风俗猛烈开火，向旧世界宣战！【金春明考证：红卫兵是"文化大革命"中由大、中学生自发建立的一种组织，最早出现的是 1966 年 5 月 29 日成立的北京

---

①　何镇邦注释："四旧"指旧文化、旧思想、旧风俗、旧习惯。"文化大革命"提出"破四旧"，是极左的口号，它使民族的文化传统遭到破坏。

清华附中红卫兵。由于毛泽东在 8 月 1 日写给清华附中红卫兵的信中表示了"热烈的支持"，8 月 18 日又在天安门上接见了红卫兵代表并佩戴红卫兵袖标，使这一组织很快风靡全国。当时的青年人都以参加红卫兵为荣。】

近几天来，革命师生、红卫兵、大中学校的革命学生成为破除"四旧"建立"四新"的闯将。他们无所畏惧，勇猛地造资产阶级的反，把一切旧名称、旧风俗、旧习惯、反动言论统统地斗倒、斗臭、斗垮，让那些资产阶级的下流人物吓得哆哆嗦嗦。

革命小将们的正义行动得到了革命人民的赞同、支持和拥护，小将促老将，老将爱小将。我们深信，在党的领导下，在革命闯将大破大立革命精神的行动下，文化大革命的战果是辉煌的。

无产阶级文化大革命万岁！万岁！万万岁！

共产党、毛主席万岁！万岁！万万岁！

回想"兰州事件"和"关于对甫志高的通告"，使我认识到必须在阶级斗争中站稳立场，不能盲从。

1966年8月28日 星期日

近来我们学校成立了红卫兵组织，阶级敌人看我们岁数小，想腐蚀我们，造出种种谣言。今天有个人说："公安局骑在人民头上做老爷，根本就不听群众意见，你们应该赶快去砸公安局！"多亏李星亮等同学警惕性高，问清了情况，明白了这个人的阴谋。要是我，非盲目听从，信以为真。【张颐武点评：这里透露了"文革"本身的错综复杂，以及背后的结构和力量的相互作用，各种力量都试图在巨变中获利。】

回想"兰州事件"和"关于对甫志高的通告"，以及乔书记与李星亮同学的这些谈话，使我认识到必须在阶级斗争中站稳立场，学会分析实际情况，决不能盲目听从、盲目信任、盲目行动。今后要好好学习毛主席著作和有关社论。

1966年9月4日 星期日

读了9月1日的《人民日报》，越读越亲切。看到主席像，听了林副主席和周总理的讲话，越加感到党中央和毛主席是多么关心我们呀！我们要听毛主席的话，向解放军学习，同全国革命人民一道，建立一个崭新的新世界！【金春明考证：8月31日，毛泽东第二次接见外地来北京的师生和红卫兵。林彪在大会上讲话，肯定了红卫兵的造反行动。他说："红卫兵和其他青少年的革命组织，像雨后春笋一样地发展起来。他们走上街头，横扫'四旧'……学校的斗、批、改，发展到社会的斗、批、改。打击的重点，是钻进党内的走资本主义道路的当权派，一定要掌握这个斗争的大方向。"周恩来讲话要求红卫兵："要学习解放军的三八作风，遵守三大纪律八项注意，保护群众利益，保卫国家财产，造成良好的社会主义的新风气。"这些都刊登在次日（9月1日）的《人民日报》上。】

1966 年 9 月 7 日　星期三

在近七八天的斗争中，我们看守着一个女地主分子，得到了一次阶级斗争的锻炼，更加深刻体会到文斗的好处和抓思想工作的好处，政治思想工作是一切工作的生命线。

革命是艰苦的，正如十六条中的第二条"主流和曲折"中所说的："……它将使无产阶级和其他劳动群众，特别是年轻一代，得到锻炼，取得经验教训，懂得革命的道路是曲折的，不平坦的。"

晚上住宿在老百姓家，半夜天冷时有些想家。

以前我总认为一个小小的四平城能有多少狡猾的特务和大黑帮头子。可"文化大革命"的事实完全推翻和批驳了我的想法。这次运动还锻炼了我独立思考和分析问题的能力以及敢说、敢做、敢闯、敢革命、敢造反的无产阶级革命精神。狡猾的敌人常用小恩小惠来腐蚀我们，我们要擦亮眼睛，不能轻率收兵。

这次运动的胜利正像革命群众说的那样，功劳归功于党，归功于毛主席，归功于无产阶级文化大革命，归功于"十六条"，归功于伟大的毛泽东思想。

这次看守女地主分子，从中得到的斗争经验是在书本里学不到的。如果我们不在大风大浪中锻炼，只钻书本，那么，我们的国家就会改变颜色。

这次看守女地主分子，有许多革命人民的优秀品质让我感动。如：一位街道居民也主动参加了值夜班，到了换班时间，她为了不打扰别人的睡眠，自己又继续值了下去；一位同学发现另一位同学没大衣，便主动两个人披一个；天气很冷的时候，居民过来把自己的棉袄大衣送给我们；晚间睡觉时，群众拿出自己的新被褥让我们铺盖；另外，从女地主家翻出那么多首饰、

电影《舞台姐妹》

珠宝，白天黑夜均白花花地放在院内的长条凳上，没有一个同学去拿去偷。这一切多打动人啊！大家都在努力做一个纯粹的人，一个真正的人。

今天我和陈国彦在二商店遇着一个人，这个人问我们是哪个学校的。然后他说："看！人家师专学生多能耐，你们七中就没人敢写。"这人让我们向师专的大学生学习，也写"炮轰地市委"的大字报。想想"十六条"说过："要谨防扒手，及时揭穿他们要弄的这套把戏。"今后再遇此事，一定要提高警惕。

1966 年 9 月 9 日 星期五

昨天看了《舞台姐妹》这部电影，这是一部地地道道的反党反社会主义反毛泽东思想的影片。【张颐武点评：谢晋导演的这部著名影片在这位年轻红卫兵的批判中变成了如此的形象。这部电影表现了人们对旧社会的绝望和对新生活的向往，但从一个女孩子批判的文章里，已反映出当时以"反面教材"放映电影的广度。】如果我们不带着批判的眼光去看这部电影，

就容易受毒害。它鼓励我们走个人奋斗的道路，不问政治，不和工农兵相结合，脱离阶级斗争。竺春花对邢月红说什么要"清清白白地做人，认认真真地唱戏"，宣扬的是只顾自己，不顾他人的极端个人主义的东西。邢月红走上那种道路，竺春花本应和他一刀两断，可是他们离开时却是那样的难舍难分。解放时，竺春花又一心一意地寻找邢月红。更令人气愤的是编导者有意美化旧社会，邢月红在法庭上本应理直气壮，审庭者必定向着她，但是影片描写她吓得哆哆嗦嗦……

影片完全歪曲了对文艺工作者的改造，竺春花仅仅经过不知从哪儿来的一位记者一说，忽地变成了一个大演革命现代戏的英雄，多奇妙呀！"清清白白地做人，认认真真地唱戏"，可是竺春花和邢月红又为什么接受那两沓纸票？一位女艺人吊死了，唐老板却装哭，还说要办酒席。请问旧社会哪有这等事?! 当唐老板让竺春花演一种戏时，竺春花拒绝了，照理说唐老板该大发雷霆吧？可是唐老板笑一笑就完事了！竺春花不与唐老板作斗争，却梦想有自己的一个戏馆，这对吗？

编导者打着描写两个女艺人在旧社会遭遇的幌子，大做反党反社会主义的文章。不管编导者隐蔽得如何巧妙，最终逃脱不过革命人民雪亮的眼睛！

1966 年 9 月 10 日　星期六

前天我组织会场之后，与韩志业发生争吵，这让我越想越难过，何兴华却肯定韩志业的发言是积极的，同时也指出了他的缺点。班主任刘老师说我应学习毛主席的《关于领导方法的若干问题》和《党委会的工作方法》。

今天有喜讯传来，各班要选出 3 名同学去长春取经（去长春学习"文革"的经验）。我高兴极了，但我又想，应当像英雄王杰那样，在荣誉、待遇和物质上不伸手，争取把取经的机会让给别人。

1966 年 9 月 11 日　星期日

今天我发现姨夫会给人写信，不仅字写得非常好，而且用词很不一般。什么"光阴荏苒，倏已二年有余，怀念之余，无时不神驰左右！"听大人们说，大姨 20 岁那年嫁给了姨夫，当时姨夫是小学教员。因姨夫有文化，参加革命后不久就入党提干，担任过八路军连指导员和区政府秘书，后来不知什么原因就回家务农了。【张颐武点评：这里说到了姨夫的过去，话里话外带有一种隐秘的色彩。在那些我们所不知道的故事里，似有诸多难以言明的人生的沉浮。】

1966 年 9 月 12 日　星期一

"父亲用锥子扎母亲和我"

今天我参加了批斗大会，斗争数学老师刘××。刘老师的父亲是个大资本家，刘老师个人一直站在革命师生的对立面。在斗争会上，文斗能充分暴露阶级敌人的丑恶面目，要把他们斗倒、斗臭、斗垮！把他们孤立起来，肃清他们的影响。

刘老师狡猾得很，一方面他怕群众揭露他，另一方面用"可怜"的表现让我们上当。他说什么："我母亲四次自杀，我父亲用锥子扎母亲和我。"他有时竟装出要哭的样子说："我把我的一切东西交给领导，让领导看。"

刘老师可怜地对学生们说："我母亲四次自杀，我父亲用锥子扎我们母子。"

这个数学教师总提到别的老师怎么怎么的了，他是听谁谁说的了，还假装哭着说："我把自己知道的一切尽量说。"

刘老师很狡猾，红卫兵由于气愤稍微打他一点儿的时候，他就大喊"哎呀！""毛主席万岁！"可是当另一阶级敌人也被抓了进来，他就不喊了，而是顶了顶帽子，翻了翻白眼，去看被新抓来的那个人。

阶级敌人不斗是不倒的，当我们掌握了证据，问他有没有这回事，他说"没有"。有同学说他是流氓小偷，他说："我不是流氓小偷呀！不是的呀！"

更令人气愤的是，让他交出两个溜走的坏人时，他说："我没放啊！你们打我吧！枪毙我吧，我什么也不知道啊！"让他坦白的时候，他说："不行啊，给我点水喝吧，要不也说不了呀。"【张颐武点评：批判会的场面有异常逼真的现场感，气氛的确相当紧张。当时记下的情景，让今天的我们还有惊心动魄的感觉，那是一个怎样的时代啊！这个教师和这群孩子有什么可说的呢？当斗争的逻辑淹没了生活的逻辑，就没有理可讲了。】

革命的学生尤其是红卫兵，正像"十六条"① 说的那样，他们有智慧、有魄力。的确，这次会议从始至终都是学生们自己来掌握的，而且按照党中央说的，充分发扬民主，让群众自己解放自己。我们既以愤怒的心情控诉了刘老师这个大坏蛋，还不让大家随便乱打这个大坏蛋，我们的的确确是毛主席的红卫兵，是党最忠实的红卫兵！

剧照：李香君

《桃花扇》剧照

1966 年 9 月 15 日　星期四

生当作人杰，死亦为鬼雄

"文艺是从属于政治的，但又反转来给予伟大的影响于政治。"

---

① 　何镇邦注释："十六条"，指的是 1966 年 8 月 8 日在中共八届十一中全会上通过的关于"文化大革命"的纲领性文件《关于无产阶级文化大革命的决定》。由于此文件共有十六个方面的内容，故简称"十六条"。文件中对"文化大革命"的性质、形势、政策、组织机构，以及有关注意事项做了阐述和规定。这是继《五一六通知》之后又一个关于"文化大革命"的错误的纲领性的文件。

毛主席教导我们说：

"任何阶级社会中的任何阶级，总是以政治标准放在第一位，以艺术标准放在第二位的。"

《桃花扇》①是一部坏影片，我们应擦亮眼睛，揭露它的政治目的和政治意图。【张颐武点评：当时梅阡导演的《桃花扇》也是作为"毒草"放映的。这里对于"人物影射"的敏感，及其将历史的故事解读为对于现实的影射攻击，是"文革"式文学批评的典型方式。想象的世界对现实世界的直接责难，变成了批评的唯一方式，这样的批评当然引人发笑。但"文革"时大批判的逻辑就是如此，因而对于《桃花扇》的批判，也就成为整个语境结构的必然。】

编导者一心想推翻共产党，恢复旧中国，恶毒地咒骂共产党和无产阶级专政，竭力歌颂同社会主义制度为敌的人，梦想反革命复辟，宣扬至死效忠封建王朝的反革命"气节"。

毛主席说："在现在这个世界上，一切文化或文学艺术都是属于一定的阶级，属于一定的政治路线的。"让我们用毛主席的话来分析这个反动的《桃花扇》影片吧！

1962年是国内外阶级斗争错综复杂的年代。这时候把一个离今日很远的反动历史剧捧出来，就是宣扬资本主义复辟。当影片的代表人物李香君被抓时，她说："不要欺人太甚，相府权势再大，也大不过一条命去！"

---

① 何镇邦注释：《桃花扇》是清代戏剧家孔尚任（1648—1718）的作品。该剧以明末南京秦淮河畔"江南四公子"之一的侯朝宗与秦淮歌妓李香君的爱情为线索，描写了明末清初动荡的社会面貌，抒写了亡国之痛，是一部充满爱国主义激情的剧作，在文学史上被看作"明清传奇"代表作之一。1962年，《桃花扇》由梅阡导演拍摄成电影，主人公李香君由王丹凤主演。

这篇日记反映了一个中学生在"左"的阶级斗争理论灌输之下，对客观事物的认知产生了扭曲和颠倒。

这几句话彻底暴露了她对党对社会主义的刻骨仇恨。从李香君和侯朝宗的生活中，不难看出他们代表的是统治阶级和剥削阶级。当"幸福生活"被冲散时，他们恨我们的新社会，留恋原来的腐朽生活，想再恢复蒋家王朝。影片中有许多人被戴上手铐，被抓走了，编导者为何要在 1962 年上演这出戏呢？难道不是在咒骂、讥讽我们这个新社会吗？

侯朝宗和李香君是剥削阶级，当明朝被推翻时，他们显得那么有感情、有意志，这不是明目张胆地宣扬反革命的气节吗？

这部反动影片是在梅阡、孙敬的精心策划下拍制的。影片最反动的一句话是："生当作人杰，死亦为鬼雄。"这是宣扬民族气节吗？不是！为什么一个清兵没出现？为什么没看见一个人在反抗？你做的是什么人杰？什么鬼雄？这不是明目张胆地告诉一切牛鬼蛇神要顽抗到底吗?!

小小几条蚍蜉怎能撼动参天大树？中国劳动人民的江山是铁打的。他们这样做，恰恰暴露了自己极端丑恶的反动嘴脸，使我们看到文艺战线上的阶段斗争是客观存在的和不可忽视的！

1966 年 9 月 16 日　星期五

如今，我们班同学因意见分歧有些不太听指挥，有些乱。我作为班级"文革"领导小组成员，【金春明考证："文革"领导小组，是根据"十六条"中的第 9 条规定成立的领导"文化大革命"的权力机构，曾一度从中央到基层普遍设立，但各地很快就因派性斗争而消失。】很着急，心里乱得很，有些胆怯。但我又想，"乱"也有它的好处，在"乱"中可以考验一个人和一个革命者。可是必须分清谁是革命的，还是反革命的；是真革命的，还是假革命的；是真正保卫党中央的，还是假保卫党中央的。"乱"，可以使我们在大风大浪中锻炼，我们应闯出一条正确的道路来。

今天我们班的领导小组又不知带领同学们去干什么，而且更愁明天。今天晚上学习毛主席语录，眼界开阔了，方法也多了，找到了自己为何没做好工作的原因所在——走群众路线不够！

今天我们班的领导小组不知带领同学们去干什么，而且更愁明天。

每当我听到毛主席接见百万革命师生的录音时，我的心是多么沸腾呀！敬爱的毛主席，我向您老人家保证，永远读您的书，听您的话，做您的好战士！【金春明考证：从 1966 年 8 月 18 日到 11 月 26 日，毛主席在天安门八次接见全国各地的红卫兵、学生和教师，共 1100 万人。】

1966 年 9 月 19 日　星期一

昨天整整一天去长春取经、参加了万人批斗大会。在大会上，我看见省委大干部里面有一个女的，从批斗稿中听，好像女领导比男领导生活奢侈，爱搞男女关系。长春的革命派具有天不怕地不怕、舍得一身剐、敢把皇帝拉下马的大无畏的革命造反精神，他们在大风大浪中站稳脚跟，能用最锐利的眼光去识别一切，分析一切，看待一切。通过这次取经和参加批斗会，我体会到"要让青年一代认识到革命的道路是不平坦的"这句话的深刻含义。

1966 年 9 月 20 日　星期二

毛主席曾经教导我们说："学生也是这样，以学为主，兼学别样，即不但学文，也要学工、学农、学军，也要批判资产阶级。"对照自己看一看，学过文，但与工农接触很少。现在正是学农的好机会，我们准备到条子河四队① 去参加劳动，帮助农民秋收。我决心要做到以下几点：1. 要带主席著作经常学习、运用，带着实际问题学；2. 要学习农民伯伯的勤劳和革命的干劲；3. 把这次秋收看作是锻炼和改造自己资产阶级思想的过程；4. 要做毫不利己专门利人的人，敢于革除一切不符合人民利益的旧思想；5. 向农民伯伯宣传党的政策、国家大事。总的一句话，就是学习毛泽东思想，运用毛泽东思想，做一个用毛泽东思想武装起来的革命青年。

看了《毛主席和百万革命大军在一起》的纪录片之后，我十分激动，有朝一日，我也要去北京见毛主席。

1966 年 9 月 28 日　星期三

8 天来的秋收劳动结束了，我回家时内心极为兴奋，下面作个简要的

---

①　作者注释：四平市郊区的一个生产小队。

总结：

社会主义社会的农民是那样勤劳，每天4点多钟就起来劳动；他们的思想是那样的纯朴，对不良现象敢于斗争。比如李宝财排长吧，他对地主媳妇偷地瓜的事儿进行了坚决的斗争，他大胆地管闲事，不怕歪风邪气。他们对我们第三代无比关心，有一位农民伯伯冒着大雨，脚陷泥地，还热情地为我们搬行李。在我们睡觉的地方，广大贫下中农那样爱我们，给我们打水，我们帮他们挑水、扫地，临走时有位老大娘几次掉下了眼泪。一位贫农老伯伯说："我们农民做你们的坚强后盾，坚决支持你们。"

在这次劳动中我也得到了一次阶级斗争的锻炼。有个地主的媳妇拾队里的茄子，当我们抓到她时，她说什么要上吊，上吊死了由我们负责。后来她一看动硬的不行便来软的："我以为你们已摘剩下的不要了呢，我丢掉了不就行了吗？"

【张颐武点评：地主媳妇拾茄子，今天看来无非是贪小利的表现，或许是难以避免的人性中的弱点。但在那个特殊年代，一旦用无所不在的阶级斗争观点衡量之后，地主媳妇的行为不再与生活有关，而成了两个阶级间的阶级斗争。】

农民伯伯热爱集体热爱社会主义，为了做到颗粒归仓，他们从早上4点多钟劳动到黑，晚上还夜战到很晚，但他们从不叫苦。可我们呢，一想到夜战就紧张，怕吃苦。

农村的干部们很懂得阶级和阶级斗争，眼睛亮得很，他们坚决彻底地贯彻了党的阶级路线，对敌人实行了专政。

农民伯伯十分可亲可爱，他们对不良现象敢做不调和的斗争。不管你是队长、组长，有缺点就当着大家的面批评。

李宝财排长还给我们讲了一件事，一个地主至今保留着变天账，他还批评周队长在旧社会本来是给地主扛过长活的人，如今却不贯彻阶级路线，跟地主搞调和。

在回来的路上，我回想起农民那朴素的生活作风，他们日常吃高粱米、地瓜、土豆、大葱，而且冬天不戴手套干活也不冻手。我们不会做活，他们不蔑视讥笑我们，而是耐心地教我们，不像我们这些"知识分子"看谁不顺眼就损谁。我想真正土气的不是农民，而正是我们自己。正像毛主席说的，他们的手尽管是脏的，脚上有牛屎，但他们的思想是最纯洁的。

这次秋收劳动，毛主席语录给了我很大的启发。如："吃苦在别人的前头，享受在别人的后头，这才是好同志。"我按照主席说的去做了，觉得好像毛主席在表扬我。又如："有些同志在敌人的枪林弹雨面前不愧是英雄好汉，但在敌人的糖衣炮弹面前就打败仗。"联系自己，我对一些违背原则的事也做过斗争，如：我给杨艳华提缺点，说她干活时不该吃老乡地里的东西，为此我俩叽咕推搡起来，损坏了老乡家里的田地。等杨艳华一发言，我又说："对了，杨艳华是请示完之后才吃的。"多亏杨艳华及时提了出来，要不会委屈了她。

这次劳动我应学习吴淑珍同学吃苦耐劳、全心全意为人民服务的好品质。

通过和张若英、王福新、张胜利一起摘茄子、起地瓜秧以及和李影、刘桂兰、杨艳华、贾兆杰一起挑水、唱歌，尝到了劳动的快乐。我还抽空看了《工农兵谈一分为二》这本书，力争学会运用一分为二的辩证思想处理实际问题。【金春明考证："一分为二"为毛泽东哲学思想体系的重要观点。他从矛盾的对立和统一中，得出了一个"任何事物都存在一分为二的特性"的论断，并要求用这一观点观察分析事物，是辩证法的一种体现。】

1966 年 10 月 1 日　星期六

地委书记吊死在男厕所

今天早晨发生了一件可怕的事儿——一位地委书记①自己把自己吊死在厕所里面了，吓死人了。

今天是"十一"，原定地委第一书记是要上体育场主席台讲话的，讲话稿都准备好了，要庆祝国庆，庆祝毛主席无产阶级革命路线的伟大胜利。谁想他一宿未合眼，挨到天快亮时寻死了。上班后，楼里家里哪儿都找不到他，后来还是一个清洁工最先发现他在男厕所里上吊了。昨天下午他参加了地委机关干部和师专大学生专为他组织的答辩会，会上说他是地主阶级的孝子贤孙，派工作组压制了学生运动，执行了资产阶级反动路线，他听后受不了了。

听说他出身于一个地主家庭，解放前，他从革命队伍回到了家乡，带头把自家的田地、东西分给贫苦农民，原来是挺革命的。

我还想到了他那个 7 岁的小女儿。她长得极美丽极可爱，与新伏妹妹是同班同学，常来我家写作业。她那美丽的面庞和一双分外有神的大眼睛让人过目不忘，而今她的命运肯定惨了。她的妈妈长得高大、漂亮，是四平市委的一个主要领导，据说当年是胶东半岛的一个铁姑娘，走路说话咔咔的，现在她在哪儿呢？她和她的女儿肯定都哭成了泪人。【张颐武点评：

---

① 王海泉注释：死者为四平地委书记王静坚。王静坚，男，汉族，1918 年生于山东省莱阳县。1937 年投身革命，曾任八路军总司令部秘书、莱东县代理县长、桓仁县县长、通化市市长、通化地委书记、四平地委书记。1966 年 9 月 30 日，四平地委部分干部和四平师专"造反派"找王静坚答辩，对他进行批判，并责令他第二天继续答辩和接受批判。迫于压力，王静坚于 10 月 1 日凌晨在地委大楼厕所内自缢。当时的造反派组织给他定性为"自绝于人民，自绝于党"。1978 年 3 月 11 日，党组织为他平反昭雪。

个人被席卷进那个狂暴的时代之中，成了"风中的芦苇"，它的脆弱喻示了生命的无常。那个 7 岁的女孩和她母亲的痛苦我们可以想象与体会。也许，生命应该更加坚强，但遇到如此灾祸，谁又能说自己是坚强的呢?】

1966 年 10 月 3 日 星期一

今天傍晚在兰藕姐的陪同下，我基本学会骑自行车了。学车中让我明白了一个道理：你越怕困难，困难就越难；你下定决心不怕它，它很快就会被攻破。

学完车回家，特兴奋，我与兰藕姐谈感受。兰藕姐一边站着说话一边拿着吊在房屋中间的灯绳悠荡着玩。"啪"的一声灯泡被灯绳上的小塑料坠给打碎了，一时，屋里漆黑一片。于是兰玲姐就训兰藕姐，在黑暗中还推搡了她。过了一会儿，爸爸妈妈下班回来了，兰玲姐说明了情理，大人们没太说我们。

补记 8：母亲一出场，"王熙凤"① 变"平儿"②

"文革"前夕，兰玲姐就读于四平市一中，她的数理化成绩在本年级

---

① 何镇邦注释：王熙凤，曹雪芹著的长篇小说《红楼梦》的一个主要人物，又称"凤姐儿"。她是荣国府贾琏的夫人，同时又是荣国府掌权人王夫人的侄女，因此在荣国府里飞扬跋扈，专横弄权，曾受贾母、王夫人之委托行使管理荣国府之权，心狠手辣，在大观园里制造了不少悲剧，人称"凤辣子"。但她的一生也是一个悲剧。王熙凤的性格复杂，美学家王朝闻著有《凤姐论》（百花文艺出版社出版），此书对凤姐这个人物做了详尽的剖析。

② 何镇邦注释：平儿，曹雪芹著的长篇小说《红楼梦》中的另一个人物，是王熙凤陪嫁的丫环，后成为贾琏的侍妾。

芙蓉国里尽朝晖

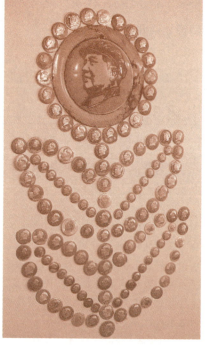

用毛主席像章制成的葵花图案

一直名列前茅。

　　每到期末，父母按成绩奖励子女，第1名的奖品总是被兰玲姐领走。我虽争强好胜，却无缘第一，原因是语文成绩优秀，数理化成绩中游。

父母人到中年

　　兰玲姐脑子灵，针线活做得又快又好。20 世纪 60 年代，国家经济困难，家里人口又多，母亲常常买回些廉价的线制面料，经大姨和兰玲姐裁剪、锁边、缝纫，全家人都能分得一套线衣线裤。临近冬天，大姨要赶制十几套棉裤棉袄，加上日常的缝补浆洗，活计又多又累。在 6 个子女中，兰玲姐老大，自然成了大姨难得的帮手。看到大姨舒心，母亲也夸奖说："兰玲能干，心灵手巧，自根儿身子骨就壮实。"

　　那些年只要母亲不在家，兰玲姐就会成为家里的"王熙凤"。与"王熙凤"有本质区别的是，兰玲姐除了管人管事、支钱动嘴，家中什么活都干，但有空暇，便为弟妹们赶织毛衣毛裤。遇上开学或节假日，她会学着大姨的叫法喊我们："大老婆、二老婆、三老婆……集合啦！"

兰玲姐照于 1969 年

　　"老婆"一词，是指家中的 5 个姊妹，相当于大闺女、二闺女、三闺

作者4岁半时（右一）与父母及姐姐们合影

全家离开西安留念

女……有时候大姨这样喊，兰玲姐也随着喊，等"老婆们"都到齐了，"王熙凤"会根据母亲的吩咐，给大家发放过节的礼物和开学的用品（铅笔、本子、文具盒）："兰藕，这是你的；新蚕，你拿这份；振西，你是小子，没有头翎，过节了，你拿这个小火车……"叫到谁，谁就乐乐呵呵地接着，管起我们来，威望丝毫不亚于母亲。

俗话说："一物降一物"，只要比"王熙凤"还"王熙凤"的母亲一出场，兰玲姐即刻就退居到"平儿"的地位。如果兰玲姐做错了什么事，母亲训了她，她也只能私下里嘟哝，从不敢当面还嘴，小些的孩子们就更不敢了。

若干年后，兰玲姐第一个结婚成家。有一次，我听母亲跟大姨说："咱娘年轻时就厉害，总好管个人，婚后也一样，也做得了咱爹的主，现在我看兰玲这脾性紧随咱娘。"

大姨笑了："那得说你紧随你娘，她紧随她娘！"母亲听后笑了。

1966 年 10 月 18 日　星期二

毛主席语录：

帝国主义和国内反动派决不甘心于他们的失败，他们还要做最后的挣扎。在全国平定以后，他们也还会以各种方式从事破坏和捣乱，他们将每日每时企图在中国复辟。这是必然的，毫无疑义的，我们务必不要松懈自己的警惕性。

在拿枪的敌人被消灭以后，不拿枪的敌人依然存在，他们必然地要和我们做拼死的斗争，我们决不可以轻视这些敌人。

这两天我不想当班级"文革"领导小组成员了，想退职，至今尚未完

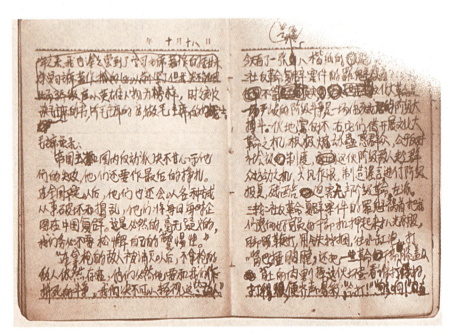

作者于 1966 年 10 月 18 日星期二写下的日记真迹

全解决。听了收音机里关于吕玉兰①的 10 个为什么之后，认识到小困难是个小考验，大困难是个大考验，越困难越磨炼，越磨炼越坚强，今后遇到问题要迎难而上才对。

今天看了一张八开纸的传单，题为《谁是三轮二社反革命复辟案件的罪魁祸首?!》不管是否真实，说明"文化大革命"是一场严峻的阶级斗争，是一场你死我活的阶级大搏斗。地富反坏右借开展"文化大革命"之机，煽动蛊惑群众，兴风作浪，制造谣言，进行阶级报复，残酷迫害无产阶级革命左派。

三轮二社反革命复辟案件的罪魁祸首们，他们把我们党的好党员、好干部扣押起来，扒光衣服，脚踢鞭打，用铁丝捆，往水缸里泡，打嘴巴，

———————

① 何镇邦注释：吕玉兰，河北邢台人，著名全国农业劳动模范。20 世纪六七十年代，她的事迹及文章曾在全国产生过较大的影响。

捶胸膛，还把一些革命干部的腿上及背上的肉割掉。这伙坏蛋看谁打得好，打得狠，便齐声喝彩："会打！""够响！"直到把我们的同志打死为止。有个敌人边打边说："这会儿我也管管你，叫你也认识认识我，叫你也尝尝挨打的滋味，你也有今天。"

这些疯狂进行阶级报复的坏蛋，打完了人，还利用某些青年红卫兵缺乏经验的特点，叫嚷什么"打倒一切当权派！"真是嚣张极了。

但是他们终究逃脱不了人民雪亮的眼睛，逃脱不了无产阶级专政的法律制裁！

让我们高举毛泽东思想伟大红旗，念念不忘阶级斗争，念念不忘无产阶级专政，念念不忘突出政治，念念不忘高举毛泽东思想伟大红旗！

1966 年 10 月 19 日　星期三

昨天兰藕姐在北京最幸福地见到了伟大领袖毛主席，我听了激动不已，我也要去，而且尽量快一点去见毛主席。【金春明考证：1966 年 10

兰藕姐到北京去见毛主席

中学红卫兵串联至北京

月 18 日，毛主席在天安门第 5 次接见全国各地来京的约 150 万师生和红卫兵。】

1966 年 10 月 21 日　星期五

两天来在辽源参加群众会，无论是在火车上、在剧院里、在公共汽车上，到处都可听到学习毛主席语录的声音，到处都可听到《东方红》《大海航行靠舵手》等革命歌曲。人们的决心是那样的大，斗志是那样的昂扬，处处是一片欣欣向荣的景象。

访问凭吊方家坟①使我们联想到旧社会矿工们的悲惨遭遇。我看到了一位侥幸活下来的矿工，他的牙齿被敲掉了两颗，手指被打弯了，胳膊被打断了，要不是他一歪脑袋，可能连命也保不住。我们一定不能忘记老工人的话："你们生长在新社会，要听党的话，听毛主席的话，高举毛泽东思想伟大红旗，牢记阶级苦，不忘血泪仇！"

1966 年 10 月 22 日　星期六

今天听到大连海运学院 15 名革命学生"长征"②的事儿。他们跋山涉水，步行一个多月，走完了 2000 里路程。【张颐武点评：这种"长征"如

---

① 何镇邦注释：方家坟，地处吉林省辽源市。日伪时期，日寇和汉奸工头曾在此地残酷压榨中国劳工，成千上万的劳工被迫害致死，矿工们的墓地比比皆是。解放后，众多的青少年有组织地去辽源凭吊死难的同胞，是一种爱国主义的教育形式。

② 何镇邦注释：长征，指的是"文革"初期红卫兵和一些"罢课闹革命"的大专院校或中等学校师生组织起来进行串联，一开始他们去的地方大都是井冈山、韶山、延安等地，后来便到各大中小城市及农村进行徒步串联，被称为"长征"。

果不追求它的政治含义，就有了一种人生漫游的体验。许多过来人后来谈及那时的锻炼，都说：让人视野开阔，真正见识了中国的社会。】他们不走公路，专门爬山，泅渡过河，脚上起了泡，一读主席诗句和语录，浑身就来了力量；夜里，他们不怕蚊虫叮咬，白天专走山区，把党中央的指示传给每个贫下中农；他们不顾疲劳，帮助贫下中农挑水、扫院、干零活；他们遵照毛主席关于"长征是宣言书，长征是宣传队，长征是播种机"的伟大论述，提出"我们要做革命的播种机，把毛泽东思想传遍每个角落！"他们边学习边宣传，走到哪里，就把毛泽东思想传播到哪里。他们在田间、地头给社员高声朗读毛主席语录，这使我想起我在农村劳动时兜里也总装着一本主席语录，但在地头休息时，却不给社员宣传。认为自己胆小，爱面子，自己原谅自己。

在去辽源的车上，我看到了一位同志主动大胆地领着我们学毛主席语录，还有一位姓白的老师领着我们高唱毛主席语录歌。

1966 年 10 月 23 日　星期日

东北机器制造厂工人工程师尉凤英[①] 在首都革命群众大会上的报告（摘记片段）：

"菜刀用完了不擦要生锈，而且会越锈越厚。人的思想不改造也会生锈，也会是越锈越厚，直到变质。毛主席教导我们：'敌人是不会自行消灭的'，思想上的敌人也是同样。对待思想的敌人，必须用毛泽东思想这

---

① 何镇邦注释：尉凤英，"文革"前连续 10 年被评为沈阳市、辽宁省和全国的先进工作者和劳动模范。"文革"后曾任辽宁省革委会副主任。党的九大和十大中央委员。"文革"时期，北京军事博物馆曾举办过"尉凤英事迹展览"，尉凤英在北京和东北各地作过她活学活用毛主席著作的报告。

一最强大的武器，狠狠地打，才能把它打倒。思想的敌人，不同于拿枪的敌人，拿枪的敌人，打死一个少一个，而思想上的敌人就不同，今天在这里把它打倒了，明天又会从那里冒出来。所以必须经常地打，时时刻刻地打，而且不能就事论事地打，必须要剿它的老窝。要想做到这一点，没有别的窍门，只有老老实实地读毛主席的书，听毛主席的话，照毛主席的指示办事，彻底树立无产阶级的世界观。"

读后观感：尉凤英为了技术革新，不去参加晋级考试，开始她只知道好好地干，报答党的恩情，但由于不懂得为什么干革命，没有用毛泽东思想武装头脑，所以虽然出身好，但同样经不起资产阶级思想的侵蚀。

1966 年 10 月 27 日　星期四

今天上午，我们和乔书记因一本日记发生了一番辩论。乔书记以有中央文件精神为名，不把日记交给我们，弄得不欢而散，影响很不好。

中午我和同班同学拿着扫帚、糨糊到乔书记家居住的地委一栋楼去贴大标语。事先在校写好了"坦白从宽，抗拒从严；执迷不悟，死路一条"，然后我们就去贴。

我家也住在一栋楼，没想到正往墙上贴的时候，让大姨看见了，她不由分说狠狠地把我拽回了家。中午吃饭时，兰玲姐教训我说："整个一栋楼的人，就你不听邪，就你能耐，就像得了神经官能症似的，整天跟着造大观点的人瞎折腾，还把标语贴到人家家门口来了。"【张颐武点评：以兰玲姐的话来分析，当时的"我"可谓是一个"激进无畏的革命青年"，年轻时代的血气方刚、单纯执著令人发笑。"我"在这一天记录的经历，想必会引起许多同代人相似的回忆，在"无情的革命"与"有情的现实"中，显现出不同年龄的人对事物截然不同的立场和态度。】我申辩说这是革命

我们正往乔书记家门口贴大字块，不巧让大姨看见了。她不由分说，狠狠地把我拽回了家。到了晚上，妈妈训我说："你们懂什么叫'执迷不悟'？"

行动，她就掀桌子。我看她掀桌子，我就踢翻了椅子，然后两个人各举一把笤帚朝对方的身上抡，把两个人的衣服都抡脏了。

她一看管不住我，晚上就跟妈妈学舌。妈妈训我比她训得还厉害。到了快睡觉的时候，妈妈语气好了些，说："你一个小孩子家涉世不深不要紧，但得听进大人的话。乔书记的爱人是地委宣传部长，他们两口子跟爸爸妈妈都很熟。你们往人家门口贴标语，还说什么'执迷不悟，死路一条'，你们懂什么叫'执迷不悟'吗？再说你们又能解决什么问题？"

妈妈说得我心里很乱，看来事情很严重，一时觉得抬不起头来。

1966 年 10 月 28 日　星期五

今天早晨听到我国导弹核武器爆炸成功，我不知用什么话来表达自己激动和兴奋的心情。只感到国家这样强大，打心眼里更加热爱我们的党、我们的国家和人民，也更加热爱我们最最敬爱的伟大领袖毛主席！

从北京串联的同学回来了。每当我们问他们见没见到毛主席的时候，他们脸上都露出兴奋而自豪的表情："见了，见了，我们见到了。"我的心是多么激动呀！我也得去北京，一定一定要见到日日夜夜想念的毛主席。

第三章 接受检阅

（1966 年 11 月 1 日至 1967 年 3 月 18 日）

1966 年 11 月 1 日　星期二

　　昨天我怀着极其迫切的心情，来到了日日夜夜想念的北京。沿路，我看到处处是一片丰收的景象，不禁感到非常愉快。一路上，工人、农民、小学生都热烈地和我们招手，使我看到我国人民是多么团结、多么热情啊，他们给了我无限的力量。当我们坐上飞快的汽车，经过天安门，我看到了毛主席像，我似乎觉得毛主席正在天安门城楼望着我们，那喜悦的心情就甭提了。【王海泉点评：作者去北京是参加"革命大串联"活动。当时四平市有大中学生 3.5 万人，其中有 2 万多人外出串联，多去京津沪等地，远至延安、青海、西藏。当时红卫兵串联乘火车、轮船，不用买票，各地都有红卫兵接待站，吃饭住宿不花钱，有的还发给鞋帽等衣物。】

1966 年 11 月 4 日　星期日

　　永生难忘的 1966 年 11 月 3 日。【金春明考证：1966 年 11 月 3 日，毛

"文革"中，红卫兵小将大串联（重庆画家刘昌文作品）

昨天毛主席接见了我们。

早晨我们怀着对毛主席无限热爱无限信仰无限崇拜的心情，带着千万个人的红心，从早晨 3 点就起来，顶着星星去见我们日日夜夜想念的毛主席。有五六个八九岁的小姑娘拿着主席语录站在路旁，好像早就等待着我们了。当我们经过时，听到她们高声朗读毛主席语录："下定决心，不怕牺牲，排除万难，去争取胜利"，"成千上万的先烈，为了人民的利益在我们的前头英勇地牺牲了……"听！红卫兵队伍中响起了一阵热烈的掌声。我想，她们从小就热爱毛主席，积极宣传毛泽东思想，长大后一定会成为无产阶级革命事业的接班人。

当我们经过天安门的时候，已经是下午 3 点 45 分了。我踮着脚尖，仰着脖子，怀着无比激动的心情，瞪着湿润的眼睛，张望天安门。我紧张地盼望能看清毛主席，我只觉得毛主席走向西侧后又走了回来，只见他摆着手向我们召唤，幸福的时刻终于来到了！我还听到了陶铸同志的讲话："同学们，我们这次……"还听见了周恩来总理的讲话："……好同志好同学好战士……"，语音是那样的亲切。

晚上，在回来的路上，又有小朋友把早已倒好的水送给我们喝，我心里一个劲地赞许他们。

有一件事是我终生难忘的：

见到毛主席之后的那天晚上，我忘记了原来的住处，迷路掉队了，一直迷迷糊糊地走到了半夜11点来钟，我来到北京市西直门外索家坟20号。我往住处打电话，没有打通，在万般着急中不知该怎么办才好。这时有一位值班的男同志热情地询问我出了什么问题，并让我进屋来谈。他给我倒上一杯水，又搬来椅子让我坐，最后问清楚了，便用车子把我一直带到住所的大门口。当时我感动得不知说什么好，只说了句："麻烦你了，我得向你学习！"直到写这篇日记的时候，才想起当时忘记问人家叫什么名字了。但没问名字我也知道，这是党和毛泽东思想哺育的结果，归根到底，应感谢党，感谢毛主席他老人家。**【张颐武点评：本篇"迷路的体验"让人感到温暖。在这里，我们可以看到那个时代的一些美好和明亮的东西。】**

回想昨晚问路的情况，使我想到毛泽东时代的人民都是那样可尊可敬。不论是老大爷、小朋友、解放军、民警，人对人都十分热情。特别是我亲眼看到各个路口的解放军主动关心迷了路的人。还有一个人（大概是工作人员）听到我在问路，主动上前向我耐心地讲解。总之，1966年11月3日，让我度过了永生难忘的一天一夜。

1966年11月7日　星期一

今天在北京师范大学看了大字报，什么"吃小亏占大便宜"①，"大河

---

① 作者注释：当时将刘少奇言论归纳为"黑六论"，其中一论即所谓"吃小亏占大便宜"论。因当时刘少奇尚未在全国公开打倒，故作者也是半信半疑。

有水小河满，锅里有了碗里才有"（公为了私），"个人利益也是需要的"等等，不知道是否是真的，如果是真的，我认为是资产阶级变卖的黑货，应予彻底批判。

昨日听了留苏学生的报告，使我们又好气又好笑。苏修领导竟然造谣，说我们国家"文化大革命"如何如何，说红卫兵是小孩子的组织，成天打骂老年人……当我国留苏学生指问对方："你知道我国文化大革命的意义吗？"他们回答说不知道，于是造谣就被及时地揭穿了。苏修领导虽是这样，但苏联人民却无比热爱我们伟大领袖毛主席，他们说：我们相信毛泽东思想的伟大红旗一定会插在莫斯科。毛泽东不但是你们中国人民的领袖，也是我们的伟大领袖。他们讲述说，苏联人民如果有一点对政府不满的情绪，就会被抓进监狱……

又看了有关列宁的电影。高尔基问列宁："是不是太残忍了？"后来他终于明白了，夺权是非常重要的，你不对敌人残暴，那他就要专你的政。所谓仁慈，是完完全全的谬论。

1966 年 11 月 8 日　　星期二

今天在北京师范大学看了大字报和一些传单，使人气愤的是，有人说："世界上没有百分之百正确的东西，就是毛泽东思想也还要不断地发展，必定还要有所发现、有所发明、有所创造、有所前进。"这段话的意思纯粹是对毛泽东思想的污蔑，【张颐武点评：这个提法没有错，也符合毛泽东的指导思想。但在个人崇拜思潮的毒害下，却被认为是"污蔑"。】是明目张胆地宣扬毛泽东思想也不一定完全正确，也可以怀疑。有一个人还说什么："要砸烂共青团，连党也算上，该砸烂的就要砸烂。"我们要大声警告：谁敢动党的一根毫毛，定让他见阎王！

1966 年 11 月 9 日　星期三

　　这几天来京学习，使我增加了对毛主席的热爱。他老人家为革命献出了 6 位亲人。为了让更多的孩子们生活幸福，为了革命事业的成功，毛主席毫不含糊地舍弃了自己的家庭和亲人。这就是我们伟大领袖的高尚品质和对待革命事业的态度。

　　新中国成立已 17 周年了。在这 17 年里，要不是我们伟大领袖掌舵，无产阶级专政就要丢失，修正主义和资本主义就要复辟。当我们听到毛主席畅游长江一小时，听到毛主席还要继续接见革命师生，毛主席身体这样健康，不禁使我联想到若干年以后的幸福景象——帝国主义、现代修正主义正土崩瓦解，共产主义正一步步地向我们走来，世界被压迫人民会更快地得到解放……只要更高地举起毛泽东思想的伟大红旗，就能无往而不胜！

1966 年 11 月 11 日　星期五

　　最最最……幸福的日子

　　今天下午约 3 点多钟，我第二次见到了我们伟大领袖毛主席。【金春明考证：1966 年 11 月 11 日，毛主席第 7 次接见全国各地来京的师生和红卫兵，这次接见，毛泽东改乘敞篷车进行了检阅。】当时我看到毛主席个儿很高，没有戴帽子，穿着大衣，站在汽车上……真是魁梧极了。我兴奋地大声高呼："毛主席万岁！毛主席万岁！"当时我只觉得身上不知从哪儿来的那么多暖流，浑身热呼呼的，心直跳……毛主席的车"飞"一样地过去了，我"责怪"车开得太快了，毛主席呀，再来一次吧！我们高兴得直喊："我们见到了毛主席，毛主席身体很健康！"呼口号，唱歌，也不知为什么，喊也喊不完，唱也唱不尽，兴奋的心情真是令人终生难忘。

毛主席乘坐的车子开过去了，我开始怀疑自己的眼睛，总怀疑这是否是真事。但每当细细地回想，是真的，毛主席跟画像上一模一样，自己的眼睛没有花。**【张颐武点评：一种超常的体验，置身群体兴奋中的激动。】**

我离毛主席还不到 10 米远，现在越想越高兴，心里一个劲儿地说："我太幸福了，太幸福了，我还是第一次尝到这样甜美的滋味！"

今天解放军叔叔给我们做出了光辉的榜样——在毛主席乘坐的小车还未到的时候，他们不怕疲劳，给我们演节目，还把自己的一壶水让给红卫兵喝。

回想昨天与全国各地同学一起开会学习的情景，我看到在贫下中农子女身上充满着一种令人佩服的品质。他们跟李宝财（参见 1966 年 9 月 28 日的日记）一样，对不良现象毫不留情面，大胆进行斗争。可我今天明明看到一名外地来京的男生倒咸菜不对，但拉不下情面去制止他，今后要加强自己思想革命化的进程。

补记 9：猪肉丸子炖白菜粉条

1966 年 8 月 18 日，有一位女红卫兵在天安门城楼给毛主席戴上了一副红卫兵袖章。毛主席问她："你叫什么名字？"她回答说："我叫宋彬彬，文质彬彬的彬……"毛主席笑着说："要武嘛！"于是宋彬彬就想改名叫"宋要武"。

之后，轰轰烈烈的红卫兵运动席卷全国，当时我 14 岁，上初中二年级，如今看来许多令人匪夷所思的事情，当年在一个小女孩身上却成为了事实。起因很简单，仅仅是因为："我也想当一次'宋要武'！我也要进京去见毛主席！"于是连火车票也不买，便独自踏上了进京的行程。于是奇迹就发生了——不仅见到了毛主席，而且还见到了两次，只是没有法子像"宋要武"那样登上北京的天安门城楼。想来真是初生牛犊不怕虎！

那时侯，进京串联的学生总数多达上千万。革命小将只要从北京站走出来，就会受到热情的接待。至于在什么地方吃，在什么地方住，任由一辆大公共车拉着你去你应该去的地方。在安排好食宿之后，便会编入一个临时组成的连队，连下面设排，排下面设班，连、排、班均设有临时负责人，之后便是有组织的活动，等候通知，等候去接受毛主席的检阅。

在这个临时构建的连队里，大家虽然来自四面八方，互不相识，但依据当日当夜收听到的中央人民广播电台的广播内容，便可迅速集合起来，或召开情绪高昂的座谈会，或展开革命的大批判，或进行万众一辞的表决心。总之，只要一有集体活动，陌生的新伙伴们人人有觉悟，个个守纪律，革命的激情万丈高。

有了这种繁杂有效的临时组织，每次来京串联的百万红卫兵，列队去天安门接受检阅也就成为可能。记得在毛主席第 6 次检阅时，我站在天安门城楼下，只隐隐约约地看见了毛主席的一个身影。因为不过瘾，我决定再调换一个新的住处，争取编到新的连队，再去见一次毛泽东。

机会终于来了，那一天是 1966 年的 11 月 11 日，星期五。

早上不到 4 点我们就起床了，洗漱完毕便去大食堂就餐。那天早上吃的是白面馒头和一大碗猪肉丸子炖白菜粉条，真是香极了。看来为了让红卫兵们吃好吃饱，炊事员半夜就开始忙活了，听说有一位厨师为红卫兵们做饭，把头都碰破了。

不到 6 点，天刚蒙蒙亮，在统一的指挥下，百万红卫兵犹如潮水一般，从北京城内各个角落汇向天安门广场。8 点以后，红旗招展，彩旗飘飘。一路上，机关干部、企事业单位职工、街道居民，包括幼儿园的娃娃，都夹道为我们送行。

"大海航行靠舵手，万物生长靠太阳，雨露滋润禾苗壮，干革命靠的是毛泽东思想。"

"领导我们事业的核心力量是中国共产党，指导我们思想的理论基础是马克思列宁主义。"

"世界是你们的，也是我们的，但是归根结底是你们的。你们年轻人朝气蓬勃，好像早晨八九点钟的太阳，希望寄托在你们身上。"

"下定决心，不怕牺牲，排除万难，去争取胜利！"

毛主席语录歌此起彼伏，每一个人如同大海中的一滴水，大海波涛汹涌，每一滴水夹荡其中。为了按时到达指定的地点，队伍整整走了四五个小时，我居然未感到丝毫的疲倦。那时我才 14 岁，真是神了。

下午 1 时半许，就听扩音喇叭里说："今天是毛主席第 7 次接见全国各地来京的师生和红卫兵。这一次，毛主席改乘敞篷车进行检阅，请维持秩序的解放军和民兵同志做好准备……"

望啊，等啊，盼啊，终于敞篷车朝我们的方阵开了过来。队伍开始有秩序地骚动，站在第一排的是手拉手的解放军，后边是一排一排的红卫兵战士。"毛主席万岁！毛主席万岁！毛主席万岁！"欢呼声震耳欲聋，直冲九霄。

车子缓缓移动，速度并不快，但感觉却如同闪电一般。毛主席个头很高，身穿一件长长的浅灰色风衣，没有戴帽子，那宽宽的额头显得格外醒目，神态与天安门城楼的画像相似，面部表情严肃、庄重。在毛主席的前方坐有开车的司机，两侧各坐有一位陪同人员，他们都是谁？当时无暇顾及，还是在很多年以后，从画册上才得知了一二。

1966 年 11 月 17 日　星期四

今晚 6 点多，我在收音机里听到了一个参军才 8 个多月的战士蔡永祥[①]的事迹。他今年才 18 岁，为了革命师生和国家财产的安全，壮烈地献出了自己的生命，也许阶级敌人和国内反动派不明白是什么力量使一个年纪轻轻的人做出这件事来，那是因为蔡永祥用毛泽东思想武装了头脑，革命的人民一旦掌握了毛泽东思想，就能创造出惊人奇迹。

一次，蔡永祥的脚受了伤，原准备坐火车返回部队，但当他发现有位老大娘丢失了车票，着急上不去车的时候，他把自己仅有的一点钱给老大娘买了车票，自己却走着回到了部队。

前几天看到报纸上讲关于解放军如何关心人民群众的事迹，这让我回忆起在北京度过的 12 天的生活（自 1966 年 11 月 1 日至 11 月 12 日）。北京人民的所作所为确实令人感动，他们不辞辛苦，昼夜不闲，我迷路后遇到的每一个人都那么好，正是因为他们的热心帮助，才让我坚持走到了后半夜，终于在西直门外索家坟附近找到了自己的住处。

1966 年 11 月 18 日　星期五

毛主席说："社会主义国家内部的反动派同帝国主义者互相勾结，利用人民内部的矛盾，挑拨离间，兴风作浪，企图实现他们的阴谋。"

昨天我看到邻居家一个反党分子老奸巨猾的表现：

---

① 蔡永祥，1948 年生，安徽肥东人，浙江省军区三支队三连战士，1966 年为保护钱塘江过桥列车安全而壮烈牺牲。

他的孩子明明做了不对的事情，他不但不说，反而大声吵吵："对！我是反党反社会主义分子，我的孩子还不是吧?!""你到家里来就是犯法犯罪!"不仅如此，他还急慌慌地拿着鸡毛当令箭，找到居委会主任家，说："紧急报告个情况……"【张颐武点评：我们今天能够体会那个被指为"反党分子"的内心世界。"我的孩子还不是吧?!"其喊叫令人感慨。尽管从这简单的叙述中还无法了解事情的全过程。但我想他敢于这样闹起来，到处抗议，一定有他的理由。】而这些天，居委会正在组织大爷大妈们背诵"老三篇"①和毛主席语录，我家也有两个成员参加了学习——兰藕姐一直没有到学校参加任何革命组织，这些天她跟着大姨参加了这个学习班。听她回来说，有些不大识字的老太太能把《为人民服务》②背得滚瓜烂熟。他到居委会这么一闹，有意将小事闹大，乘机混淆是非，捞把油水，也破坏了社会秩序。

1966 年 11 月 19 日　　星期六

今天我到二医院去看"鼻炎"病。回来的路上，我看到人民公园插着个已破损了的国旗。我想这种旗不该插，影响不好，我就大胆地去提建议，那位女同志态度很好。我想，我这样做，是对革命负责的态度。下午我还要去给二医院提建议，使医疗工作做得更好。

目前大家都在学"老三篇"，唱革命歌曲，有一段歌词是："老三篇，不但战士要学，干部也要学。老三篇最容易读，真正做到就不容易了。"可不知是什么人却把歌词给改了，改成："棒子面，不但战士要吃，干部也要

---

①　何镇邦注释："老三篇"，指的是《为人民服务》《纪念白求恩》和《愚公移山》。

②　何镇邦注释：《为人民服务》，是毛泽东 1944 年 9 月 8 日在中共中央警备团追悼张思德同志的会上所作的讲演。

吃。棒子粥最容易咽，真正扛饿就不容易了。"这个改词的人一点都不严肃，那天我路过军分区，听一个小战士这么唱，唱完了自己还哈哈大笑。

什么叫"棒子面最容易咽，真正扛饿就不容易了。"这个改歌词的人一点都不严肃。

【张颐武点评：当年这首"老三篇"的歪唱是相当流行的，它当然包含着对于"无所不在的政治化"的别出心裁的嘲讽——有关政治的宏大论述变成了有关棒子面的幽默。民以食为天，这个"日常生活对于政治的嘲讽"的段落，令人在捧腹大笑之余暗暗震惊。】

补记 10：给"三爷"拜寿和写错语录歌

把"老三篇"歌曲改成"棒子面"歌，改后还引吭高歌，哈哈大笑。这位改词的战士后来是否挨了整，现已无从得知，但下面这两则故事却叫人瞠目结舌，惊诧不已。

一日，某单位将科级以上的干部组织起来办学习班。三餐之前，大家要在毛主席像前先说上一段"三忠于"或"四无限"①，然后再拿着碗筷去食堂打饭。

话说有位科长，30 岁出头，这天晚上看了电影《林海雪原》，剧中有个反面人物，外号叫"座山雕"。

"座山雕"本名张乐山，原籍山东昌潍，两岁时随堂兄来到牡丹江，15 岁进山当土匪，18 岁便当上了匪首，有 50 多年的土匪生涯，历经清末、北洋军阀、伪满三个时期。此人老谋深算，诡计多端，在匪徒中享有声望，被尊称为"三爷"。在《林海雪原》中，有一场戏是"座山雕"手下的八大金刚在"百鸡宴"上为三爷拜寿。

次日中午，开饭的时间临近，这位科长最先来到室外，他左手提一个大碗，右手拿着一双筷子，一时兴起，一边用筷子敲大碗，一边笑嘻嘻地朝屋内喊话："开饭啦！都出来哟！给三爷拜寿了！给三爷拜寿了！"意思是大家赶快出来集合，做完"三忠于"，好去食堂打饭。

喊者无心，听者有意。他的喊话即刻被"有心人"汇报上去，大加渲染，上纲上线——他把"三忠于"说成是"给三爷拜寿"，什么性质?! 用意何在?! 结果此人被打成反革命，惨遭毒打。

无独有偶。

某单位组织大家学唱革命歌曲，因为没有歌词，大家咬不准字，便有人提议把歌词写在教室的黑板上，于是一位中年干部便担当了此任。说来歌词里有万寿无疆这 4 个字，这人写了很多字都没有发生错误，唯独写到歌词的最后一句："敬祝毛主席万寿无疆"时，居然写成了"无寿无疆"。很快，大家发现"万"字写错了，中年干部连忙操起黑板擦将误写的"无"字改了过来。

---

① 王海泉注释：四平地区当时流行的"三忠于"的内容为："永远忠于毛主席，永远忠于毛泽东思想，永远忠于毛主席的无产阶级革命路线。"所谓"四无限"即："对毛泽东思想无限热爱、无限忠诚、无限信仰、无限崇拜"，合称"三忠于、四无限"。

事发的当时、当天、当年均风平浪静，人们渐渐也就忘却了这事儿。过了很长一段时间，忽然有人把这事儿亮给军代表，结果这位中年干部被打成现行反革命，遭至批斗，一度失去了人身自由。

【吴福辉考证：无论是将"老三篇"玩笑一样改成"棒子面歌"，或者如本文两则令人哭笑不得的故事所讲的：把做完"三忠于"赶紧去吃饭的意思，玩笑般说成是"给三爷拜寿"；一时笔误把歌词"万寿无疆"写成了"无寿无疆"，这等事如果是在一个正常的社会环境和气氛之下发生，都不会有什么了不得。但糟糕的是，事情落在了"文革"那个非常的年代，是个"个人崇拜"吹上天的时代，如果一步迈错，其惨烈的后果便可想而知。

偏偏政治紧张，是促成这类怪事发生的绝好气候。比如，忽然谣传说，生产胶鞋的工厂出了反革命的设计师，将"工人"两字设计成鞋底的图案，以实现将工人阶级踩在脚下的复辟梦想。于是人人翻箱倒柜将新旧胶鞋翻出来，看那花纹，怎么看都像"工"和"人"两个字，于是便赶快扔掉。还有，有人用旧报纸坐在屁股底下，却被人发现报纸上有伟大领袖的画像，如果那个人恰是"四类分子"子女或对"文化大革命"不满者，于是一桩反革命事件就被革命群众"创造"出来。在政治斗争白热化的时代，年轻人不要开玩笑，政治警觉要特别高（教育你需"绷紧阶级斗争这根弦"），人们的神经就像一根点燃了的火药的导线，嘶嘶作响，随时都可能引发爆炸。是人不正常了？还是别的什么不正常了？】

1966 年 11 月 23 日　星期三

今天听了一位解放军同志举的例子，很符合自己的实际情况。在劳动中，两个人虽然都不怕苦不怕累，但指导不怕苦不怕累的思想却不一样。一位同志是用毛泽东思想武装，为人民为革命不怕苦不怕累，而另一位却是为自己的名利和前途不怕苦不怕累。这样，私心不是被斗倒了，而是越来越大了。不掌握不运用毛泽东思想，不灭资兴无，就不能从根本上改造资产阶级世界观。

1966 年 12 月 6 日　星期二

今天给《红铁拳》负责人写了一封信，内容如下：

《红铁拳》刊物的负责同志：

《红铁拳》办得很好。不过，我也发现了两个问题，想通过此信发表一下自己的看法。

一、"写在前面"中的第十二行中写道："……我们是旧世界天生的叛逆者……"这个"天生"，我有自己的看法。毛主席说："在阶级社会中，每一个人都在一定的阶级地位中生活，各种思想无不打上阶级的烙印。"我们都生活在阶级斗争的环境中，因此每时每刻都得用毛泽东思想武装头脑，不断改造自己的非无产阶级思想。如果是天生的，那还用学习毛著？那还需要灭资兴无干什么呢？

二、文中毛主席的话："凡是镇压学生运动的人都没有好下场。"有无根据？我记得有一位中央领导说：凡是主席所说的话，凡没在报上公开发表，而是由某个国家领导人讲的，说是毛主席说的，都不要随便张贴、传印，因此要注意。

注：就提这两点，由于个人政治觉悟和认识程度有限，提的不一定对，请参考！

张新蚕

1966 年 12 月 6 日

1966 年 12 月 8 日　星期四

7 日接到了《红铁拳》杂志负责人的来信，他对我这封信很支持，增强了我的战斗意志。

几天来，同学们开展了革命的大批判。毛主席说："许多部门至今还是'死人'统治着。"而混进党内的反革命修正主义分子，自封为戏剧界"祖师爷"的田汉却说什么："死人也要。"他甚至混淆视听，说："现在我们写雷锋，雷锋不也是死人呀！"这话不仅是对我们英雄人物的污蔑，也是对毛主席、党中央关于文艺工作指示的极力抵制和疯狂反对。田汉，你这个戏剧界的"祖师爷"、反党分子，告诉你，今天把你揪出来了，不把你斗倒斗垮斗臭，绝不收兵！【金春明考证：田汉（1898—1968）中国著名戏剧家。1932 年参加中国共产党。是中华人民共和国国歌《义勇军进行曲》的词作者。新中国成立后长期担任全国文联、中国戏剧家协会的领导职务。"文化大革命"中被康生、江青等诬陷为"文艺黑线"的头子，遭到残酷批斗，被折磨而死。1979 年得到平反昭雪，恢复了名誉。】

1966 年 12 月 17 日　星期六

13 日，美帝轰炸河内，造成了重大的伤亡和破坏。这说明了美帝侵略越南最后失败的日子快要到了。毛主席说："一切内外黑暗势力猖獗造成了民族的灾难，但是这种猖獗，不但表示了这些黑暗势力还有力量，而且表示了它们的最后挣扎，表示了人民大众逐渐接近了胜利。"【金春明考证：1966 年 12 月 13 日，入侵越南南方的美军派飞机轰炸越南首都河内。

12 月 15 日，中国政府发表声明，坚决支持越南政府的严正声明，强烈谴责美机轰炸河内的罪行。1967 年 10 月，毛主席接见越南南方民族解放阵线代表团。】

1966 年 12 月 19 日　　星期一

今早 7 点 25 分，我跟着妈妈去地委招待所见英雄的母亲——刘英俊的妈妈。我知道机会很难得，妈妈这两年由市委调到地委，专门负责妇女工作，要不然我是看不到刘妈妈的。到了以后，恰巧刘妈妈出来了，我立刻感到非常高兴和快乐，不断地对别人说："这就是刘妈妈！"

刘妈妈戴着个帽子，穿着个大黑棉袄，从她那高大的身体、慈祥的面容中，可以看出她是一个又勤劳又朴实的好妈妈。我们不约而同地与刘妈妈照了相，自己感到很兴奋。照完相，我才想起还没和刘妈妈握手呢！于是连忙跑过去同她握手，只觉得她那双手是那样的有力，这是一双劳动人民的手。

在回来的路上，我非常高兴。【张颐武点评：追寻英雄的母亲如同今天的"追星"，其情感形式极为相似，但内容却相差甚远。今天我们恐怕

刘英俊照

刘英俊抢救的 6 个儿童

还需要那种对于"英雄母亲"的情感，这一点自然来自于我们对于国家的认同。】

1966 年 12 月 26 日 星期一

昨天老霍儿姥姥从关里来东北了。我问妈妈，为什么让我们管她叫老霍儿姥姥啊？她也不够当姥姥的年龄呀？难道她没有名字吗？妈妈说，河北老家的乡亲们说起家乡人都习惯性地称小名，什么老霍儿、老文儿、老勾儿、老屯儿、老庄儿、老句儿、老拖儿……其实叫她们小名的时候，人家还都年轻呢。主要是因为旧中国重男轻女，妇女上不得纸墨，也就是说，妇女根本没有权利张榜纸上。到了 20 世纪三四十年代，女村娃只有上了学堂才由老师给起名儿，而没上学的，老辈人叫啥，村里人就跟着叫啥。像老霍儿姥姥，她的爹娘没供她上学，也就没人给她起名儿。老霍儿是母亲的一个表亲，老霍儿姥姥是老霍儿的媳妇，连"老霍儿姥姥"这个名儿也是在她嫁给老霍儿以后随老霍儿叫开的。老霍儿辈分大，老霍儿的媳妇自然也就跟着辈分大，排到我们这辈就该叫她姥姥。

那天，妈妈、大姨和老霍儿姥姥唠闲嗑。大姨说："谁知道新蚕可是怎么长的？皮肤黑吧还黑豆眼，一张嘴还露出两颗小狗牙。"老霍儿姥姥说："随了她奶娘呗！奶娘长得黑，她就长得黑。"妈妈就说："看你说的，孩子的长相跟小时候送养的人家有什么关系？"老霍儿姥姥就笑："你看你不信，兰藕的奶母老句儿就生得白净子脸，双眼皮，大眼睛，所以兰藕就好看。"妈妈又说："这可是你说，要是我们在背后说人家哪个奶娘丑，人家听了会怎么想？哦，既让我奶孩子，又嫌弃我，那就别送来嘛！"大姨笑道："这不是在家里说嘛，谁还能到外面去说？"

【张颐武点评：这篇日记以北方民间语言写成，读来感觉活泼有趣，乡土气息甚浓。关于称谓的介绍，也很有意思。中国人对于"家"和亲情的感受没有受到政治浪潮的冲击，家庭成员之间仍不忘浓浓的亲情。】

补记 11：庙里的木鱼，天生是挨敲的货

这些天我见大姨跟老霍儿姥姥说话，说着说着二人就哼唱起来，记得有一首歌的名字叫《妇女解放歌》，歌词大意是："旧社会，好比那黑咕隆咚的苦井，万丈深，井底下压着咱们老百姓，妇女们最底层……共产党来了，妇女们翻了身……"

我问两位长辈，"最底层"这一句怎么唱得这么低，调子低得压嗓子，另外"最底层"又是怎么回事？

老霍儿姥姥说："旧中国的妇女大都围着锅台转，吃饭时先给父母兄弟盛好，站在门口看人家坐在热炕头上吃饭，等人家吃完了，你才可以吃，净吃些凉的和剩的，吃完了马上刷锅洗碗扫地，完后还要喂鸡喂猪喂大牲口。农村的劳动妇女念书的少，男人说话时还不准妇女插嘴，更别说参加工作了，有的坏男人还拿妇女当玩物。"大姨道："所以才说'妇女们最底层'。"

据老霍儿姥姥说，旧制度害死过不少年轻女人。她住的邻村有个姓齐的小媳妇，过门时才 18 岁。一次盛粥盛慢了，一端又端洒了，因粮食紧缺，被丈夫打了两个耳光，婆婆也骂她是扶不上树的鸭子，一身的贱骨头。那媳妇回到家里哭诉，母亲不但不向着自己的女儿，反加码说女儿是庙里的木鱼，天生就是挨敲的货。

到了晚上，小媳妇吞吃了红矾。红矾又称氰革酸钠，氰革酸钠与硫酸、红糖放在一起烧，能烧至几百度，出炉后呈液态，蓝颜色，毒性极大。春天播种时，在种子里掺上一点点红矾面儿，可毒死蝼蝼蛄等害虫。

姓齐的小媳妇吞吃下红矾，烧坏了肠胃，死掉了。

老霍儿姥姥说："小媳妇自杀，归了闹了个白死，婆婆除了心痛娶亲时不得不花的彩礼钱，对死掉的儿媳妇不以为然，既死在了娘家，与婆家无干。"

我说："媳妇也是人呀，那个当婆婆的心也太狠啦！怎么没有人出面揍她?！镇唬她?！"

老霍儿姥姥说："媳妇算嘛耶？媳妇又不是自己身上掉下来的肉。你自己寻死，凭什么揍我耶？"

1966 年 12 月 27 日　　星期二

近来，我学习了一篇文章。文章说，有人妄图用一种"人性论"来否认阶级斗争。"人性论"从生物的角度来解释人，十分荒谬地把人与动物等同起来，却不知人的最本质特征是他的社会性和阶级性。抽掉这"两性"来谈人，就属于"资产阶级人性论"。而《战斗的青春》[1]就是一棵宣扬资产阶级人性论的毒草。小说搞调和论，把阶级斗争"合二而一"了。

【金春明考证："合二而一"是明代学者方以智提出的一个哲学观点。20 世纪 60 年代，作为辩证法的一种表述，中央党校副校长杨献珍在讲课中引用了这一观点，后被批判为修正主义观点。】抹杀了穷人和地主阶级及一切剥削阶级的尖锐的社会矛盾。比如说大汉奸大卖国贼王金庆抽打穷人，他舅舅连忙赶过来劝他不要再打了……还有一次，他的父亲劝他不要再当汉奸卖国贼了，那样会让乡亲们骂八辈祖宗，会说日本鬼子是你干爹什么

---

　　① 何镇邦注释：《战斗的青春》，长篇小说，雪克著，新文艺出版社 1958 年版。小说描写冀中人民在 1942 年"五一大扫荡"前后，面对日本侵略者的屠刀，坚持艰苦卓绝的斗争的故事。

的。这些写法会让人们的阶级斗争观念淡薄，会毒害青年人搞资产阶级人性论。

"合二而一"的理论太深奥，自己说得对不对呢？但想想毛主席的教导，再联系批判文章，认为有必要写出来。【张颐武点评：这一篇和下一篇相映成趣。这里写出了"我"对书的作者搞"调和论"和"合二而一"的"不满"，但却在最后又表现出对于自己观点的疑惑，而作者在下一篇日记里又引用了这部书对自己有教育的一段话。】

1966 年 12 月 30 日　　星期五

摘自《战斗的青春》对自己有教育的话：

"干革命就是全心全意为人民服务的事业嘛，可是他把根扎在万恶的个人主义上面了。他不是无条件地把自己献给革命事业，反而想从里边捞一把。这样，革命越发展，他的个人欲望也越大，他和党的矛盾就越大。革命一受挫折，一看坐不稳钓鱼船了，他就害怕动摇，于是左闪右躲，瞻前顾后，既怕得不到什么，又怕失掉什么。这种人，为了满足个人的私欲，为了寻求个人的出路，他就会反党，反人民，走上最可耻的道路。"

1967 年 1 月 3 日　　星期二

今天晚上听广播记录，对我触动很大。

又一颗原子弹上了天[①]，使帝修目瞪口呆，恐惧畏缩，他们的美梦破

---

① 作者注释：1966 年 12 月 28 日，中国在西部地区又成功地进行了一次新的核爆炸。

与敢闯、敢干、敢造反
的同学相比，我的造反精神
还是不够的。

产了。

　　回想 1966 年，真是不平凡的一年。9 月 20 日，我们去条子河四队参加劳动，看到了贫下中农的高尚品质和冲天干劲，锻炼了自己；11 月 1 日，在去往北京的火车上，我的心早已飞向了北京，到北京之后，两次见到了毛主席；在回四平的火车上，我主动让座给别人，自己站了很久很久。一年的风风雨雨，把我从一个胆小的人变为比较大胆的人了，但与真正敢闯、敢干、敢造反的同学相比，还是不够的。1966 年，我学习主席著作不像以前为学而学、用行动来套语录了，而是能带着问题去学，并收到了立竿见影的效果。

　　我决心在新的一年里更高地举起毛泽东思想的伟大红旗，大立"公"字，大破"私"字，把自己锻炼成一个高尚的人，一个纯粹的人，一个脱离了低级趣味的人，一个有益于人民的人。

1967 年 1 月 4 日　星期三

昨晚我校同学发生了激烈争论。想起在北京时，从祖国各地来的同学也发生过激烈的争论，口才不济的一方就显得灰溜溜的。今天情况很类似，每个人的话都代表各人的思想状态，倾听反面意见对自己教育很大。

看了《海岛女民兵》① 这本书，给我在思想上磨了刀。就拿河洪嫂跌伤这件事说，双和叔只看现象不看本质，正像他自己说的那样："这件事我没有从阶级斗争的观点去看问题，一听说跌伤了人，就急了，觉得事情严重，根本就没有往敌人破坏上想。"

另外，海霞的革命警惕性极高："天下已太平了，但岗也得站。"要我听见这句话一定会认为这人觉悟高，不放松站岗。但海霞并不这样想，每一个人的言行都代表着社会上的一种思潮，"天下真的太平了吗？"这不是有意麻痹人们的思想、松懈人们的警惕吗？

1967 年 1 月 7 日　星期六

今天上午 8 点钟，我们 6 个人组成的长征队正式出发了。我们一路散发传单，高唱革命歌曲，好像所有的行人都在看我们。心里很高兴，斗

---

①　何镇邦注释：《海岛女民兵》，长篇小说，黎汝清著。小说描写东海同心岛的民兵连长海霞在领导和群众的支持、帮助下，率女民兵密切配合驻岛解放军，揪出了暗藏的特务，打垮了来犯之敌，击毙了台湾来的逃窜犯陈占鳌。后来，小说由谢铁骊改编成电影文学剧本《海霞》。影片拍出后，由于突破了"三突出"的模式，遭"四人帮"禁演，后经曲折斗争，终于公开放映，称为"海霞事件"。

所谓"三突出"，即"在所有人物中突出正面人物；在正面人物中突出主要英雄人物；在主要人物中突出最主要的中心人物"。

1967 年 1 月，作者"长征"到达吉林市时领取的乘车证

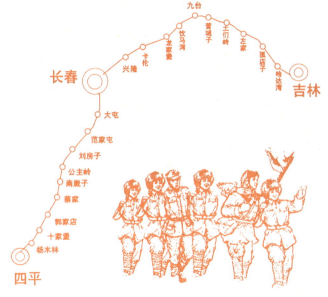

作者及若干小伙伴当年"长征"步行串联路线

志很昂扬，行进中，一群群小朋友围着我们说："红卫兵姐姐给一张传单吧！长征是宣传队嘛！"我想，这么点的小孩能说出这种话来，多么令人高兴呀！

　　到了下午，我们已走得十分的累了，两脚像挂了两块大石头，每抬一步都非常痛，肩膀也痛得很，我还是第一次尝到这种痛。这时我想到毛主席的话："要在大风大浪中锻炼，要经风雨见世面。"这时决心来了，心想在家躺在温暖的床上不会疼，大冬天坐在温暖的炉子旁，当然很舒服的，

"长征"出发前留影（前排右一为作者）

但这是一个革命青年应走的道路吗？

到了郭家店①红卫兵接待站，我们拖着疲乏的双腿去领饭。那里的人员热情地接待我们，还有五六个毛泽东思想宣传员给我们演节目。看到这些，我顿时觉得精神好多了，疲乏消除了好多。心想，祖国处处是亲人，毛泽东思想被越来越多的群众所掌握，这怎能不让人兴奋呢？

晚上，我们住在老乡家。贫下中农是那样爱戴我们，又烧水，又送饭，他们说："你们就像到了自己家，不要客气。"走的时候，他们的小孩还问我："红卫兵小哥哥小姐姐，什么时候还到我家来住呀？"一个贫下中

---

① 何镇邦注释：郭家店，梨树县所辖的一个镇，距四平约 30 公里。

农妇女还向我们介绍了他们那儿的阶级斗争。

一天的长征，的确是辛苦的，但又是多么锻炼人呀！我要用毛主席的教导，去指导自己的长征路，主动去熟悉社会、熟悉群众、熟悉阶级斗争，争取把自己锻炼成坚强的革命后代。【张颐武点评：出门远行，体会浪漫而深刻的经验，这是年轻人的幻想，或许今天的我们是没有这样的机会。在那个激进的时代，这种行动被赋予了高度的政治的含义，它成为一种重温革命历史传奇故事的行为，而这种青春之旅也将拓展年轻人的视野，并成为一种精神财富永存心间。】

1967 年 1 月 8 日　星期日

昨天那个贫下中农妇女讲得多好哇，她们关心国家大事，立场坚定，憎爱鲜明，又是那样的谦虚。她爱我们红卫兵，把滚热的水端给我们，把新被子给我们盖……这不是一般的感情，是深厚的阶级感情啊！

今天感到十分劳累，但面对困难我已有了一定的经验。困难这东西，你越怕它，它就越拖你；你越蔑视它，它越怕你；慢慢地，胜利就在眼前了。

沿路看到很多用粉笔写的革命标语，还有断断续续的各路长征队。一群小孩子总跟在我们后面要传单，我们就让他们背语录，他们马上能滔滔不绝地背出来："白求恩同志毫不利己专门利人的精神，表现在他对工作的极端的负责任，对同志对人民的极端的热忱。"[①]真是令人高兴，我们马上把传单送给他们。一次，有几十个农民正在田间劳动，一个人看见我们马上就问："有传单吗？"我们给了他一本《革命歌曲选》，他打开时问是

---

① 何镇邦注释：这段语录详见《纪念白求恩》，毛泽东著于 1939 年 12 月 21 日。

一支徒步迈向北京的长征队

什么歌，有没有《东方红》，然后用十分逗人的声调唱道："毛泽东思想放光芒。"我们立刻大笑起来，这笑声将我们的心紧紧地连在了一起。

1967 年 1 月 9 日　星期一

今天 60 里路的长征虽然很累，但路边人们亲切的问候和沿路各长征队伍之间的相互鼓舞，仍使我们深受感动。到了红星镇，服务人员热情地接待我们，有两个小同学抢着抱我们的背包，边唱歌边领我们进屋。他们对我们说："你们长征到北京，见到毛主席替我们问好啊！祝他老人家万寿无疆。"我们回答说："好！一定办到，谢谢你们。"

1967 年 1 月 11 日　星期三

今天在长春参观了抗大军事学校的图片展览。【金春明考证：抗大是中国人民抗日军政大学的简称，创办于 1936 年。抗大的教育方针是："坚定正确的政治方向，艰苦朴素的工作作风，灵活机动的战略战术。"（取自 1939 年 5 月 26 日毛泽东所著的《被敌人反对是好事而不是坏事》)】

抗大是按毛主席的战略思想办校的，它培养了大批抗日骨干，为解放全中国作出了极其重要的贡献。抗大按实际情况办校，"团结，紧张，严肃，活泼"是抗大的校风；"又学习来又生产，三五九旅是模范"，学生们一面在战争中学习战争，一面又挖窑洞、掏粪、铺路，从实战出发，积极参加演习。同时，毛主席还经常到校作动员报告，讲形势，谈问题，学生们在文艺上又是那样活泼。我们也应像抗大那样，把学校办为毛泽东思想的大学校。

1967 年 1 月 16 日　星期一

今晚我们住在一个农民家里，老大娘说："你们长征到我家，我闺女长征说不定也住在你们那儿呢！不都是一样的么！你们到我们这儿就像在自己家一样，不要客气，我孩子还总问我，红卫兵哥哥姐姐怎么不到咱家住呢？"

这几天天气很冷，我们在长征路上遇到了一定的困难，有些同学生气了，哭了。我想，毛主席的孩子在旧社会无家可归，到处流浪，被打得神经错乱。那时和现在怎能相比啊？如今国家为我们提供了这么好的条件，接待站的每一个同志都十分热心，做好饭，热好水，这一切是多么感人啊！我们出来长征是为了锻炼，而不是为了享福，如果遇到点困难就畏缩，那又何必出来呢?!

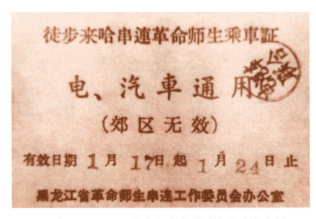

1967 年 1 月 17 日，革命师生串联时使用过的乘车证

1967 年 1 月 17 日　星期二

这几天走了许多山路，路过不少人家。我想知识分子如果不和工农相

结合，那只能变为一个口头革命派。农村条件确实不如城市，政治上经济上都不方便，因此特别需要我们深入农村，了解农村，对农民进行宣传。同时，也能使自己的感情更加接近工农兵。

1967 年 1 月 23 日　　星期一

今天上午，我带领 5 个小伙伴从外县雄赳赳气昂昂地返回了四平市。当走到离地委大院不远的一条大街的时候，我看见几十名干部正被戴着高帽游街，不远处有一群孩子在向他们投掷小石块，还有人挥动扫帚不停地抽打他们的头，迫使他们不得不弯下腰来躲闪。忽然，我发现了母亲也在其中，她的脖子上挂满了鞋子、袜子和抹布，头顶上还拖着一根长长的一直耷拉到地的白布条，上面写着"母老虎""母夜叉"等肮脏的字眼……

见状，我的心仿佛被一粒子弹击中。我惊傻了，痴呆了。我忘记了继续带领同学们高唱革命歌曲，忘记了告诉伙伴们回校后如何总结熟悉社会、熟悉群众、熟悉阶级斗争的"长征"体验。我吓得浑身瘫软，怯生生地、一动不动地呆望着渐渐远去的游街队伍，至于后来同学们都是什么时候各自分散回家的，我竟没有留下一点的记忆。

到了晚上，母亲没有回家，听说傍晚时又被一个公社造反组织揪去了。母亲在那儿曾担任过农村"四清"工作组组长。【金春明考证："四清"，即社会主义教育运动，简称"社教"。1962 年 9 月在党的八届十中全会上提出，1963—1966 年在全国城乡广泛展开，1966 年"文化大革命"开始时结束。因其主要内容为"清政治、清经济、清组织、清思想"，故又称为"四清"。这次运动，对于解决干部作风和经济管理等方面的问题起到了一定的作用，但是由于它是党的八届十中全会关于阶级斗争理论的一次大范围的实践，把阶级斗争扩大化和绝对化，使"左"的错误有了很大的见到母亲被游斗，我的心仿佛被一粒子弹击中。我惊傻了，吓得浑身瘫软，一动不动地呆望着……

发展。】

明天我再也没有勇气到校去领导红卫兵同学了，我害怕了。【张颐武点评：这篇日记是整个日记中最为让人震撼的段落。"长征"胜利的喜悦突然被母亲遭受残酷批斗的场面所冲击。当时所发生的一切是如此地戏剧化，却又是如此真实而无可逃避。】

1967 年 1 月 24 日　星期二

目前，家里外头都遇到了我从未遇到过的事情，这对我们做子女的是一次严峻的考验。

听说住在一栋楼西头的 ××× 是一个隐藏了多年的国民党特务。过去，他是做地下工作的，今天被人看管起来，听说批得够呛。他爱人跟我家大姨都是街道委员会的，关系很好。

另外，今天下午我亲眼看见离我家 20 米之隔的统战部的部长被一群人连推带搡，不知带到哪里去了。

让我们稍觉安慰的是，我们的爸爸还好，他在市财政局当副局长，只受到轻微冲击，无论造反派如何训斥，人家并不拼死抗争，哼哼哈哈过了几次关，不久被指令弃权靠边站。既然每日无事可做，爸爸便一个人在单位一间冷屋子里低头看报写检查。虽说心里苦闷，毕竟避免了体罚。相比之下，妈妈却厄运难逃，她脾气不好，发起火来不容人，答辩会上可能顶了群众，说什么"毛主席是伟大，但好花也要绿叶扶，毛主席也得有群众。"在地委女当权派中，她被挂牌斗得最狠。

现在只要一想起母亲被游街的场面，浑身就哆嗦。妈妈现在又被"四清"那个地方的人揪走了，不知什么时候能回来。【张颐武点评：1967，这似乎是一个随时会有惊人发现的年代——"特务"邻居、被带走的部长、被挂牌游斗的母亲，他们仅仅在几天时间内就失去了革命的身份。今天看来这是一篇日记、一个故事，而那时的"我"身处其中，内心的不解和斗争是无法用言语描绘的。】

1967 年 1 月 26 日　星期四

傍晚，母亲被押送回来。临进家门，目光相对，令我惊恐万分。在我的记忆中，母亲从来没有这样愤怒过。她面部青灰，头发蓬乱，身上污秽，尤其是那双通红的向里深陷的眼睛，犹如炉子里边被烧红了的火炭，向外宣泄着复仇的火焰。

回来后，母亲看什么都不顺眼，子女们稍不留意，她就火冒三丈。有时仅仅为了一点点小事，她竟张口骂街。

我和兰玲姐的胆子比较大，傍晚 7 时，我俩小声说了一会儿话，终于鼓足勇气推开了父母的房门："妈……我姨让我们问问，看晚上你想吃点什么?"

"吃吃吃! 吃你娘了个 × !"母亲几乎是失去理智地吼骂,父亲的神色惶惶不安,他异常严肃地向我们递了个眼色,我们喘着粗气逃离开来,再也不敢乱闯他们的房间了。

1967 年 1 月 28 日   星期六

今晚,妈妈跟大姨说到了这些天来的伤心事儿,就听大姨叹息说:"老天爷! 小巧,这一关你总算挨过来了,够危险的了,挨过去难噢!"说着说着,就哭了。接着母亲又讲到在农村接受答辩的事儿时,讲着讲着,就来了情绪。

母亲说,事情很巧,下午会场上有几个农民发难,口气就跟审讯一个犯人差不多。

说来也真是挡火,当天晚上中央人民广播电台突然播放了中央关于肯定"四清"成果的社论。妈妈听后来了底气,第二天再进会场,大声宣讲中央精神,形势一下子就颠倒过来。【金春明考证:1967 年 1 月 25 日,中共中央发出《关于保卫"四清"成果的通知》,其中说:"中央认为,四清运动有伟大的成绩。农村社会主义教育《十条》《二十三条》,都是毛主席亲自主持制定的,是伟大的马克思列宁主义的文件,这是必须肯定的。"并规定:"四清工作队的同志,一般地不要揪回去斗。"这一通知在农村普遍张贴,中央报刊也配合发表了社论。】

第二天,马上就有贫下中农给她送去鸡蛋和吃的,至晚,房东还烧了一盆热水让她洗脚。

妈妈说,只要有千百万真心实意的贫下中农在拥护和支持我们,就是天塌下来也顶得住、站得牢,什么也不怕;越是一小撮地富反坏右反对我们，越说明我们做得对，反对得越厉害说明做得越好；为了革命，要把个人的利益抛到九霄云外。【张颐武点评：在这篇日记里，通过对妈妈和大姨言谈的记录，一个富有个性的母亲的形象跃然纸上。】

1967 年 1 月 30 日　星期一

今天，我在一栋楼的楼前看见一个家庭妇女跟大姨说："这并不是私人感情，而是阶级感情啊！刘姐，你看，我以前就中了敌人的糖衣炮弹，以后阶级观点再也不能模糊了。我跟你讲，过去的剥削者，他今天过得再好，也不会满足，咋的也对社会不满意，觉着没有过去的日子好。"

1967 年 1 月 31 日　星期二

近几天来，爸爸妈妈被批斗的事儿深深刺激了我。今天早晨听到新发表的社论，心情稍稍好了一些。这次文化大革命，毛主席是在考验我们青年，检验我们谁是革命的，谁是不革命的，或者是假革命的。

在青年时代，多经些风波也许是有好处的。就拿近几天发生的事情来说，真是可怕。地委机关一斗争妈妈，街道委员会突然又通知大姨夫去那里说个明白，并接受训话。大姨夫去后，便让他交待历史上有过什么问题没有。大姨夫说："自己有没有问题，自己最清楚。50 年代我原来所在的机关早已做过三项结论。今天不管谁乱说什么，他们一辈子也不会调查出我有什么重大的政治历史问题。我无偿贡献过多少斤粪肥，还有不计报酬几乎天天清扫公共院子，我做过 150 条好事，这个一定没人提；30 年前，我担任连指导员时，我们连消灭过 200 多个日本鬼子，这个也一定不会有

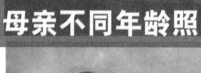

母亲不同年龄照

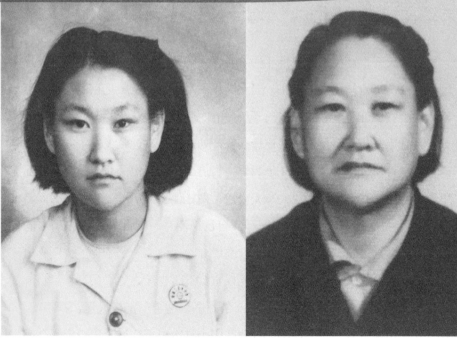

人提，现在却变着法子专提我有过结论的事儿。"

妈妈的事儿还没有完，大姨夫的事儿又来了，为此全家人每天都揪着心过日子。

补记 12：怕小人不算无能

1967 年的春天，母亲一挨斗，大姨夫的问题跟着就来了。

这天，街道委员突然找大姨夫谈话，谈到很晚才让他回家。大姨夫回家后说："年轻时，我挨过整，惯于忍耐，懂得'怕小人不算无能'这个道理，所以今天我没耍态度，她们一会儿问这儿，一会儿问那儿，拐弯抹角让我讲受处分的那件事儿。我申辩说，这些年我做过 150 件好事这个一定没有人提；30 年前打日本的时候，我在八路军任连指导员，领人消灭过 200 多个日本鬼子，这个也一定不会有人提；我给勤业 8 队无偿捐献粪肥，受到队里多次表扬，这个也没有人提。你们不往这上头说，尽说犯错误那一件事，再说那事儿组织上早已作了结论……"

1941 年，鬼子对冀中军分区实施围歼战略。为了保证司令部（司令员吕正操、政委程子华）的安全，大姨夫所在的团奉命在河间县八里桥一带阻击敌人。当时装备上虽敌强我弱，但八路军的优势是天时地利人和，一旦与敌人遭遇，常常能以少胜多、以弱胜强。

为避免白天遭敌机轰炸，部队行军选在夜里。行军时不准抽烟，以引起咳嗽。有了口令，一个一个地往下传。行军路上两头见太阳——傍黑太阳正落山，走到翌日拂晓，太阳又出来了。那时候，走着走着就说起了梦话："准备休息……准备休息……准备休息……"真的让休息了，也不敢脱衣服睡，只能抱着枪睡。吃的是小米干饭和白水煮白菜帮，煮好后拌上盐酱就饭吃。正吃着，敌人来了，扔下碗筷瓢盆，边走边打。

20 世纪 60 年代大姨、大姨夫合影

"我既是连指导员，又是机枪手，弹药手给我装子弹，"大姨夫说，"我们几梭子打出去，吓得敌人不敢上来。后来敌人增援，向我方投炸弹，在空中炸，四处飞扬小铁球；在地面炸，一炸就是一个大坑，日本人的炮弹很少有不炸的，可有一天，一颗炮弹落在我身边，却没有炸，保住了性命。于是大家就说，打仗得跟着刘指导员打，炮弹落在他身边不炸。那会儿打仗，随时都有生命危险，敌人火力强，我们不行，缺枪，缺子弹，况且上阵的都是些没有经过训练的老百姓。"

正是这段经历，让大姨夫一辈子都感到骄傲和自豪，也让他在街道干部面前说话有底气："我领人消灭过 200 多个日本鬼子，这个也一定不会有人提。"

有过战功，本为荣耀，然而后来的经历却让大姨夫一蹶不振。

1942 年春天，鬼子下赌注实施军事报复，部队在安国县与敌人遭遇，那一仗我方伤亡惨重，司令部和队伍均被打散，一时信息全无。一个同乡，姓李，任司令部作战科的参谋。他对大姨夫说："乃谦，咱们与部队失去了联系，现在高粱苞米都长起来了，形成了青纱帐，要不我们先回一趟家吧！"姨夫点头答应。

事隔不久，长征老红军魏洪亮（后任分区司令员，原是独立八旅的旅长）捎信叫被打散的官兵重返部队。这天，李参谋来找大姨夫："我先去找部队，等接上了头，你再去。"大姨夫说行。可是李参谋刚出门，他媳妇便跟在屁股后头边走边哭。临到村口，抱着男人的大腿不撒手，多少人拦、劝都不管用。李参谋说："摊上个晦气的老婆有么法，不去了，乃谦，要不你一个人去吧！"大姨夫说："如果找不着部队，路上再碰上敌人可就麻烦了。"这样，他二人都未返回部队。

当时抗战环境太艰苦，不久李参谋想到地方武装干，他媳妇也拦着不让去。再见到大姨夫，李一拍大腿道："这半途而废，算个啥嘛！就当一辈子农民吧！"

大姨夫说："我决定留在本村代课了，教小学五六年级的历史课。"

解放后，姨夫见到李参谋的媳妇，说："当初要不是你扯后腿，李参谋现在可就是个大官了，起码团级以上。你不也就成了官太太啦？"那媳妇"嘿嘿"地笑道："那看怎么说了，兴许还阵亡了呢！兴许被敌人抓住打死了呢！"李参谋逝世于 1994 年，享年 70 岁。

大姨夫如果安心当一辈子农村教师，求个安居乐业，顺顺溜溜，也不枉平安度过一生。可是到了 1949 年，经大舅介绍，大姨夫到天津某县谋得文秘一职，抄抄写写，上呈下达，虽说地位不高，但毕竟有颜面，有温饱。

1948—1949 年间，天津地区发大水，地里的粮食颗粒无收。入冬以后，政府一边组织生产自救，一边倡导老百姓将粮食和糠掺在一起吃，当时 1 万元相当于现在的 1 元钱，出售 1 斤高粱，可买回 5 斤高粱糠。

至 1950 年春，物价慢慢稳定下来，上级划拨下来一笔救济粮（高粱）。县里托人卖掉了 2000 多斤救济粮，再买回价格更便宜的高粱糠以救急。

当时刚刚解放，单位极缺识文断字的财政干部，大姨夫有文化，便被指派管理公粮账簿，参与卖高粱和买高粱糠。

前前后后共买卖了两次，后来一算账，差了 50 多元，左查右查，查到最后，大姨夫承认是自己花了。

及此，大姨夫被判刑一年。不久，地区法院打来电话告慰家属，说数额尚不足判刑。既然已判，时日又短，每日三餐安排大姨夫与干警们一块吃饭，平日出出进进为犯人买图书，时不时再给犯人上两个小时的政治课和文化课，主要讲蒋介石是反动派，是人民的公敌，并协助监狱办写总结材料。

转眼刑期已到，监狱领导谈话说，谁也不敢保证自己这一辈子不犯错误，改了就好，在监狱表现很好，可以恢复工作，狱方已写了改造表现好的证明信，今后要树立革命的人生观，好好为人民服务。

出狱后，姨夫觉得回原单位已没有威信了，便去北京找当年打鬼子时候的老团长。老团长正巧在一家建筑公司任职，于是分派大姨夫做工会工作。

转瞬到了1961年，国家经济出现困难，城市开始精简人口，大姨夫很快便遭到精简，走投无路，只好卷铺盖回了老家。

"要不然就离了吧！"亲属中有人这样劝说大姨。大姨听了，苦笑说刘家待她不薄，他又没杀人放火，横竖不会离婚，其实暗中大姨也有她自己的苦衷。

抗战那会儿，南阶河村有条河，河南边就是日本的岗楼。当时敌强我弱，我方子弹甚少，老百姓常常配合八路军自制土枪、土炮、地雷，还用一尺高的煤油桶装上鞭炮，点着后"噼哩啪啦"一阵乱响。日本人听到响声，误以为八路军来端岗楼了，于是严阵以待，开火还击，而我们的人则隐蔽在暗处。从理论上讲，这叫消耗敌人的有生力量，让敌人白白消耗子弹。

1941年夏末，20岁的大姨加入了中国共产党。此时她已有了身孕，依然帮着游击队装鞭炮扰乱敌人。至1942年5月，"五一大扫荡"开始了，大姨跟着全村的老百姓一起躲藏转移，一路劳顿，连惊带吓，白天缺吃少喝，夜间睡大田，结果在路上流了产，自此落下病根儿，子宫里长出一个恶性肿瘤。1962 年，由母亲出面，请出北京协和医院的大夫林巧稚为大姨做了子宫切除术。

1960 年前后，国务院实施"万人大下放"，动员大会由中组部部长安子文主持，副总理陈毅、习仲勋等先后讲话，要求每个部委包一个省，各部委每年派数百人下去，三年一轮换，三年届满，人员归队，然后再轮换另一批干部，主要任务就是改变落后地区的面貌。

因爸爸胃部动过手术，妈妈就报了名。妈妈所在的第一机械工业部，包的是吉林省。第一批干部下去后，受到吉林省省委、省政府的热烈欢迎，先入住宾馆，尔后去各个地区走一走、看一看，参观结束后，便分配到基层县市去工作，妈妈分到了四平市。

1964 年年初，三年一轮换的期限到了，母亲向上级提出申请，决定不回北京原单位了，一因当时 6 个子女都到了上学的年龄，北京的户口不好落，何况是 6 个；二因姥爷去世得早，姥姥把大舅、大姨和母亲拉扯大，四人相依为命。抗日战争爆发后，大舅带上识字的母亲出外打日本，留大姨在家侍奉姥姥。解放后，姥姥和大姨在老家照看着两家人的孩子，吃尽了辛劳。经过深思熟虑，母亲想借此调动，把闲置在家的姐姐、姐夫一同迁往东北，重新组合成一个大家庭。

母亲的申请获得批准，全家 11 口人便由北京迁到了吉林省的四平市。

1967 年 2 月 7 日　星期二

看了《人民日报》登载的由 7 名女同学组成的"中华儿女多奇志"长征队的报道，在"长征"路上如何锻炼和改造自己。文章说，一条是弯路，一条是直路，看来是很小的事情，但却闪耀着毛泽东思想的光辉。她们说得好："虽然走了一段直路，思想上却走了一段弯路。"

回想起我们近十几天的"长征",虽已过去了好多天,但仍记忆犹新。那一段时间,自己忽视了改造思想,没有向"私"字开战,我们6名"长征"队员经常闹纠纷,我还总怨这怨那,看个个都不顺眼,就是看不到自己的缺点。6个人之间出的事,怎能把自己往外边排呢?看来还得认认真真学习"老三篇",刻苦改造世界观。

1967 年 2 月 11 日　　星期六

今早我看见了邻居家小孩的母亲。她也跟我家大人说:"小家庭的事毕竟是小事,而国家不变颜色才是大事。"看来,她也在安慰我们的家长。

傍晚时分,林叔叔来了。听他和大人谈起另一个姓杨的叔叔。这个杨叔叔在 1954 年就已定为 11 级,他的爱人是 12 级。1958 年,杨叔叔因说实话被打成右倾分子,由地委副书记下降到研究室做研究员,没想到现在

傍晚时分,林叔叔来家了。大人们说到了高级干部杨某。在批斗会上,杨某对红卫兵说:"1962 年我已被摘掉了右倾帽子,现在我是革命的领导干部。"他这话很灵验,造反派就不让他陪斗了。

坏事变成了好事，这位杨叔叔没挨着斗，他爱人也只是被挂了个纸盒牌，参加陪斗了几次。后来造反派们发现高级干部杨某也太舒服了，不行，于是便拉他出来陪地委书记和专员们一起挨斗。斗争中，问他有什么历史问题，让他交待。他说："1962 年我已被摘掉了右倾帽子，我现在是革命的领导干部。"这句话还真有效，后来造反派就不让他陪斗了。

大人们还说到一个高干女人，她一生跟一个革命同志好。既然好，她就总不结婚，但不等于拆散他人家庭。你自尊心有十分，我自尊心也有十分，各活各的。

1967 年 2 月 12 日　　星期日

这两天跟爸爸妈妈要好的叔叔阿姨来家串门。我听妈妈说："咱们的人被敌人逮住过有什么值得大惊小怪的？抗日那会子，表面上给鬼子做事的，背地都是咱们这边的人……可不，鬼子侵华时，省里的一个大干部还担任过敌特公安局的局长哪！要算的话，那段历史应算革命的历史、光荣

一批一批的干部被游斗，其中有个人回来说："没触及灵魂，倒是触及了脚，脚脖子被冻得生疼。"

的历史。"

大人们还谈到 1 月份上海风暴夺了上海市委的权。【王海泉点评：受上海"一月风暴"影响，1967 年 1 月 22 日，四平地委专员公署、四平市委、市人委、中级法院、地区检察分院均被造反派夺了权。1 月 23 日四平造反组织发布《联合接管公告》并致电中央"文革"小组。至此，各级领导干部先后被"靠边站"、听候"审查"、接受批判。】四平这边也开始夺地委市委的权，一批一批地游斗干部。听一个叔叔说，那天，一些领导干部被拉到大板车上游街，回来后一个干部问另一个干部："你触及了灵魂没有？"那人小声嘀咕说："没触及灵魂，倒是触及了脚脖子，我的脚脖子被冻得生疼。"谁知隔墙有耳，第二天有人就把这话汇报上去，说这话的人差点没被打成现行反革命。

补记 13：棋子"猫进"稻草垫

市委党校的院子里有一片树林，为了批斗"走资派"，特在树林的北边搭了一个大台子。

这天，市委党校的楼道里被关进来一批人，有县委书记、县长，有法院的执政官员，也有文教卫生口的主要负责人和几个所谓的"反动学术权威"，统称为"走资本主义道路的当权派"。

楼道内用稻草铺了几十张地铺，在通向室外的道口处安有一个大铁门，门上配有一把大锁，一切准备停当之后，就像圈羊似的，将列入名单的"走资派"们一起赶了进去，被称作"黑帮窝"，并将"黑帮窝"这 3 个字写在纸上，贴在了楼道的大铁门上。

这天清晨，一辆卡车将"走资派"们拉到那片小树林。用绳子将小树林围成一个圈，红卫兵在圈外看守，"走资派"被带进圈内进行批斗。

在批斗大会开始之前，"走资派"一一被挂上一个大牌子，上面写着"黑帮 ×××"，"走资派 ×××"，唯独在文教口的负责人的牌子上写着："文化大革命的绊脚石"。

批斗会开始了，"革命群众"轮番上场发言。发言的时间长，弯腰的时间就长，时间一长，人的腰就受不了。如果有人想直直腰，便有一根长长的细木棍敲到他的背部，以提示他老老实实地弯着，后被"走资派"们戏称："今天我被吃棍棍了，你吃了没有？"

几天批斗会下来，这些人的腰部痛得钻心，其中一位县领导便开始传授经验。他说，背部向下弯时，可将双手放于裤兜处，暗中两手支撑着腰，这样可减轻对腰部的损害；如果迫你弯成 90 度，便双臂下垂，两手直触鞋面，看似规规矩矩，双手暗暗在脚面上用力，借以支撑腰部，以减轻腰伤。

后来造反派慢慢打起了派性仗，渐渐放松了对"羊圈"的看管。"大羊小羊"们暗下高兴，窃窃私语，只要听到楼道口"咣当"一声，上了锁了，便有人取出不知何人何时带进来的棋盘布和象棋子，择个离楼道口远一些的地方，由两个人对阵，其他人围观，围观者遵循着"观棋不语是君子，见死不救非好汉"，对峙之初，大家尚能保持缄默，当有一方快被"将军"了，便有人站出来力挽狂澜，为失败方出谋划策。一旦听到门外有动静，有胡撸棋子的，有拽棋布的。总之，一眨眼的工夫，棋子便猫进了稻草垫的下方。【吴福辉考证：苦中作乐，是人在苦到不能再苦的时候必然产生的自我防卫能力。

这也是篇"牛棚小品"。假如你不知道何谓"牛棚"（这里叫"羊圈"，可能该地羊多牛少，总之已经与"人"无涉，不是"人牢"了）、何谓"批斗大会"，此篇开头的几段环境描写可作真实注脚看待。牛棚、羊圈，就是临时集体牢房，批斗大会便是革命群众的高声发言会，也是"走资派"的弯腰会。

但是不要忘记，假如他们是老人、病人、革命残废军人，连双手插裤兜、触鞋面的能力都没有，他们能熬得过那样的残酷斗争和非人待遇吗？他们在偷偷下了棋或被造反派冲散之后，会不会想到自己非法被剥夺了宝贵的人身自由，想起在家等待自己的老伴、子女，以至于错乱到不知今夕为何夕了。再说，这里究竟关的还是些"官"，那么如果是"民"呢？是普通的地富和右派呢？这一切都隐藏到文章的后面去了，也是我们能够从这篇文章悟出的更深一层的东西。

那种棋子猫进稻草垫的"苦乐"生活，是要诅咒的。而人的独立、自由、刚强不屈的腰，是要永久挺立的。】

1967 年 2 月 13 日　星期一

今天摘抄一份宣传资料，里面有中央领导人的讲话："群众运动考验着每一个革命的领导干部，而你们这些革干子女要看清大方向。如果只看到自己家里的事，不相信党和群众，那么就会走向与人民相反的道路。"

每当我看到这样的材料都要读上很多遍，并细细地思考。每次读完，都像有什么包袱被甩掉了一样，心胸变得开阔起来。

1967 年 2 月 14 日　星期二

今晚 8 点左右，念高二的兰玲姐帮着妈妈抄厚厚的检查。我趁她不注意，偷偷地溜了几页。别人揭发妈妈在主持一次毛著讲用会上，让大家起立，朝毛主席像敬礼。可妈妈喊完了敬礼，忘记了喊礼毕，实际上形成的是致哀；还有一条揭发妈妈说："好花也得绿叶扶，毛主席也得有群众"，

作者母亲 1973 年工作照

把毛主席比作了一朵花，分明是有意贬低毛主席。

我很怕兰玲姐知道我偷看妈妈的检查。因为这些天来我俩老辩论，谁都不服谁，这两天正赌气不说话。

每当辩论时，有这样一些人，他们在没理时，就常常叨人家原先的缺点。比如说兰玲姐老揪住我给校领导贴过大字标语的事儿不放。昨天和兰玲姐辩论时，我认为自己反驳得很好："你这么说，不符合毛泽东思想，不符合唯物辩证法，一个革命者时时刻刻都要不断地改造旧的思想，跟上新的形势，也就是要不断地破除旧东西，建立新东西，觉悟才能不断地提高。"【张颐武点评："我"与兰玲姐，即两个孩子之间的"斗嘴"，也采用了高度革命化的语言，读来让人忍俊不禁。纵观本书，一切个人化的存在意识都善于用政治化、革命化的语境加以解释，本书的特殊意义也在于此。】

可兰玲姐却抓住我已改正过的那条缺点，说我啥也不懂，就能空讲大道理，没用，让人不服，而她应该看见我随着一天天长大正在增长的优点。

我认为她看问题的角度不对，小孩子咋的，小孩子手里也有真理。她不该用老眼光看人，应从发展的眼光看。

1967 年 2 月 20 日　　星期一

今天来地委食堂，参加卖饭服务，很有教育意义和趣味。开始自己没有卖过饭，因此心里有些胆怯，怕卖不好。但又一想越怕困难，越不敢锻炼，就一辈子也学不会。毛主席说："在社会主义事业中，要想不经过艰难曲折，不付出极大努力，总是一帆风顺容易得到成功，这种想法只是幻想。"

卖饭，买饭，一两个人还好答对，如果百十个人一起来，就不简单了。如昨天一开始卖饭，我经常算错钱票，给顾客添了麻烦。但经过这场轰轰烈烈的"文化大革命"，人们的觉悟空前提高，有的人自己把钱算好了，还很风趣地问我："你这是第一次卖饭吧？"或者逗乐说："可不能搞私心拉拢啊！"

后来慢慢地我不大出错了，并取得了一些好的经验，比如一边端饭菜，一边算钱票。

卖饭，确实也是接触群众的好场所。虽然有时累得满头大汗，但各种有趣的情景能消除一切疲劳，也是运用毛泽东思想的好机会。比如有一个人说："哈哈，我想把一个豆包切成半块买，你看成不成？什么？你说什么四舍五入？交饭票跟四舍五入有什么关系？"另有一个人说："我是新来地委工作的，我没说么，给我啥都行，真的啥都行。"

1967年3月1日　星期三

今天下午3点左右，发生了一件很使我高兴和敬仰的事情。原来我们从地委大楼往家走，我，南新民，还有几个同学不愿绕弯走远路，只得干调皮的事——跳杖子。只听"扑通、扑通"几下，同学们很快就跳下去了。我可好，在杖子上面下不来了，急得没法，只好两脚使劲地往下蹬。这一蹬，腿是下来了，衣服却被挂在了上面。往下扯吧，又够不着。一个同学喊道："哎呀，衣服刮坏了！"忽然我觉得有人用手端起我的两只脚，嘿！衣服下来了！我立刻觉得舒服多了。就听身后这位同志说："衣服刮坏了吧！小淘气！"

我下到地面，转头一看，啊！原来是一位戴着红领章和红五角星的解放军同志，我立刻不好意思起来。刚刚站稳，那位解放军背着书兜大踏步地走远了。我对身边的南新民说："还是个解放军呢！"

"还是解放军好，哪儿有事哪儿管！"这是南新民的声音。我嘴里没说什么，可心里更加热爱解放军了。【张颐武点评："我"由这件小事而更加热爱解放军。类似的小故事在今天充满"小资"情调的杂志中就有不少，但那是用"人性"和"爱心"来解释的。】

这件事很平凡，事情总共不到10分钟，但我想了30多分钟，边想边发出"嘿嘿"的笑声，事虽小却不平凡，我将永远记住。

1967年3月4日　星期六

今天一进原二年二班的教室，啊！一转眼工夫，原来的课桌、坐椅、讲台、黑板，看哪里哪里都是土。一到教室，过去的许多事情一幕一幕地出现在眼前。一想起这些事情，我就十分痛悔，我愿意向过去被我压制和批评的同学做检讨。

1967 年 3 月 7 日　星期二

今天下午参加了四平七中二年二班的开门整风会①，真是又受教育又感动人。同学们个个敢于革命，敢说敢干，敢批评，而且敢于对本组织的错误毫不留情地批评，他们把批评和自我批评运用得很好。原来所谓"淘气"的同学如今个个如虎，狠揭错误，不怕自丑和家丑外扬。韩志业对自己的错误认识得好极了，大家感动得都掉下了眼泪。李殿有、史振革、年连喜、赵卫光、张胜利、王凤青、张若英、吕万信、李影、胡小明，凡到会的，都积极发言，个个表现了对革命事业高度负责的精神。

1967 年 3 月 8 日　星期三

今天我想了又想，终于鼓起勇气闯进地委二楼干部会议室听答辩会，因为听说会上有两位地委书记出席，我想听听他们都说些什么。这两个书记各有一派死保，会上辩论异常激烈，都互相指责对方组织是保皇派。一个正书记先讲了这几年的民兵工作，又讲到了全局工作，把另一个副书记的论点批驳得体无完肤。轮到副书记讲话时，也不糠，两个人讲话一个比一个有水平，无论听谁说，都有道理，我对他们都很同情，他们要是一伙

---

① 何镇邦注释：开门整风，在内部整顿思想作风的同时，欢迎外部的帮助和批评。

儿的该多好。

后来吃饭的时间到了，突然有个模样很端正、显得很老成的干部站了起来。他说："我有想法不能不让我说，打击报复历来是干部政策的死敌，我参加这次会议，是本着对革命事业高度负责的精神来的。适才我刚刚谈出了个人的观点，你们就立刻攻击我，会前你们不是一再强调让到会的同志们充分发言吗？而照那位同志刚才所说，**你成了左派就没有说错话的时候了？我看不见得吧！我两次发言的出发点都是为了开好这次辩论会。"**

【张颐武点评："我"在日记中并没有说出对那位干部发言的看法，但倾向已隐含其中；作者以朴素的笔调，似在不经意间记录了"文革"的众生相，这是本书的又一个特点。】

如今有人怀疑以后领导的话群众是否还能听。我认为这种人眼光看得不远，只看到眼前现象。我们应该相信毛主席，相信党，干部有了群众的监督，事情就会办得好一些。政治觉悟空前高涨的群众能用毛泽东思想去识别一切。

1967 年 3 月 18 日　星期六

3 月 16 日那天，师专红色造反兵团的一位同学向大家介绍了两个人物：

一个人叫 ×××，在狱中想到的不是他个人的安危，而是出狱后如何开展斗争。他的第一份检查只写了毛主席语录，第二和第三份检查的内容是"揭露反动分子 ××× 的真面目"。

另一个人的情况是：师专"造大"勒令他去开会，他没有去，结果被抓上台示众，他手捧毛主席语录昂首挺立在主席台上。他带头从那个组织中杀了出来，说杀出来的原因是因为这个组织的头头把学校里的事儿硬往工厂里套。他认为学校一般都是年轻人，而工厂里有混进来的社会渣滓和地富反坏右。作为小知识分子，不该轻易地在工人阶级头上动土。他的理论基础是：我们的国家是以工人阶级为领导，以工农联盟为基础。

另一位同学说："我们想起来就很痛心，有的同学在资产阶级反动路线的威胁之下屈服了。"

第四章　风狂雨骤

（1967 年 3 月 19 日至 1967 年 11 月 24 日）

1967 年 3 月 19 日　星期日

　　听说北京那边发生了"二月逆流"和"二月兵变"，【金春明考证："二月逆流"，1967 年 1 月上海发生了"一月风暴"，"文化大革命"开始进入了夺权阶段。1967 年 2 月中央军委在北京京西宾馆召开会议。在这次会议上，叶剑英、陈毅、谭震林等老帅、老同志发表了一些对"文化大革命"的不同看法，后被诬为"二月逆流"。当时的形势确实处在"十分关键"的时刻，"大闹京西宾馆""大闹怀仁堂"的消息很快便在全国蔓延。本篇日记说明：对于处于边远地区的中学生，这个消息已经迟到了很多。

　　所谓"二月兵变"，是一伙别有用心的阴谋家为打倒贺龙、彭真而捏造的谣言。谣言说，贺龙在 1966 年 2 月私自调兵进京，在什刹海放置大炮，炮口对准了中南海，等等。这纯属虚构的罪名却成为对贺龙元帅立案审查的根据之一。1974 年 9 月和 1980 年，中共中央两次正式发文为贺龙同志平反。】说明形势已进入一个十分关键的时刻。我必须认真学习毛主席的《将革命进行到底》这篇光辉著作。毛主席在这篇论著中英明地指出："它们虽然已感到冬天的威胁，但并未冻僵。""他们在这个时刻会装出可怜相，他们也会耍花招混进革命队伍。"

在这个关键时刻是将革命进行到底？还是使革命半途而废？

1967 年 3 月 21 日　星期二

机关小杨在开妈妈的批判会时说：你要敢于抓自己思想深处最肮脏的东西。如果是对别人，按你们这样的水平比我们分析的不强？不过这是对自己罢了。只要把"我"字去掉，脑子里肮脏的东西就挖出来了。

这些日子，我家居住的一栋楼撵走了几个定性为反党、反社会主义的黑帮。很快 8 栋小楼的地委书记、专员们又全部被撵到了一、二栋。在原地委书记上吊之后，就在我家楼上，搬来了一个目前排位为四平地委代理第一书记的人。妈妈对他的印象好，说这几年每当去他办公室汇报妇女工作，无论什么时候，人家都是主动地站起来迎接，说话好着呢！

自从他家和我家成了邻居，我一直怀有一种好奇心，因此也就特别留意他和他家的事儿。

1967 年 3 月 25 日　星期六

昨天傍晚杨叔叔来了。他身板笔直，步伐轻盈，从身后看像个年轻人。他长得仪态端正，眼睛大而冷静，看上去坚定自信。

全家人几乎都爱听他讲话。他懂认识论、辩证法，还懂柴米油盐，跟父母，跟大姨、大姨夫都说得来。他跟爸爸妈妈说，因为他是部队编制，目前尚能自保。但看见爸妈，尤其看见妈妈那样被游斗，心里的滋味不好受。

大人们说现在的人可是看不透，有句话说："逢人只说三分话，不可全抛一片心"，不是没有道理的。"文革"前本来都挺好的，都是同事上下级的，见了面有说有笑的，现在可好，走个碰头碰，脸拉得好长，头一低，跟不认识你似的，生怕沾上你倒霉。这种人还好些，还不算坏。因为他们属于那种保住自己、不整别人的人。这种人可以原谅，可以理解，因为是人都有保护自己生存的本能。可有的人见了你，像个翻脸猴，一天到晚急吼吼的，你主动问他点事吧，他净说些硬邦邦的夹生话。最坏的就是给你炮制各种罪名整你的人，动机是为了个人的升官发财。这种人纯属阴谋家和野心家，不得不防。

大人们议论说，领导干部这么多年是有毛病，你该面对面地帮助他，可有一种人专门找他的上司乱叽叽、出坏招。

1967 年 3 月 31 日　　星期五

党内最大的走资本主义道路的当权派在《论修养》中说："要成为一个革命家，要完成'世界大任'，必须加紧自己的修养。"他还拐弯抹角说，一个人之所以能成为"革命家"，就是因为"修养"修好了的。【吴福辉考证：《论修养》全称应为《论共产党员的修养》，是刘少奇的主要理论著作。他还有一本《论党》。两书一论党员的品德修养，一论党的组织建设，是互相配合的。《论共产党员的修养》写于延安党的六届六中全会之后。1938 年 11 月在河南渑池写出提纲，1939 年 7 月在延安蓝家坪马列学院最初做了讲演，同年 8 月始在《解放》周刊分四期连载，11 月由延安新华书店出版单行本。此书在"文革"前约印了 1800 多万册，有一定影响，"文革"中作为刘少奇的理论基础遭至批判。】

他无限崇拜孔子和孟子，把孔孟说的话视为行动指南，竟高于我们心中最红最红的红太阳的英明教导。孟子说："人皆可以为尧舜"，刘少奇说"我看这话说得不错"，明目张胆地混淆阶级和阶级斗争，难道地富反坏右也能成为尧舜吗？毛主席说"政治是统帅是灵魂"，而他闭口不谈突出无产阶级政治，高举毛泽东思想伟大红旗，活学活用毛主席著作，【金春明考证："活学活用毛主席著作"，是林彪主持中央军委工作后提出来的，并首先在人民解放军中掀起学习毛著的热潮。随着毛泽东"全国学习人民解放军"的号召，而在全国各工厂、农村、机关、学校开展得相当普遍。】却说什么："按照党章的规定，只要承认党章、党纲，交纳党费，并且在党的一个组织内担负一定的工作，就可以成为党员。"

1967 年 4 月 14 日　星期五

看了反动影片《清宫秘史》① 之后，我为那种腐朽低落的生活感到气呕，在政治上更要加以批深批透。

乍一看，村民送鸡蛋给皇上，口喊"皇上万岁！"把皇上写得与被剥削的劳苦大众亲近无比，亲如一家。光绪皇帝说什么老百姓在受难，要管国事，要为百姓除害，好像光绪皇帝一心一意为老百姓似的。这混淆了统治阶级和劳动人民之间尖锐的阶级矛盾。

伟大领袖毛主席对轰轰烈烈的义和团反帝运动给了极高的评价："中国人民百年以来不屈不挠再接再厉的英勇斗争，使得帝国主义至今不能灭

---

① 何镇邦注释：《清宫秘史》，解放初期在国内上映的一部影片，描写清末从戊戌变法到义和团运动、八国联军入侵这一段历史背景下清代宫廷内部的斗争。1954 年，毛泽东在《关于红楼梦研究问题的信》一文中指出："被人称为爱国主义影片而实际是卖国主义影片的《清宫秘史》，在全国放映之后，至今没有被批判。"因此，"文革"一开始，《清宫秘史》就被拿出来进行大批判。

亡中国，永远不能灭亡中国。""中国人民有不甘屈服于帝国主义及其走狗的顽强的反抗精神，中华民族有同自己的敌人血战到底的气概。"

影片把广大劳动群众和统治阶级混淆在一起。的确，清朝统治者对义和团采取了欺骗和软化手段。这一方面反映了当时阶级矛盾的复杂性；另一方面，绝不可因义和团对"帝、封"的本质认识不清，就把义和团污之为封建统治阶级的工具。

毛主席曾教导我们，革命人民在敌人面前不可以有丝毫的怯懦。而影片中的大臣们吓得直哭，宣扬什么兵力单薄，强弱悬殊，是一副十足的奴才相！电影还美化歌颂帝国主义要帮助中国恢复皇位，重振朝纲。

1967 年 4 月 16 日　星期日

今晚解放军杨叔叔又来了。他笑着劝慰妈妈说："作为受害者，这个弯你一定要转过来，应把仇恨放在党内最大的走资派身上，不要百思不得其解，也不要无可奈何，干嘛那么消极，一定要振作起来。"

1967 年 4 月 26 日　星期三

今天见到 3816 部队的一个解放军，他沉痛地说："现在动不动就说什么'血洗'呀，'解放'呀，解放战争时期，四战四平，为解放四平不知死了多少人。现在一挖工程，就能挖出骨头和烂脑。如果提出重新血洗四平，重新解放四平，那是值得分析和研究的。"【王海泉点评：1946 年 3 月至 1948 年 3 月，在不满两年的时间内，国共两党军队先后在四平四次作战，史称"四战四平"。一战四平为四平解放战，东北民主联军约四个团兵力，全歼国民党军 3000 余人。二战四平为四平保卫战，国民党军出动 10 个师从沈阳向北大举进攻，东北民主联军调集 14 个师（旅）迎战。从 1946 年 4 月 18 日战至 5 月 19 日，东北民主联军主动撤离。此战，国民党军伤亡万余人，东北民主联军亦伤亡 8000 主力。三战四平为四平攻坚战，东北民主联军 9 个师攻打国民党四平守军，从 1947 年 6 月 14 日始，激战 15 天，攻克四平阵地四分之三，因城东北一隅久攻不下，国民党援军近至，东北民主联军撤离四平。此战，东北民主联军伤亡 1.7 万余人。四战四平为四平解放战，东北人民解放军 3 个纵队于 1948 年 3 月 12 日发起总攻，激战一昼夜，全歼国民党守军。】

再有，每天清晨和傍晚，是大人们上下班时间。每到这时，我就留意新搬到我家楼上的地委代理第一书记。他原来是地委二把手，一把手上吊自杀了，现在就由他主持工作。这下可坏了，听说师专"造大"现在开始盯上他了。

这个代理书记生得又高又胖，宽肩，脖粗，前额大而宽，脸圆圆的像面包。他走路的姿势一拧一拧的，沉缓有力。有好几次我在远处盯着他看，觉得他的背影有点像毛主席，特别是穿上浅灰色的哔叽中山装就更像了。

1967 年 4 月 27 日　星期四

昨天，进校支左的解放军深深地感动了我。他们像爱护小弟弟小妹妹一样，对待那些不明真相的同学。他们模范地执行党的政策，耐心细致地做学生们的思想工作，是我们学习的好榜样。我们要像爱护自己的眼珠那样爱护解放军。阶级敌人最恨解放军，也最怕解放军，因此他们使用一切恶毒的手法，破坏解放军的声誉。

回想起两次访问解放军和解放军进驻我班的情景①，我感到人民解放军是那样有觉悟。他们与人民群众心连心，他们最听毛主席的话，他们对问题的阐述是那么的好，就像一把把金钥匙，打开了我们闷闷的心灵。

我们一定要绝对相信解放军！

谩骂攻击解放军，绝没好下场！

1967 年 5 月 4 日　星期四

今天是"五四"青年节，我们到校讨论革命的形势问题。

一位同学说：我们并不是想挂个左派的名而造反的，但从心眼里一心

一位同学发言说："我们所说的砸碎什么狗头，并不是真的让你去砸谁的头。而是说明我们无比热爱毛主席，是从精神上砸碎了他的狗头。"

---

①　作者注释：当时根据中央有关文件精神，一大批解放军官兵进驻了中学和大学，以领导学校的无产阶级文化大革命。

想要捍卫毛主席的无产阶级革命路线。面临阻力这么大，我们对胜利充满了信心。

另一位同学说："我们所说的砸碎什么狗头，并不是真的让你去砸谁的头，而是说明我们对毛主席无比热爱，从精神上砸碎了他的狗头。"

在回来的路上，听一位工人同志说，这不是小孩不小孩的问题，而是阶级立场问题。这个小孩为什么知道替他"三反分子"的妈妈辩护呢？在无产阶级专政条件下，你妈就是进去三分钟也不光彩呀！

1967 年 5 月 24 日　　星期三

昨晚听一位老大爷与人说话。那语气就像专门批评我似的："有一种人是骑墙派，哪边风硬往哪边倒。我不是那种人，就是剩下我自己也要干。如果蒋介石来了打死了我们的人，你就跑？那能行吗？如果在战场上，这种人一定会是甫志高那样的叛徒。"

我听了他的话，又佩服又矛盾。佩服的是他的立场那么坚定，矛盾的是"造大"那边的人有什么不好？我就很同情"造大"。兰藕姐是哪派也没站，她没事一大早去公园跟着杨叔叔学剑术，对于谁是哪一派并不关心。可兰玲姐特烦我是"造大"观点，经常跟我吵得一塌糊涂。我现在该不该反戈一击呢？

1967 年 5 月 28 日　　星期日

我手拿小人书《白毛女》①，边看边琢磨，受教育很大。穷人是那样的苦，地主是那样的狠和坏。旧社会穷人之所以苦，是因为政权和枪杆子没掌握在穷人手里。他们有冤无处申，有苦不能说，又有谁能解放他们呢？是毛主席，是共产党和解放军！

旧社会穷人还不起账，被逼得卖儿卖女，全家痛哭，有的无路可走，自杀身亡。这一切悲惨凄凉的景象，我们能忘吗？不能，绝不能。

毛主席说："不懂得什么是剥削，什么是压迫，就不懂得革命。"

列宁教导我们："忘记了过去就意味着背叛。"

看了小人书《白毛女》以后，让我懂得：只有牢记阶级苦，不忘血泪仇，读毛主席的书，听毛主席的话，照毛主席的指示办事，才能立场坚定，牢牢地掌握印把子。

---

① 何镇邦注释：《白毛女》，原为贺敬之、丁毅执笔的作品。后又由水华、王滨、杨润身改编成电影文学剧本。这里说的小人书《白毛女》乃是根据电影文学剧本改编而成。它反映佃户杨白劳之女喜儿被恶霸地主黄世仁污辱、欺凌，最后逃出虎口，在荒山野岭过着非人生活的悲惨遭遇。从 20 世纪 40 年代以来，一直是进行阶级教育的重要教材。

1967 年 5 月 30 日　星期二

在《林海雪原》①一书中有救济群众的场面：党和政府给穷苦百姓送来了 2 万斤米，战士们又送来 1 万斤米，此外还有 100 件棉袄、200 条棉裤……

共产党的干部之所以区别于老百姓，是因为他们见到群众的困难和疾苦，不会视而不见，听而不闻。

他们会像毛主席说的那样，把群众的困难当作自己的困难。只有这样，群众才能跟共产党同心同德、心甘情愿地干革命。

但是，最近揭露出来的事儿，和上面的情节恰恰相反：

机关群众造反组织给原来住在地委八栋小楼的高干们办学习班，还把保姆们单独集中起来办学习班，喝令她们揭发检举高干们的生活腐化问题。

其中有一个保姆揭发说，地委 ×× 副书记的老婆跟丈夫说最好用轿车到哪儿哪儿哪儿去拉水吃，那儿的水质好；还说她用牛奶洗澡，用豆油和面什么的。【张颐武点评：本篇日记对于高干家庭生活细节的描述，颇为生动有趣。有关那个时代"资产阶级腐朽生活"的描述和定义，颇有代表性和典型性。】

因为这对夫妇都是高干，女的级别也不低，后来都被集中起来交待问题。女的说："谁家两口子说话还照本宣科?！让她找出人证物证来！凭什

---

① 　何镇邦注释：《林海雪原》，长篇小说，曲波著。人民文学出版社 1957 年初版。小说写的是东北解放战争初期，以团参谋长少剑波为首的人民解放军的一支 36 人的小分队，深入林海雪原，同数倍于自己的国民党残余部队和土匪武装周旋，最后全歼敌人的故事。传奇性的故事，人物形象塑造的理想化和自然环境的奇特险异，构成了小说别开生面的浪漫色彩。小说出版后产生过较大的反响，译成多种文字，其中一些片断被改编成电影、话剧和戏曲。

女高干说："谁家两口子说话还照本宣科，凭什么供出我们夫妇在饭桌上说的话?!"

么把我们夫妇在饭桌上说的话当成贡品奉献上去?! 缺了八辈子德了！"这下坏了，那女高干被斗得够呛。因为男的态度好，一直承认检查错误，斗争了几次，就让他回家待了起来。

最近，我发现这位地委副书记和他的爱人搬进了二栋楼。有一次，我在一栋楼和二栋楼之间的硬土路上与这位副书记走了个对头碰。一看他，又高大又英俊，一双大眼睛可漂亮了。

1967 年 6 月 4 日　星期日

这些天，我心里一直隐隐地难受，楼上那个代理第一书记几乎天天挨斗。而且斗争的程度可比我妈遭罪多了，太可怕了。我有时看到他在高台上被弯腰、按头、戴高帽，而且时间很长，我很害怕，想躲在什么地方抹抹眼泪。有几次我看到他从楼上走下来，又将被人带到批斗会现场，我想

有几次我看到代理第一书记从楼上走下来，又将被人带到批斗会现场，我想跑过去拦截带走他的人，可是我不敢，吓死也不敢。

跑过去拦截住带走他的人，可是又不敢，吓死也不敢。奇怪的是，他晚上批斗完事走回家时，走路的姿势和背影始终不变，还是那样一拧一拧地沉缓有力，而且从背后我一眼就能认出是他。我甚至相信，如果他赶赴杀头刑场，依然步伐如常，节奏永远不会改变，就跟他刚搬来一栋楼时留下的脚步的长度一模一样，连他甩手转身的动作也很特别，慢而有力，稳而沉着。反正他的一切永远也不会改变。

1967 年 6 月 15 日　星期四

今天楼上的会英姐又带我去她家玩。去的次数多了，我发现她家和我家一样，也有一男一女专门为全家人买菜做饭。而且我家大姨、大姨夫是两口子，她家的一男一女也是两口子。大姨、大姨夫跟着我妈多年了，他们两口子也跟着英子姐的爸妈多年了。但有一点不同，大姨和大姨夫是我妈的亲姐姐、亲姐夫，而他们家的老两口，与英子姐的爸妈什么亲戚也不沾，但却处得比亲戚还亲。从这点来看，会英姐的爸妈为人非常好。

但不知为什么，我每次去她家，只能看见她的妈妈和这一对老两口，还有会英姐的小弟弟会明，却从未见过她们的爸爸，我想是不是有人不让这位地委代理第一书记回家呢？

1967 年 6 月 18 日　　星期日

最高指示：

我们是战争消灭论者，我们是不要战争的，但是只能经过战争去消灭战争，不要枪杆子但必须拿起枪杆子。

好似一声春雷；我国第一颗氢弹于 6 月 17 日实验成功了，这振奋人心的喜讯啊，轰动了全中国、全世界。这对我们是一个巨大的鼓舞和鞭策，给了我们无限的力量。这是多么值得自豪和高兴的喜讯呀！让我们一千遍一万遍地高呼：毛主席万岁！万岁！万万岁！

目前我最主要的危险是：回避矛盾，回避斗争，革命造反精神相当差，立场变幻无常，对人对事两面三刀。那么，当真理掌握在少数人手里的时候，你敢坚持吗？当革命遇到重重障碍时，你的立场会不动摇吗？你有为革命敢于自我牺牲的精神吗？你有工农兵那无私的高尚品质吗？没有，一句话，他们必须长期地与工农兵相结合，按《毛主席语录》252 页说的那样去做！【金春明考证：即 1939 年 12 月毛泽东在《中国革命和中国共产党》一文中有关"知识分子应与群众的革命斗争打成一片"的论述。】

1967 年 6 月 26 日　星期一

《毛主席接见革命群众》的电影就要开演了，哎呀，我两次（第六、第七次）见到了伟大领袖毛主席。当电影就要开演的时候，我怎能不兴奋异常呢？

轰隆轰隆……火车奔驰着，电影把我带回了去往北京的火车上的情景。那时，我恨不得一下子就飞到北京，立刻去见毛主席。

"东方红……"一声雄壮的歌声，多少革命小将张望着毛主席的到来。凡是见到了毛主席的同学，脸蛋高兴得像个大苹果，很多师生的手在比比划划，看得出是在说毛主席是那样的高，身体是那样的好。

"大海航行靠舵手，万物生长靠太阳，雨露滋润禾苗壮，干革命靠的是毛泽东思想。鱼儿离不开水呀，瓜儿离不开秧，革命群众离不开共产党，毛泽东思想是不落的太阳。"

只见电影里无数革命师生，把全身力气都用在这首歌上，我仿佛也坐在他们的周围，觉得自己实在是太幸福了！

1967 年 7 月 6 日　星期四

毛主席教导我们说：

千万不要忘记阶级斗争。

凡是错误的思想，凡是毒草，凡是牛鬼蛇神，都应该进行批判，决不能让它们自由泛滥。

《林家铺子》①的编导者为了达到复辟资本主义的狼子野心，精心炮制了这部影片。【金春明考证：《林家铺子》，是中国著名作家茅盾在 20 世纪 30 年代创作的短篇小说。经夏衍（时任文化部副部长）改编，于 60 年代拍成电影，是这一时期产生的比较优秀的作品之一。但在"左"的错误思想指导下，被错误批判，无限上纲，戴上资产阶级、修正主义、大毒草之类帽子。夏衍也被作为"文艺黑线"代表人物受到批斗关押。党的十一届三中全会后已正式平反。】

《林家铺子》剧照

1931 年正是日帝侵略中国，国家面临着灭亡的危险，而影片不去反映中国人民怎样英勇的反侵略，却对一家商业主大加美化，把林老板描写为穷人的"救世主"，失去了林老板，穷人就无法生活，因而穷人视他为"阿弥陀佛"。

毛主席说："在阶级社会中，每一个人都在一定的阶级地位中生活，各种思想无不打上阶级的烙印。"而影片却与毛主席唱反调，说一个伙计为林老板做好生意东奔西跑，险些被抓去当车夫，并在林老板逃走后，想方设法为林老板服务；描绘林老板是一心为穷人着想，当伙计挨打时，他

---

① 何镇邦注释：《林家铺子》，电影文学剧本，是夏衍根据茅盾同名小说改编而成的。剧本载《电影创作》1959 年第 3 期，同年由北京电影制片厂拍成彩色故事片。影片以细腻笔触描写了 20 世纪 30 年代初期"一·二八"淞沪抗战前后，在浙江杭嘉湖地区一个小镇上，林老板经营百货小铺的遭遇。影片不仅成功地体现了原著的主旨和神韵，而且十分审慎地作了必要的丰富和创新。影片通过林老板既受压迫（因小铺最后倒闭而出走），同时又坑害他人的两面性，反映出"大鱼吃小鱼，小鱼吃虾米"的黑暗社会现实。

挺身而出。

说穿了，编导者就是妄想让人民忘记阶级斗争，去同情一个资本家，混淆了剥削阶级和被剥削阶级的深仇大恨和不共戴天。

1967 年 7 月 16 日　星期日

《两家人》是株毒素极深的大毒草，它把一个老贫农写成不愿加入合作社，听说成立了合作社吓呆了，不吃不喝成天掉眼泪，认为那老牛拉车、自己过美满生活的日子就要不见了。电影把一个不走合作化、单干拉车的一家人写成是：一车两车越拉赚的钱越多；养猪养牛养鸡，顿顿吃大米。而另一家进了互助组，下场却是到处换粮吃，到处替人家挑水。而且作者还写这个"老贫农"逼着老大娘卖地，为此，这个老大娘跳了井。她这一跳，才使他觉悟过来。最后，影片把他描绘得那么好，这不是令人深思的吗？

刘少奇说："剥削有理，剥削得越多功劳越大。"《两家人》为刘少奇的剥削有功大开绿灯，为地主封建阶级大唱赞歌，为走资本主义道路鸣锣开道，我们必须把它批倒批臭！

1967 年 7 月 24 日　星期一

毛主席在《战争和战略问题》中教导我们说：我们的原则是党指挥枪，而不允许枪指挥党。

谢副总理和另一位国家领导人安全回到"文化大革命"的策源地——北京，革命人民无不欢欣鼓舞。昨天全市人民愤怒声讨了陈再道所策划的"反革命暴乱"。有人公然殴打绑架毛主席司令部的人。告诉这帮混进党里、政府里、军队里的一小撮资产阶级代表人物，你们跳出来实际上是件大好事，我们正好如卷席一样把你们一个不漏地全打倒；今天党内最大的走资本主义道路的当权派，他们绝不是纸老虎，而是装死的老虎，受伤的老虎，他们有时会装死过去，以求一逞，重新反扑。如果我们不在思想上、理论上把他们批臭批透，那么他们的复辟阴谋一旦得逞，千百万人头就要落地，我们就会回到老一辈饱尝的苦难中去。能吗？不能！坚决不能！

打倒刘邓陶！打倒贺罗①！打倒赵王李！

1967年7月27日　星期四

　　一大批本来不出名的革命青少年成了勇敢的闯将，他们有智慧，有魄力……

——十六条

"搬起石头砸自己的脚"，这是中国人形容某些蠢人的一句俗话。

各国反动派也就是这样的一批蠢人。他们对于革命人民所作的种种迫害，归根结底，只能促进人民的更广泛更剧烈的革命。

武汉地区的"文化大革命"形势一片大好，党内、军内一小撮走资本主义道路的当权派疯狂镇压、打击、迫害无产阶级革命派。无论困难多大，压力多重，他们誓死保卫毛主席、保卫党中央、保卫中央"文革"的

---

　　① 　作者注释："贺罗"，指的是贺龙、罗瑞卿；"赵王李"指的是当年吉林省委书记赵林、四平地委书记王静坚（1966年10月1日在厕所自杀）等领导同志。

决心比泰山重，比长江的水深。他们天不怕，地不怕，鬼不怕，不论你名声多高，资格多老，只要你不执行毛主席的无产阶级革命路线，就打倒你。

无产阶级革命派对毛主席和以毛主席为代表的无产阶级革命路线感情最深，最忠实，最热爱。他们对党内最大的走资本主义的当权派怀有无比的仇恨，谁疯狂镇压革命造反派，那必定是搬起石头砸自己的脚，自取灭亡！

1967 年 7 月 29 日　　星期六

毛主席教导我们说：

这个军队具有一往无前的精神，它要压倒一切敌人，而决不被敌人所屈服。不论在任何艰难困苦的场合，只要还有一个人，这个人就要继续战斗下去。

——《论联合政府》

谁要是只看见光明一面，不看见困难一面，谁就会不能很好地为实现党的任务而斗争。

——《论联合政府》

昨天下午武汉钢二司九一三支队的两名红卫兵来四平市作报告[①]，请

---

① 吴福辉注释：此篇日记写的是 1967 年发生在武汉的"七·二〇"事件。所谓"七·二〇"事件是 1967 年发生在武汉的一次规模巨大的群众斗群众的历史案例，背后得到中央发动搞"文化大革命"的那些人的支持。文中的"革命造反派"和"百万雄师"派都是群众组织，都称自己是拥护毛泽东思想的。由于此类暴力事件对群众的危害十分明显，后来"文攻武卫"的口号在"文化大革命"中也不再被沿用了。

听："一个小将被围困在二楼，他怒视百名匪徒。他说：你们如果继续冲向二楼，我就跳楼，但无情的匪徒继续冲了上去，这位小将手捧毛主席语录慷慨就义。由于二楼离地面不太高，他受了重伤未死去，但残忍无道的匪徒用明晃晃的刀子插进了小将的胸间。还有三个小将也先后从三楼跳楼，英勇牺牲。"

"工人阶级和革命小将心连心，他们冲破两万人的重重包围圈，把用具送给英雄的红卫兵，然后又背着小将从三楼的平台跳到二楼，从二楼跳到一楼……"

一个红卫兵小将被一群匪徒用刺刀逼在人群的正中间，他是如何对待的呢？害怕了吗？没有！惧色了吗？没有！投降了吗？没有！他严正地要求谈判，敌人"谈判了"，但又撕毁了协议，刺杀了这位小将，从而教育了革命人们，千万不能幻想敌人放下屠刀，立地成佛。

中央首长谢富治支持了革命造反派，革命造反派和中央首长心连心。当首长遭绑架的时候，他们紧急集合，铸成了铁人的墙壁。陈再道疯了，他指挥"百万雄师"砸了铁路小车。革命派又把首长抢在小吉普车上，运往飞机场，坐飞机安全回到了北京。

他们可歌可泣的斗争，显示了用毛泽东思想武装起来的工人、学生，为了保卫毛主席的无产阶级革命路线，将生死置之度外。

他们无情地揭穿了混进党内军内的"三反分子"和一小撮坏头头，如何用武力疯狂刺杀无产阶级革命派。

虽然他们一共牺牲了 700 多人，受伤 90 多人，但政治上获得了极高的荣誉，奏响了一曲无产阶级革命路线胜利的凯歌。

最后，他们向四平的革命造反派说了几点血的经验和教训：（1）革命造反派在关键时刻万万不能因为内部分歧打内战，要加强团结，不然亲者痛、仇者快。（2）敌人磨刀，我们也必须磨刀，文攻武卫，以革命的暴力对付反革命的暴力。

1967 年 7 月 30 日　　星期日

《不夜城》①是一部彻头彻尾地为党内最大的走资本主义道路的当权派贩卖的资本主义和修正主义的影片，是一株为资本家歌功颂德、丑化工人阶级、宣扬阶级投降主义的大毒草。毒素太深，必须彻底批判。

电影《子夜》插图

1.毛主席说过：资本家每一个鼻孔、每一只脚，都滴着劳动人民的鲜血……但影片却描写什么"爱国牌"和"日本牌"什么的。

2.毛主席又说过：剥削得越厉害，穷人反抗就越大。而影片却说一个老工人为了活命，把希望寄托在资本家身上，哀求资本家不要开除他，今

---

①　何镇邦注释：《不夜城》，电影文学剧本，柯灵编剧。1956 年由上海电影制片厂拍成彩色故事片。此片反映的是民族资本家张伯韩解放前惨淡经营以及解放后在政府扶持下迅速发展企业，却因非法牟利成为不法资本家，最后在政府帮助教育和家属启发开导下，终于接受了改造。影片深刻地揭示了民族资产阶级的两面性。影片结构宏大、时间跨度大、社会生活面广，是一部题材独特，艺术成就比较高的影片。"文革"中此片受到批判，"文革"后又得到肯定。

后让干什么就干什么。这和"工人是希望资本家剥削的，剥削得越多，功劳就越大"不是一路货色吗？

3. 把尖锐的阶级矛盾描绘成私家矛盾。

4. 宣扬工人造反无理；当工人群众要求发工资时，他们急忙打电话叫警察来。

5. 严重丑化工人阶级：（1）女工把门开枪；（2）一顿螃蟹饭；（3）工人要求发工资时，呆呆地等着，连动一动、大声说句话都不敢；（4）工人和资本家握手，资本家交给几千元，他们却只收一二百元。

6. 大力颂扬资本家：（1）丹凤朝阳的一顿饭；（2）带病学毛选；（3）愿意走社会主义道路；（4）他没来以前，产量一年比一年下降，而他一来，产量年年上升。

7. 用和平演变腐蚀人民的革命斗志，麻痹人民忘记阶级斗争，大演特演太太小姐少爷们的资产阶级生活方式，妄图重新恢复失去的天堂。

8. 影片最后一个镜头为资本主义复辟大加赞美，舞台完全是资本家活蹦乱跳的场面。

这些我们能容忍吗？不能！我们要用毛泽东思想的千钧棒把它批倒批臭。

1967 年 8 月 1 日　　星期二

大舅从关里来家好多天了。听妈妈和大姨说，妈妈当年参加游击队，就是大舅带出去的。在好多年中，大舅和妈妈在外边闹革命，打日本，大姨一直待在家里侍候姥姥和姥爷。我还听说电影《地道战》①描写的就是

---

① 何镇邦注释：《地道战》，故事片，八一电影制片厂 1965 年摄制，编剧李克，导演任旭东。影片描述 1942 年 5 月日寇对冀中抗日根据地进行"大扫荡"时，高家庄人民运用地道战同日寇做斗争的故事，是一部体现毛泽东关于人民战争思想的优秀影片。

大舅他们当年的战斗故事。有一次，大舅差点被鬼子的瓦斯弹给呛死，跟杨叔叔一样，也属于死里逃生之人。大舅原来的级别很高，曾在天津地区刘青山、张子善手底下工作过。他俩被枪决了，大舅和一些干部都受到了降职处分。尽管这样，如今当县长的舅舅也被斗争得够呛，这次因保定地区武斗很凶，舅舅奔东北两个妹妹这儿养病来了。来后，才知妹妹的日子也不好过，又帮不上什么忙，只能晚上见了面，兄妹说说宽心话而已。

这些天，大姨换着样给舅舅做好吃的，兄妹三人碰到一块儿总有说不完的话。那天，妈妈不在，大舅悄悄地塞给大姨一点钱，说她侍候他太累了，这钱让她紧用时留着花。大姨一边接钱一边说道："我不就为哥哥做点家务事么，你看你还……"说着，不觉滴下泪来。舅舅见大妹妹流泪了，好半天没再吭声。

1967 年 8 月 2 日　　星期三

六月天兵征腐恶，万丈长缨要把鲲鹏缚。

不管风吹浪打，胜似闲庭信步。

昨天召开庆祝"八一"建军节 40 周年大会，几百万群众包括头头和干部是多么激动呀！他们的队伍不断扩大，在斗争最困难时刻，他们不怕"把矛头指向解放军"的大帽子。如今，四平的曙光即将来到，在阶级斗争的大风雨中，在两个阶级、两条道路、两种前途的激烈斗争中，锻炼出了革命左派，他们那可贵的革命造反精神是每一个战士和干部学习的好榜样。谁若别有用心地打击他们，对他们进行政治上的陷害，就决不会有好下场。

下边学习摘记一段宣传品：

"长江水在咆哮，让我们——毛主席的红小将向我们的红司令毛主席含着热泪宣誓：我们决不能辜负您对我们的殷切期望，无论风多大雨多大，保卫您老人家的无产阶级革命路线的雄心壮志永不变。头可断血可流，捍卫无产阶级文化大革命的胜利成果的坚定信心比海水深比泰山重，我们决不能忘记，是毛主席领导我们从一个胜利走向另一个胜利。为了取得无产阶级文化大革命的彻底胜利，我们要把自己锻炼成坚强的左派，让暴风雨来得更猛烈些吧！"

1967 年 8 月 13 日　　星期日

昨天傍晚，妈妈从军队组织的学习班上回来，路上碰上了王阿姨。王阿姨问妈妈："在学习班上不知老吴头说了些什么，把他媳妇小黄气得够戗。"妈妈说："他在进行忆苦思甜时联系实际，说现在生活甜了，自己却变了质，比如跟贫农出身的老婆离婚后又找了一个地主的姑娘，还跟着媳妇回她娘家管地主叫爹叫娘的。他还听岳母跟邻居说：'现在是我侍奉他们，过去都是叫别人侍奉我。'"

妈妈说："等见了小黄，你就说我说的，我和老吴头在一个学习班，我怎么就没听他这么说啊！告诉她不要听闲话，听闲话气坏了身子，自己受罪。"王阿姨说："这人吧，是这样，既然出身不好，就别怕人家说，你总不能去堵人家的嘴吧？"

到了晚上，一位大个子叔叔来家串门，我听妈妈问："×× 书记的问题到底怎么样了？"那人说："××× 参加了他们外调材料的汇报和研究。根据当前掌握的材料看，这位书记暂时还打不倒，历史上没什么问题，入党也不是假的，因年头多了，对方一时想不起来了，后来外调人员拿出照片，那人马上说：'你们说的是 ×× 呀，那我怎么会知道啊？战争年代他不叫这个名，是叫 ×××，但你们一拿照片我就明白了，的确是我介绍他入的党。他家庭成分好，在家时很苦，他哥买地和开药房的事，那是在他出来参加革命之后的事儿。'再有外调人员太年轻，缺乏社会经验，人家一追问，就答不上来了，还得重新去外调。"

说到外调，妈妈的话多了起来。她说："我对出去搞我外调的人员讲了，你们把跟我一起工作过的老同事都找到，我才高兴呢。我虚岁 15 岁入党，在村里任女赤卫队队长，16 岁在县实业科工作，县里送我到十中培训，还在县贸易局干过，17 虚岁当村党支部宣委，带领群众挖地洞，领导群众向敌人展开斗争，20 岁任区宣传委员，后又调到县委当组织干事，你越查我越红。在艰苦的岁月里同敌人作斗争，随时都有被捕和牺牲的危险，可从来没怕过死，一心想的是斗倒地、富和恶霸，打倒日本鬼子。当群众不尊敬自己，甚至起着哄学我的关里话时，把我气坏了，心想你们想欺负我这个外来人，想把我的名声搞臭，我非等着你们给我恢复名誉的那一天。"

爸爸妈妈和大个子叔叔还谈到学习班学习的事儿。说毛主席在进北京城前的 1949 年春天，在河北省平山县西柏坡村召开了党的七届二中全会，向全党敲警钟："因为胜利，党内的骄傲情绪，以功臣自居的情绪，停顿起来不求进步的情绪，贪图享受不愿再过艰苦生活的情绪可能生长……"我们革命队伍中的意志薄弱者，很可能经不起糖衣裹着的炮弹的袭击，他们在敌人的糖衣炮弹面前要打败仗，因此更要谦虚谨慎，戒骄戒躁，永葆革命的斗志。大人们还提到了一个中央领导人的讲话，说运动中领导干部受到群众的冲击，其中一个原因是执行了资产阶级反动路线，群众有气；另一个原因是官做大了，薪水多了，自以为了不起了，有事不跟群众商量，不民主，不平等待人，甚至还训人、骂人，这样群众就对你有意见，平时没机会讲，运动来了，难免不受到冲击。

1967 年 8 月 25 日　星期五

在对党内最大的走资本主义道路当权派的大揭发、大批判、大斗争中，阶级敌人总是千方百计地转移斗争大方向，他们最害怕大批判。

我空军部队一举歼灭侵入我国领空的美机，活捉美国飞贼一名。

如果我们看错了形势，那么，就不能紧跟毛主席的战略部署，方向就会错。因此对于毛主席的指示，理解的要执行，不理解的也要执行。只要紧跟伟大领袖毛主席，无论敌人如何疯狂反扑，胜利必定是我们的。

我英勇的人民解放军空军部队高举毛泽东思想伟大红旗，一举歼灭侵入我国领空的美机，活捉美国飞贼一名。伟大的中国人民解放军是我国无产阶级专政的可靠支柱。【金春明考证：从 1964 年 8 月至 1968 年 11 月，美国作战飞机入侵中国领空共 155 批，383 架次，其中被人民解放军击落 12 架，击伤 4 架，本篇日记记录了其中的一次。】

正因为我们有这样强大的革命军队，我们才能进行史无前例的无产阶级文化大革命，才能彻底摧毁以中国赫鲁晓夫为首的资产阶级司令部，取得无产阶级文化大革命的彻底胜利。

国内外一切阶级敌人最仇视最害怕我们的军队，我们一定要提高警惕，维护解放军的崇高威望，永远学习、热爱、拥护、支持解放军。

1967 年 9 月 2 日　　星期六

在 1963 年开展的学习雷锋的运动中，两个司令部的题词也有着截然不同的含义和目的，毛主席说：向雷锋同志学习；林彪副统帅紧接着说：学习雷锋，做毛主席的好战士。但以刘少奇为首的资产阶级司令部的题词，是插向学习雷锋运动的黑手。刘少奇说什么：伟大，平凡，共产主义精神；邓小平说：要学习雷锋的品德、风格。他们脱离阶级，脱离阶级斗

雷锋和战友们在一起

争，脱离无产阶级专政，他们所说的品德纯粹是让我们越养越成为修正主义；他们把为个人名利地位所做的"奋斗"涂上了一层金，美其名曰："为人民服务"，这与"吃小亏占大便宜"完全是一路货色。

毛泽东题词：向雷锋同志学习

【吴福辉考证：这里批判刘少奇和邓小平的"雷锋题词"，现在的人都会觉得怪异，但经历过"文革"的人可以证明当时是司空见惯的。只要是这个人的政治评价坏了，那么一切都坏了，本来正确的也可以当作反面教材来批判，也自有一套"大批判"的逻辑和词句。雷锋这个英雄人物，最初是忆苦思甜的典型，后来被树立为军人学习毛泽东著作的榜样，逝世后宣传进一步升温。至 1963 年先后有毛泽东、刘少奇、周恩来、朱德、叶剑英、邓小平、林彪、陈云、董必武等领导人为其题词。刘少奇的题词为："学习雷锋同志平凡而伟大的共产主义精神"；邓小平的题词为："谁愿当一个真正的共产主义者，就应该向雷锋同志的品德和风格学习。"两个题词没什么毛病，要批判还真不容易，但按照当时的调调，还得硬着头皮批。】

雷锋是一个无所畏惧的无产阶级革命战士，在他的一百二十几篇日记里，竟然被刘少奇的黑爪牙删改了七八篇；凡是歌颂毛主席的，凡是论政权和枪杆子的，凡是反对错误领导的，凡是歌颂战无不胜的毛泽东思想的，他们全部删去；在电影《雷锋》中，雷锋反抗地主婆的片断也被删去了。这一切罪恶，都将被彻底清算！

1967 年 9 月 9 日　星期六

两周来，我们几乎顿顿都能吃到大姨亲手烙的发面白面饼。一张一张，白白的，带有香香的油味和咸味，非常好吃，顿顿吃也吃不够。

今天下午，"呜呜……"挂着红旗和毛主席像的运粮汽车又来了，因为有了粮吃，路旁的群众拍手叫好。中国人民解放军万岁！毛主席万岁！人民群众对毛主席和解放军怀有深厚的感情，人民子弟兵无限忠于毛主席，无限忠于人民，无限忠于毛主席的无产阶级革命路线。

两天来的运粮情景，让我亲眼看到人民解放军为民爱民的感人事迹——粮店没有了可卖的粮食，人群一片混乱，啊，解放军来了！看，他们没顾上吃饭，累得满头大汗，搬完了粮食，立刻听取群众意见，采取一切有利措施，尽快帮助群众解决吃粮问题。群众的困难就是他们的困难，群众的心情就是他们的心情，他们急群众之所急，想群众之所想，全心全意为了人民群众。我们为有这样的子弟兵而骄傲和自豪。有这样的军队，就能战胜一切残暴、阴险、狡猾的敌人，无往而不胜！

1967 年 9 月 13 日　星期三

上午在路上遇到一位女同志，就听她跟一位男同志说："毛主席叫我们不参加武斗，我不参加武斗，你就不发我工资？这讲理吗？"【王海泉点评：日记中记述的街谈巷议，从一个小侧面反映了四平市"文革"混乱升级的程度。受上海"一月风暴"的影响，1967 年 3 月 14 日四平市阀门厂造反派夺了本厂的党、政、财、文领导权，成立了四平市阀门厂革命委员会。3 月 18 日，《四平报》专题介绍了该厂的"夺权经验"。此后，很多企业效仿该厂做法。系统、企业的造反派迅速与学校的造反派合流，相互声援、支持。造反派组织很快分裂成"造大""红色"两大派别，双方先是口头辩论，相互攻击，进而互相谩骂，拳脚相加。此时，一个系统、一个单位内大都分成两派，甚至一个家庭中的父子、夫妻、兄弟间也可能分派。他们均自我标榜为"革命派"，指责对方为"保皇派"。8 月 10 日，两派首次发生大规模武斗，以棍棒、砖瓦为武器。8 月下旬，武斗升级为枪战，动用了坦克、六〇炮、炸药。有的企业造反派组织为胁迫工人参加武斗，竟以扣发工资相威胁。】

下午四平军分区一位解放军战士气愤地说：我们当了这么多年的兵，就只投过一颗手榴弹，还是军事演习时投的。今天你们（指造反派）拿着武器说扔就扔，说打就打……【王海泉点评：1967 年 9 月 13 日（即本篇日记的写作日），"红色"派开始攻打"造大"派，"红色"派动用了机枪、手榴弹，占领了四平火车站。这位战士的话表达了对武斗的气愤。】

1967 年 9 月 22 日　星期五

今天家里人一点儿也没想到，大祸竟然降临到了我家。

可能是因为姨夫历史上受过处分的那件事儿，今天一大早大姨刚刚出去，就跟街道委员会的一位女干部吵了起来。突然前方一楼的一扇窗户打开了，那位女干部家的大小子，听见我姨的嚷嚷声，手持匕首破窗而出，直冲大姨而来。家人们听到叫骂声就往外跑，一见持匕的场面，我便吓得不敢动弹了。但兰玲姐没害怕，她返回家拿起姨夫上街拾粪用的那条扁担，冲那家大小子就去了。说时迟，那时快，从二栋楼的窗口又跳出一个人来，原来是那小子的父亲。这位父亲追上儿子，死死地握住那双拿匕首的手。后来到底是谁打着谁了，谁又还了几次手，我已吓得全然不知。

那位父亲死死地将儿子拽走后，大姨头顶已被血染红了。爸爸、姨夫、兰玲姐抬回大姨，回屋后大声喊了她一会儿，她才清醒过来。于是爸爸便让兰玲姐快去找妈妈①。很快，妈妈带着一位姓吴的叔叔用手推车把大姨推到附近的军分区，军分区马上派了一辆救护车送大姨去了解放军二〇七医院。

很晚很晚了，妈妈才送大姨回来。说大姨命大，脑袋顶被豁了两道口子，缝了不少针，好歹算没伤着骨头。还说二〇七医院的男女大夫都非常负责任，对患者态度也好，解放军就是好。

1967 年 9 月 25 日　　星期一

今天听广播说毛主席视察湖北、江西、湖南之后已回到北京。他老人家为了领导全国无产阶级革命派夺取"文化大革命"的最后胜利，亲自到下边去视察，这是对全国人民的最大鼓舞最大支持最大关怀。回顾一年多来的"文化大革命"，真是天翻地覆，是毛主席亲自发动领导的"文化大革命"，揪出了埋在无产阶级专政机构内部的以中国赫鲁晓夫为首的大大小小的一小撮走资派，巩固并加强了无产阶级专政；是毛主席领导的"文化大革命"培养造就了一大批革命事业的接班人，使美帝苏修把和平演变的希望寄托在年轻人身上的美梦破产了；是毛主席亲自发动和领导的"文化大革命"，锻炼考验了一大批忠于党忠于毛主席忠于毛主席革命路线的好干部；是毛主席亲自发动和领导"文化大革命"进一步加强了军民团结，使这支举世无双的军队更加革命化。

毛主席万岁！万岁！万万岁！

---

① 作者注释：当时妈妈在军队主持的学习班上学习。

1967 年 9 月 29 日　　星期五

今天吴叔叔来家里。妈妈说："那天多亏你帮助，把我姐用手推车推到军分区，还一直陪到二〇七医院。你从医院返回学习班时，把自行车放到了我家，让转告你家小孩晚上来取。我当时感恩不尽，到家后，忙叫我姐夫把车子给你家送了去。那天军分区的一位科长说，刀子扎在脑袋上了，再深进去一点儿，人就危险了。**你说这事我能不感动吗？**"

吴叔叔说："咱们在学习班学习，我有 4 件事儿想不通。一个是馒头事件，说是我造成的，其实跟我没关系；还有我大会发言的事儿和推你大姐到医院去的事儿；还有借给 ×××100 元钱去外调 ×× 的事；这些本来不是我的错，非说我错了，让我学习这篇文章那篇文章的。没错，到什么时候我也不检查。"

妈妈听后说："那是啊，不该你检查的，到任何时候也不能检查。"停顿了一会儿，吴叔叔又小声说："还有你姐被砍这件事，我爱人也为这事闹我，她说：'两家早就有矛盾，家属之间动了手，你为什么掺和进去？你一掺和，影响就大了，非得拉到派性上不可。'我分辩说：'不是我想推着人家上医院，那是学习班的军代表和联络员让我帮助学员料理一下家里的险情，哪有什么派性不派性的？'"

妈妈说："那天碰上你家小黄，我还跟她说，多亏你家老吴帮着把我姐推到了军分区……小黄不冷不热地说，什么感谢不感谢的，回去劝劝你大姐，谁有理谁没理，谁能给你评判清楚？！常言道，好汉还不吃眼前亏哪！再说家属之间掐架，干部们最好别掺和，在家在外我都这么看，这么说。"

吴叔叔忙转移话题说："这小黄怎么这么讲话。其实她也常学雷锋做好事，周日到食堂帮助大师傅做饭。在家里，她和我不是一个观点，说我这一方保地委书记，她们那一方是保卫毛主席的无产阶级革命路线。"

1967 年 9 月 30 日　星期六

趁毛主席去视察华东、华北和中南时，一批陶铸式的反革命两面派跳了出来，暴露了自己，这是一件大大的好事。

毛主席为了革命胜利，不论是在解放前、解放后，还是这次无产阶级文化大革命，他老人家走遍了全中国，调查中明察秋毫，他在队伍中领导我们前进。而一批反革命的修正主义分子和混进无产阶级专政队伍里的反革命，他们阳奉阴违，在全国拉一派打一派，挑起了惊人的、超乎人想象的武斗。就拿四平来说，几百万元、几千万元的损失不在话下，多少阶级兄弟死了，多么好的车站一塌而空，一小撮美蒋特务、牛鬼蛇神、国民党残余匪帮纷纷出笼，让他们暴露一下也好，我们好一举全歼。【王海泉点评：本篇日记记述的是四平"文革"中攻打火车站的事件。1967 年 8 月下旬，两大派均组建"武卫指挥部"或"武卫作战部"，强抢驻军武器装备自己，分别抢占师专学校、火车站、电业大楼、地委党校、南三副食、地委大院、市委大院等多处为武装据点，封锁要道、修建工事。1967 年 9 月 13 日，"红色"为争夺"造大"已经占领的火车站，实施武装攻打。9 月 15 日，火车站起火，候车室和部分办公室被焚毁。在多日的攻防战中，攻守双方和旅客共 15 人死亡，铁路交通中断 14 天，国际列车被迫绕道行驶，直接经济损失 132 万元。】

【作者考证：在本书整理斟酌的过程中，有关四平车站坍塌的武斗事件，作者专门走访了中学同班的一位男同学。据他亲眼目睹，四平市第二职业学校（现为四平市第 20 中学）一个年仅 15 岁的姓齐的男孩参加了这次武斗。当时，当他发现"造大派"暗中正向他们包抄过来，撒腿便跑，但已来不及了。在他后面的那一排黑洞洞里，数支机枪一齐向他扫射。血从他的胸口喷出，犹如泉涌，他倒在地上，很快就翻了白眼。这个姓齐的男孩后来被"同派的战友"掩埋在四平市西农园的木头桥边。三十几年后，他的坟已被迁移，在曾经埋葬过他尸骨的地面上盖起了一座大酒楼。

在这次武斗中，"红色派"最终攻占了车站，但车站已面目全非。车站附近有一座水塔，守水塔的两个"造大派"红卫兵被当场击毙，车站水塔有幸被保留下来。】

《家春秋》剧照

1967 年 10 月 19 日　　星期四

最高指示：

我们的文学艺术都是为人民大众的，首先是为工农兵的，为工农兵而创作，为工农兵所利用的。

《家》① 是一株"毒害人民的大毒草"。它哪像毛主席说的，文艺要为工农兵服务，为工农兵所创造所利用，他打着反封建家庭的幌子，向人民宣传的是那些资本家和地主，它打着痛惜那些丫鬟女人所遭的压迫，实质宣扬的是阶级调和论、阶级熄灭论；在这本书里，只字不提工农兵，只字不提在共产党领导下人民同旧社会和那些骑在人民脖子上作威作福的剥削者作斗争，却空谈什么"大家庭里的波浪"，说穿了就是狗咬狗。

毛主席说：所谓"人类之爱"自从人类分化成为阶级以后，就没有过这种统一的爱。

《家》公然把被剥削者鸣凤写得如何爱三少爷觉慧，老佣人黄妈又怎样慈母般地爱戴大少爷、二少爷和三少爷，把他们当作儿子。这些"儿子"又是如何喜爱她，从不骂她顶她一句；毛主席说过，为人民利益而死比泰山还重，而作者把鸣凤自杀，梅、瑞珏之死，写得多么悲、多么痛、多么痒，多么让少爷们想。这些人为个人而死，为自己的爱而死，死得比鸿毛还轻，将永远被人们嘲笑、抛弃，是一堆不齿于人类的狗屎。工人、贫下中农、红卫兵把毛主席比作太阳和救星，而鸣凤公然对三少爷说："我把你当作救星"，真是令人气愤！

毛主席说："压迫得越深，反抗越强烈。"又说："在野兽面前，不可表示丝毫的怯懦。"而丫鬟鸣凤却对太太、小姐、少爷们说："你们打我骂我都可以，我在你家日子好过多了，我愿在公馆服侍你们一辈子。"她还不

---

① 何镇邦注释：《家》，长篇小说，巴金著。1933 年 1 月由上海开明书店出版单行本。它与巴金的另两部长篇小说《春》《秋》组成"激流三部曲"。《家》写五四时期四川成都高家这个封建大家庭竭力维护其诗礼传家、书香门第的外表，但在时代激流的冲击下，已掩盖不住其内部相互倾轧、荒淫无耻的事实和最终走向解体崩溃的结局。它创造了梅、瑞珏、鸣凤等为封建礼教献出了生命的女性形象，也创造了觉慧、觉民等一批封建大家庭的叛逆者和觉醒者的形象，更重要的是创造了像觉新这样奉行"作揖哲学"的软弱者和殉葬者的形象。《家》在思想上和艺术上的成就使其成为中国现代小说史上的重要名著之一。

丫鬟鸣凤居然对太太、小姐、少爷们说："你们打我骂我都可以，我在你家日子好过多了，我愿在公馆服侍你们一辈子！"

知耻地对少爷说："我看见你多高兴、多安心、多尊敬。"甚至令人发呕地说："你像天上的月亮，有时我手却挨不到。你真好、真纯洁。"真是主唱奴和，亦步亦趋，看来主子放个屁都得用鼻子嗅一嗅。

作者描写大少爷觉新忠实地接过他祖辈的事业，继续统治人民，看他是怎样说的吧："只要让弟妹们长大，能为爸妈争气，我可以牺牲一切。"这还不算，作者还为统治人民的败类涂胭抹粉，大唱悲歌。让我们听一听大少爷觉新是怎样说的吧："我是一个劳动者，在黑暗的工厂里做着自己的工作。"住口！这是纯粹的颠倒黑白，是对剥削阶级最大的美化，是对劳动人民极大的污蔑。毛主席告诉我们，每个剥削者，从手到脚都沾满了人民的鲜血。而一个大少爷怎么可能会在黑暗的工厂里劳动呢？真是弥天大谎。

大少爷觉新妄图用一个剥削阶级代理人之死换来人们的同情心。

《家》所描写的死去的人物，和毛泽东时代的雷锋、王杰、欧阳海、焦裕禄、郭家宏、蔡永祥等英雄豪杰比起来，真是天地之差。

林副统帅告诫我们："任何人都不是个人，他总是社会的人。""你一个人是一个阶级整体的一种表现。"巴金妄图通过丫鬟佣人之口，行对广大劳动人民和无产阶级丑化、污蔑之实，妄图借他所歌颂的少爷小姐之口，来美化歌颂剥削阶级，这是痴心妄想，蚍蜉撼树谈何易？今天用毛泽东思想武装起来的人民会识别香花和毒草，一切反毛泽东思想的文艺作品都要受到人民的批判。

1967 年 11 月 24 日　　星期五

毛主席教导我们说：

没有贫农，便没有革命。若否认他们，便是否认革命。若打击他们，便是打击革命。

世上绝没有无缘无故的爱，也没有无缘无故的恨。

列宁：

富农是最残忍、最粗暴、最野蛮的剥削者。

最近，许多报纸刊登了批判文章，我也进行了认真的学习。

《青春之歌》①的作者杨沫以写旧社会之恶和斗争史为名，忠实积极地

---

①　何镇邦注释：《青春之歌》，长篇小说，杨沫著。作家出版社 1958 年初版。小说以 1931 年"九一八"事变到 1935 年"一二·九"运动的时代风云为背景，写了在民族存亡的危急关头形形色色青年知识分子的表现，意在揭示知识分子只有投身于中国共产党所领导的民族解放运动才能找到光明前途这一主旨。小说的女主人公林道静，从一个只知反抗封建包办婚姻、追求个性解放的青年学生，在共产党人的影响下，经过抗日救亡运动的锤炼，终于成长为站在时代前列的战士，是一个具有典型意义的成功感人的形象。此外，如躲在"象牙塔"里的余永泽，和在革命风浪中出生入死的共产党人卢嘉川、江华等人的形象也是成功的。小说由于大胆写情，具有一种委婉的抒情格调，这在当时是颇不容易的。小说出版后产生了强烈的反响，杨沫将之改编成电影剧本，并由北京电影制片厂拍成彩色故事片。

《青春之歌》篡改历史，竭力往剥削阶级脸上擦脂抹粉，丑化、伪造、歪曲劳动人民。

青春之歌

《青春之歌》没有一个工农兵形象。不管是谁，全谈恋爱，好像不谈恋爱就活不下去似的。长工郑德富刚刚逃出地主家，又继续送他入虎口。

贩卖资产阶级人生哲学，极力宣扬浓厚的"个人主义第一"论。"爱情至上"也是这本大毒草之重要的组成部分。作者妄图用资产阶级改造和拯救中国，而毛主席却说："依了你们，就是依了大地主大资产阶级，就有亡党亡国之危险……只能依照无产阶级先锋队的面貌改造党改造世界。"【张颐武点评：《青春之歌》依然是今天中学生的课外阅读作品。书中革命加爱情的浪漫故事，不但没有对一个十几岁的女中学生产生丝毫的感染，她反倒冷静、充满批判性地点出了种种不是，在今天的同龄人看来未免不可思议。整理许多过来人的存物，可能都不难找出他们当年亲手写下的类似评论、杂感心得，有的甚至非常激烈，但这并不妨碍他们今天动情地看一部爱心至上的电视剧，不辨出身地为剧中人流下一掬同情之泪。相形之下，那时候，一个女孩子在每一天的生活中，都要"自觉"地与自身及周围的事物进行斗争。】

毛主席说："凡是要推翻一个政权，总是要先造成舆论，总是要做意识形态方面的工作，革命的阶级是这样，反革命的阶级也是这样。"《青春之歌》修改于1959年，是有一定目的性的，她在书中赞美瞿秋白，一系列言行就像是右派说的话。她把革命人民丑化得一塌糊涂，肆无忌惮地为地主阶级的祖坟狂嚎恶骂。说穿了，是借他人的琴弦，弹自己的心曲，因此是一本彻头彻尾的反动小说。

第五章　军训岁月

（1967 年 12 月 19 日至 1968 年 9 月 19 日）

1967 年 12 月 19 日　星期二

　　近几周，全校革命师生积极响应伟大领袖关于大中小学校都要复课闹革命的指示，积极建校、垒烟囱搭炕，解放军同志和我们在一起，更加增进了我们复课闹革命的积极性。【作者考证：1967 年春夏之交，中央发出《关于中学无产阶级文化大革命的意见》。之后，中央军委要求解放军执行"支左、支工、支农、军管、军训"，简称"三支两军"。不久一大批解放军进驻了中学、中专和大学，当时被称作"支左爱民"，目的是让闲散在社会上的学生返校，通过思想教育、军事训练，实现以教学班为基础的全校大联合，复课闹革命。】

　　最近几天全校到处是一片欣欣向荣朝气蓬勃的景象，解放军积极宣传毛泽东思想，不折不扣地执行毛主席的指示。人民解放军是一个伟大长城，只有敌人才最害怕毛主席亲手缔造、领导的这支伟大军队。"没有一支人民的军队便没有人民的一切"，这是一个颠扑不破的伟大真理。

　　"解放军来我校啦！"解放军进驻的消息传出后，同学们各个豪情满怀，第二天到校人数就达到半年来最高的数字。毛主席派来的解放军和革命小

毛主席指示，大中小学校
要复课闹革命，解放军同志和
我们一起垒烟囱搭炕，我们积
极地向解放军学习。

"支左"解放军进驻四平市
第七中学。这位解放军负责作者
所在的二年二班，身后即为学生
教室。

将心连心，他们刚踏进校门，水没喝一口，椅子没挨一下，就积极投入到热火朝天的劳动之中。他们积极调查研究，为我校大联合出力。那天，我校各群众组织的意见不统一，渐渐发生激烈争吵，后来竟发展到质问解放军。可解放军在执行任务中不发一点脾气，特别是那位副班长，态度热情、沉着、冷静。他们用毛主席的教导启发中学生，耐心细致地做大家的思想工作。

1967 年 12 月 22 日　星期五

前些天 3289 部队 11 名来我校军训的解放军即将离开我们，我心里有一种说不出的滋味。爹亲娘亲没有毛主席亲，河深海深没有阶级友爱深，他们是毛主席派来的好战士。在仅仅 5 天的时间里，他们的每一句话、每一个行动深深地打动了我。他们用自己的实际行动，体现了对伟大领袖毛主席无限忠诚、无限信仰、无限崇拜、无限热爱。他们努力学习最高指示，热情宣传最高指示，忠实执行最高指示，勇敢捍卫最高指示。我们虽然不知道他们的名字，可是在毛泽东思想哺育下，我们的子弟兵英雄辈出，千千万万个李文忠①式的支左爱民模范遍地涌现。革命小将在解放军带动下，决心更上一层楼，坚决不折不扣地贯彻执行伟大领袖毛主席的伟大战略部署，誓将革命进行到底！

---

① 何镇邦注释：李文忠(1942—1967)，山东潍县人。1960 年入伍。1967 年 8 月，他随部队介入地方"文化大革命"，到江西"支左"。同月 19 日，带领某部四排奉命护送蒋港公社群众和红卫兵，在南昌市叶楼渡口横渡赣江时，因奋不顾身抢救落水的群众而光荣献身。1967 年 10 月 20 日，经毛泽东主席批准，中央军委发布命令，授予李文忠烈士"支左爱民模范"称号。

1968 年 1 月 9 日　星期二

新的一年已经开始，元旦社论给我们指明了任务和方向。

在解放军的支持帮助下，我们二年二班的同学已经打回班级去，全校到校人数逐日增加。我校欣欣向荣，形势一片大好。

斗私一则：【金春明考证："斗私"是当时盛行的一种论点，是林彪在1966 年 10 月中央工作会议的讲话中提出的。即剥削阶级的旧思想，最集中最本质地反映在一个"私"字上。他说："概括来说，旧在一个字上，旧在'私'字上。那么新东西、新思想又新在哪一点上？概括来说，新在一个'公'字上。"这在当时成为普遍受人认同的"真理"。】

为了更好地复课闹革命，二年二班全体同学和解放军一起参加校园建设。可是，我从家里拿来一个土篮，老怕弄坏，一心一意照看自己的工具；昨天明明家里有其他的工具，也装作没看见，没带来，应该斗私批修。【金春明考证：1967 年 7 至 9 月，毛主席在视察华北、中南和华东地区期间提出："要斗私批修。"】

看了陈永贵同志的文章，收获如下：【金春明考证：陈永贵，原为山西省昔阳县大寨大队党支部书记。毛泽东曾经提出号召："农业学大寨。""文革"中，陈永贵曾任昔阳县革委会主任，山西省革委会副主任；党的九大当选为中央委员；十大当选为中央委员、政治局委员。1975 年至 1980 年间曾任国务院副总理。】

一、贫下中农在旧社会受尽了苦，虽认字不多，但对毛主席和毛主席著作无限热爱，有深厚的阶级感情，学了就用，产生了巨大效果；

二、毛主席的"下定决心"，其内容是有前提和目标的。陈永贵同志列举了两个人，一个是贫农，一个是富裕中农，他们对一件事情产生了两种不同的做法。因此，这里有两个"下定决心"，得出的也是两种结论。

1968 年 1 月 28 日　星期日

《人民日报》1 月 24 日转登了的《安徽日报》的社论——《敌人利用派性，派性掩护敌人》，【何镇邦考证：至 1967 年下半年，"文化大革命"出现了难以控制的态势。群众组织林立，派性严重，全国各地屡屡发生规模大小不等的武斗。这不仅影响到"大联合"和建立革命委员会，而且破坏生产，影响社会安定。正是在这样的背景，《人民日报》于 1968 年 1 月 24 日转载了《安徽日报》的社论《敌人利用派性，派性掩护敌人》，对利用派性作掩护的人进行揭露和围剿。此后，形势的发展出现了转机。】回顾去年这个时候，正是四平"内战"最激烈的时刻。某些头头被扩大了的个人主义——"派性"这条毒蛇缠身，枪口对准自己的阶级弟兄，犹如亲临大敌，猛打猛抓猛俘另一派。回顾这血的教训，今天，我们有什么理由继续打内战？有什么理由不联合？有什么理由继续上阶级敌人的当？没有！什么理由也没有！

元旦社论指出："能不能自觉地克服派性，是在新形势下愿不愿做真正的无产阶级革命派的重要标志。"伟大导师列宁指出："只要千百万劳动者团结得像一个人一样，跟随本阶级的优秀人物前进，胜利也就有了保证。"让我们紧跟毛主席，将无产阶级文化大革命进行到底。

【吴福辉考证：这句列宁语录在革命化的年代被经常引用，或者是在堂而皇之的社论里，或者是在火力十足的大批判文章里。它出于列宁 1920 年 3 月所作的一篇讲演《两次留声机片录音讲话·关于劳动纪律》（"两次"里的另一次讲题是"关于运输工作"），见中文版《列宁全集》第 38 卷，中共中央马恩列斯著作编译局编译，人民出版社 1986 年 10 月版，第 263 页。我们可以看到凡引用的时候，"胜利"的两个保证条件，一是劳动者群众的团结，二是听从本阶级优秀者来领导，这里高度浓缩了列宁主义关于"国家、阶级、领袖"的学说内容：国家是阶级压迫的工具；无产阶级专政是迄今为止人类史上绝大部分人对少数人的专政，最终目的是要消灭专政，但目前却要加强这种专政；阶级由"本阶级的优秀人物"带领，那就是无产阶级领袖。这就接上了下面的话："紧跟毛主席，将无产阶级文化大革命进行到底"。】

1968 年 2 月 13 日　星期二

13 日英雄城里大街小巷锣鼓震耳，红旗飘扬，人群络绎不绝。人们怀着胜利的心情，迈着坚实的步伐，高举毛主席巨幅画像和大型革命标语涌进会场，庆祝"四平市大联合革命委员会"成立。【王海泉点评：在解放军组织下，四平市三派群众组织的代表于 1967 年 9 月赴京协商"大联合"，在京会谈历时 5 个多月。经解放军调解，至 1968 年 2 月，终于达成成立"四平市革命大联合委员会"协议。之后，"支左"军方人员组织各系统、各单位纷纷成立"革命大联合委员会"，宣布取消各"战斗队"，由"大联委"负责领导本单位的"文化大革命"运动。】

人山人海风展红旗如画，一年多来革命群众从来没有像今天这样站到了一起，哪一次会议也没有像这一次这样隆重。人们的发言已不像过去那种互相攻击、互相谩骂，他们讲的全是毛主席的最新指示，全是大联合的大好形势，这完全证明了毛主席早在十个月之前就作出的英明预见："形势比以往任何时候都好，再有二三个月的时间，整个形势将会变得更好。"

四平的新曙光已到来了，全市百分之九十以上的单位都已实现了革命的大联合，这是毛主席最新指示落实到人民群众中的辉煌成果，让我们满怀信心地去迎接四平市革命的三结合的到来吧！

1968 年 2 月 18 日　星期日

军训笔记：

第一堂课：

毛主席语录 219 页的最高指示。

民主、集中、自由、纪律，否定和强调某一个侧面和另一个侧面都是错误的；

没有纪律也就没有自由（同志们都在埋头学习，而有人竟然走进来唱歌）；

铁的纪律来自于自觉的基础上（邱少云能忍受生理上的痛苦，就是阶级第一，革命第一）；

个人主义是十分愚蠢的，有一个个人主义野心家，要把世界上的人全杀光，只留两个人：一个女人，一个做烧饼的；

严肃就是认真和原则，一天嘻嘻哈哈是不行的。战争年代很苦，需要的是活泼和革命乐观主义精神。

第二堂课：

阶级斗争、阶级观点、阶级阵线、阶级立场。

1. 阶级斗争：现在分这观点那观点，如果缺乏阶级斗争观点，就会把朋友当敌人，把敌人当朋友。有人说你们解放军真熊啊，人家那么打你，你为什么就不开枪？同志们，能开枪吗?! 敌人在后面指挥着哪!

国外敌人说中国没有阶级，只不过是大贫小贫之分。毛主席说：一些阶级胜利了，一些阶级消灭了，这就是历史，这就是几千年的文明史。拿这个观点解释历史的叫历史唯物主义，反之叫历史唯心主义。

敌人不承认这个真理，也最害怕这个真理。

2. 阶级观点：由于阶级斗争是客观存在的，是不可避免的，因此不同的阶级观就有不同的世界观。

3.阶级阵线：刘少奇一伙为了复辟资本主义，先把同志化为左中右，野心一旦达到，他还管你什么左中右?!

4.阶级立场：阶级立场不同，世界观和认识论就不同，因此立场问题是一个原则问题。

1968 年 2 月 22 日　星期四

毛主席教导我们：

派军队帮助训练革命师生的方法很好。训练一下和不训练大不一样，这样做可以向解放军学政治学军事，学四个第一，学三八作风，学三大纪律八项注意，加强组织纪律性。

军政训练好。

团结紧张严肃活泼。

军民团结如一人，试看天下谁能敌。

毛主席派来的亲人解放军和红卫兵小将心连心，真比鱼水还要亲。仅仅四天的军政训练正如毛主席所说，训练和不训练大不一样，仅仅才四天呀，情况截然不同。哨声一响，立即到战场，请示毛主席，三忠于活动，解放军同志上政治课，革命小将如饥似渴地听，深刻精辟的真理句句打动我们的心坎。那种水了水淌①、灰心丧气、自由散漫、无政府主义、老子天下第一等等，换成了有组织有纪律、士气高昂和胸怀宽广。

---

① 作者注释：水了水淌，东北方言，意思是不严格要求自己，在学习和生活上极为散乱。

解放军给我们讲"三大纪律八项注意"，讲民主集中制、讲自由也讲纪律，讲贫下中农斗争史，讲阶级斗争、阶级观点。在解放军亲切教导帮助下，红卫兵小将更加无限热爱毛主席，纷纷表决心，谈心得，谈教育革命，决心紧跟伟大领袖毛主席，放开眼界看未来，坚定不移向前进!【张颐武点评:"文革"期间，军训在全国大中院校开展得很普遍。军训被看作是将学生纳入集体生活加以管理的有效的方式。这种方式将仪式、规则具体地作用于学生的心灵和肉体。】

1968 年 2 月 24 日　星期六

扫雪，扫雪之后上课。

第一节课:学习材料:"一个阴谋复辟的中学生"

陈清林，18 岁，出身反动资产阶级家庭，重庆某中学学生。他在一本反动日记上写道:"为伟大的自由的资本主义制度而斗争"，他做了三点计划:

1. 一定要上大学，在大学入团入党;

2. 十年当上人民代表;

3. 三十年当上中央委员。

他分析了复辟资本主义在中国的五点可能性:

1. 中国是一个农业国家，有资本主义自发倾向，共产党不可能改造好五亿农民;

2. 工厂产业工人少，老工人又逐年退休，青年工人进厂带进不少资产阶级思想;

3. 一些机关企业的领导人有着极其严重的个人主义，在革命危急关头便会成为反革命;

18 岁的陈清林是一个阴谋复辟的中学生。他在日记里写道："为伟大的自由的资本主义制度而斗争。"

4. 中国有几万富农，他们都是站在与社会主义制度为敌的立场上；

5. 党和国家领导人都六七十岁了，他们看不到共产主义，要培养出像雷锋、董加耕①那样的接班人，是很不容易的。

同学发言：

陈清林野心勃勃地想登上自由王国的王位，像秦始皇、殷纣王那样选上世界美女，或把中国变为南斯拉夫那样的国家，他自己或成为美国富翁，或像希特勒那样，有成千上万的人为他服务。第一代中国领导人很强硬，用外进攻内暴动的方法都不行，只能用瓦解的办法蜕化共产党。

解放军发言：

---

① 何镇邦注释：董加耕，江苏省盐城人，1961 年夏天高中毕业时，他面临着升学与回乡的两种选择。但他却在升学志愿表上填上了"回乡务农，志在耕耘"，并于当年 5 月回到家乡董伙大队务农，成为一代上山下乡知识青年中最引人注目的先进典型。

现在有人散布说：如今农村的地富们都老实，就属贫下中农调皮捣蛋。

同学发言：

平时还总认为像我们这一代青年，哪有那么多敌人和坏蛋？陈清林这个案子证明了阶级斗争的曲折和复杂。毛主席说堡垒最容易从内部攻破，一旦攻破，中国就会改变颜色。

【张颐武点评：本篇陈清林的说法让人产生震撼的思考。其中某些说法似乎有着相当的预见性，只是今天不再使用那样的语言罢了。当然，任何人的思考和判断都不可能脱离自己的时代。当年陈清林的想法虽然奇特、怪异，但仍然值得探究，可惜时间的流逝湮没了许多值得记住的东西。】

1968 年 2 月 27 日　　星期二

今天到 3816 部队参观展览，受到了一次阶级教育和刘庆善英雄事迹的教育。

解放军江同志对学生们说：

我们有一千个一万个理由联合，而没有一个理由分裂。这是郑州铁路工人在"二七"纪念日的"二七罢工"现场发自内心的真挚的体会。

在讨论派性的反动性时，江同志又列举了一些例子。他说，有一家母子俩，因观点和组织派别不同，整天见面像见了仇人似的。母亲是一派，儿子是另一派，儿子后来在火车站被烧死，持另一派观点的母亲气得竟然没掉一滴眼泪。

再有，在郊区一个什么地方设有个关卡，农民进城时要阐明自己的观点。有一个农民第一次张口说自己是"造大派"①的，结果被揍了一顿；他第二次进城时又改口说自己是"红色派"的，结果值班人换成了"造大"的，又被揍了一顿；第三次进城，这个农民便改口说是"红三司"②的，这次又被看成是"逍遥派"，反正怎么说都不对。【张颐武点评：派性与具体的人事纠葛闹到这种荒谬的地步，实在令人感慨。张新蚕把这一点写得格外生动。】

1968 年 2 月 28 日　星期三

今天有个讲座，题目是：派性的反动性。还学习讨论了解放干部的问题：

1.缩小打击面，扩大教育面；
2.政治路线确定之后，干部就是决定的因素；
3.只要不是投敌变节分子；
4.抓好干部的思想工作。

1968 年 3 月 1 日　星期五

今天学习了一篇文章。文章说，抽掉人的社会性来谈抽象的"人"，这是资产阶级"人性论"的最根本的特征。有人就是妄图用这种"人性论"

---

① 作者注释："文革"中成立的有关群众组织的名称，"造大"全称为"革命造反大军"，接下来的"红色派"，全称为"红色革命造反兵团"。

② 作者注释："红三司"也是"文革"中某一群众组织的名称，全称为"红卫兵第三司令部"，当时对该组织似有一种"中间派"和"逍遥派"的说法。

来否认社会的"阶级论"。这是从生物来解释人，十分荒谬地把人与动物等同起来，而人的最本质特征是他的社会性。

1968 年 3 月 20 日　星期三

有两位同学从通化学习回来，他们在通化受到了极其深刻的教育。在通化，无有派性插针之地。他们俩原在两个对立组织，派性都是很严重的，都是指挥员。可是在今天，他们以自己切实感受控诉了派性，大胆向派性开火，亮出自己的收获，使同学们和解放军受到了一次极其生动活泼的现实教育，得到了解放军和同学们的好评。

今天落实毛主席"三·七指示"大会，**【金春明考证：毛主席"三·七指示"，1967 年 3 月 7 日，毛泽东在《天津延安中学以教学班为基础实现全校大联合和整顿巩固发展红卫兵的体会》的材料上作出指示，提出"复课闹革命"的号召，称为"三·七指示"。】**正像强玉中政委说的那样，仅仅 3 个月，我校变化可大不一样。3 月份前，解放军哪儿能站在这里给我们上政治课？同学们大反派性的成绩正如毛主席所说：抓思想革命化是根本。毛泽东思想是我国人民智慧的结晶。谁违背了毛泽东思想，谁就会碰得头破血流。我校四百多名师生都渴望多学到一些毛泽东思想，只要充分发动和依靠广大革命师生，问题就会逐渐好转。

1968 年 4 月 18 日　星期四

支持美国黑人斗争。

毛主席支持美国黑人的声明①一发表，犹如一声巨雷震动全世界。对美帝及其走狗来说，真像一把匕首插进它们的心窝，真像一颗炸弹在他们头顶爆炸。毛主席的每一篇文章、每一部著作，都是指引世界革命的指路明灯。当我读到最后一句："可以肯定，殖民主义、帝国主义和一切剥削制度的彻底崩溃，世界上一切被压迫人民、被压迫民族的彻底翻身，已经为期不远了。"读了这段话，心里充满了信心，毛主席伟大的声音鼓舞了人民的斗志。

1968 年 5 月 24 日　　星期五

看了李天焕同志所著的《气壮山河》②，心情久久难以平静，革命先烈前仆后继的英雄事迹，激动得使我落泪。

这本书写的是西路军在张国焘错误路线领导下，使中国红军受到了很大伤亡，两万多名英雄健儿到达新疆后只剩下七八百人了。中国红军战士以一当十，以十当百，奋勇战斗，英勇杀敌。但是正像作者所自述的那样，离开毛主席的革命路线，任何英雄好汉都避免不了失败的命运。西路军的首长和许多领导同志见面时，都难过得说不出话来。毛主席对他们说，革命斗争有胜利也有失败，失败是成功之母，要从西路军的失败中吸取血的教训，中国革命的前途是光明的，中国的革命斗争一定会取得最后胜利。作者用最亲身的经验诚恳地说明，紧跟毛主席就会从胜利走向胜

---

①　何镇邦注释：1968 年 4 月 16 日，《中国共产党中央委员会主席毛泽东支持美国黑人斗争的声明》发表。此声明为一向主张"非暴力"的美国黑人牧师马丁·路德·金被白人种族主义者枪杀、美国黑人纷纷起来抗争而发表。毛主席的这一声明发表后，在国内外引起了强烈的反响。

②　何镇邦注释：《气壮山河》，此书是由中国人民解放军原炮兵司令员李天焕将军写的革命回忆录。

利，违背毛主席的革命路线就会一事无成。

作者对西路军红军战士及师首长们的英勇事迹做了回忆和记述。为了夺取政权，成千上万的红军死的死，亡的亡，在艰难困苦的环境中，他们有冻死的，有饿死的，有被敌人杀死的，还有与敌人同归于尽的。很多牺牲的红军战士连名字都没有留下，但他们的英雄气魄和无产阶级先锋战士的光辉形象世世代代留在人民心中，留在中国革命的斗争史上。

1968年6月14日　星期五

今天解放军强政委又给大家讲课：

1.巩固成绩，加强提高，放到工人群众中去锻炼，去改造。要想带领群众斗私批修，自己首先要斗私批修，要在灵魂深处闹革命。防止主观性、片面性、表面性，学会运用毛主席的哲学思想，带头学，带头用；

2.想问题做准备要从最困难处着想，努力朝着最好的方面努力；

3.要做执行命令的模范，遵守纪律的模范，政治工作的模范，落实政策的模范，内部团结的模范；

4.拿出信心，拿出决心，只要满怀信心团结一致，就能克服各种各样的困难；

5.做好工作主要靠党支部领导，靠政治工作，靠人的觉悟，要牢记毛主席他老人家的教诲。

1968年6月15日　星期六

最近，全国全校形势大好，驻校解放军事事为我们作出了榜样。

解放军同志问得好：国民党八百万军队，被打死了一部分，跑了一部分，剩下的那一部分人上哪里去了?! 是钻进我们革命队伍中来了！有混进工人队伍的，有混进教师队伍的，有在各行各业当上职务的，我们万万不能掉以轻心。

运动的兴起，使得躲藏在各个地区、各个部门、各个角落里的坏分子一个个地被揪了出来。一个个案件的查清，为被害的烈士和人民伸张了正义，真是大长人民志气，大灭敌人威风。一切坏分子谁也逃脱不掉人民雪亮的眼睛，谁也逃脱不掉人民民主专政。

解放军强玉中政委还向我们传达了下星期二召开全校誓师大会的内容，我们边听边高呼"毛主席万岁！万岁！万万岁！"强政委还讲到，驻军首长日夜不眠，连夜向毛主席表忠心，向本地外地发信和打电报，以此来表达胜利的喜悦。

国民党八百万军队，被打死了一部分，跑了一部分，剩下的那一部分人到哪里去了?! 是钻进我们革命队伍中来了。

1968 年 7 月 1 日　星期一

最高指示：

千万不要忘记阶级斗争。

切不可书生气十足，把复杂的阶级斗争看得太简单了。

28 日全市大联委召开向一切阶级敌人猛烈进攻大会，开得很有教育性。

几个月来我校活生生的阶级斗争对我震动很大，真是不揭不知道，一揭吓一跳。我头脑里阶级斗争观念太差了。在校四年多，"文化大革命"前纯属一个小糊涂虫，阶级斗争在头脑连想都没想过，对任何事情只知道服从老师和上级，甚至错误地认为，我校除了数学老师刘××（参见1966 年 9 月 12 日的日记）以外，并没有阶级敌人，一个仅有 400 人的中学，哪有那么多阶级敌人？如有，敌人不是太多了吗？

自从毛主席提出"一个大革命两个继续"的伟大号召，【金春明考证：关于"一个大革命两个继续"，指《人民日报》1968 年 4 月 10 日社论中公开发表的毛泽东的一段批示："无产阶级文化大革命，实质上是在社会主义条件下，无产阶级反对资产阶级和一切剥削阶级的政治大革命，是中国共产党及其领导下的广大革命人民群众和国民党反动派长期斗争的继续，是无产阶级和资产阶级阶级斗争的继续。"】几个月来，我校毛泽东思想宣传队加大宣传，使全校广大师生的阶级斗争和路线斗争觉悟有了很大的提高。

强政委说，我校两派群众组织及同学之间不存在两条道路两条路线的斗争，我们共同的敌人是一小撮叛徒、特务和党内走资派，是国民党残渣余孽。他们代表着资产阶级和剥削阶级的社会基础。如果只揪出他们的上层人物，不揪出那些残渣余孽，我国就有发生复辟的危险。如果没有这次无产阶级文化大革命，我们的国家少则几年，多则几十年，就会像匈牙利裴多菲俱乐部那样发生反革命政变，我们的国家就要改变颜色了。

在这次伟大的群众运动中，阶级敌人再狡猾，也终究逃脱不了人民革命战争的法网。

今天是伟大的中国共产党成立 47 周年的光辉节日，【张颐武点评：1968 年 7 月 1 日，是中国共产党成立 47 周年的纪念日。本篇日记的写作方法极有特色，她将这个光辉节日和当时的形势紧密地联系在一起，"摆事实讲道理"，大发感慨，读后使人产生深深的震撼。】广大人民群众紧跟毛主席和共产党，革命的江山会越来越红。让我们满怀喜悦的心情，双手迎接这个伟大的节日吧！

1968 年 8 月 6 日　　星期二

昨天下午到卫校听了王忠厚①同志的报告。王忠厚同志的英雄事迹一直在我脑海里回响。他是一个五保户、也是一个只有上身没下身的残废人。他走路时用两个木块做支撑，看上去特别矮，特别可怜。但令人惊讶的是，他两手拄着两个木块，走路嗖嗖的，比常人还快。他在讲用会上说："我的身体虽然只有上半截，但在革命的征程上，我决不做半截子革命派！"他无限忠于毛主席，无论在二队、三队、七队当队长，他把全身精力都用在为人民服务之中！

一年秋天，在劳动中他的双腿被铡刀铡断……一年夏天，为了使粪肥

---

① 作者注释：王忠厚，时任吉林省梨树县喇嘛甸公社的革委会干部。当时他是失去双腿的特等残废，因其事迹突出，一度被四平地区树为模范和标兵。

尽快发酵，他奋不顾身跳入粪坑，用残余的上半部身体搅拌粪肥，一天得洗两遍澡……有一天下大雨，他放的马惊了，他想起了刘英俊……

我跟王忠厚的思想比一比，真是天地之差，我应好好向他学习。

1968 年 8 月 18 日　星期日

全体革命师生盼望已久的我校三结合的班子，在毛主席第一次接见全国革命师生两周年的盛大节日里——8 月 18 日，光荣地诞生了。

革委会成立后，我班也开始选领导成员，同学们也选了我，我总觉得自己不配。我表示，要紧紧地团结在校革委会的周围，紧紧地和广大同学联系在一起。

1968 年 9 月 6 日　星期五

摘抄报纸好词句：

吉林省四平专区暨四平市革命委员会成立和庆祝大会给毛主席的致敬电：

在这大喜大庆的日子里，四平地区山川吐艳，赞歌飞扬；二龙湖水辉映异彩；东丰群山花里争香；煤城辽源乌金滚滚；双辽牧野翻涌绿浪。四平一点红，东北一片红，山海关外，连绵长白，看万山红遍，层林尽染；无边松辽，万顷金秋，不是春光，胜似春光。【张颐武点评：本篇日记记下的词语都相当浮夸，可见当时流行的文风。】【王海泉点评：1968 年 9 月 3 日，吉林省四平专区暨四平市革命委员会同时成立。市革命委员会为临时权力机构，具有原市委、市人民政府的全部职能权力。四平市革命委员

会由 55 名委员组成，其中群众代表 34 人，领导干部代表 13 人，军队代表 7 人，铁路代表 1 人。】

1968 年 9 月 7 日　星期六

　　四平市革命委员会刚刚胜利诞生，昨晚又一特大喜讯传入耳中。西藏和新疆革命委员会同时光荣诞生。从此全国除台湾省外，各省、市、自治区革命委员会全部成立了，全国山河一片红了。【作者考证：关于"全国山河一片红"，1968 年 9 月 7 日，为庆祝全国各省、市、自治区（除台湾省外）全部成立革命委员会，《人民日报》发表了题为《无产阶级文化大革命的全面胜利万岁！》的社论，其中提到："全国山河一片红"。】

　　在班会上，我坦露了自己的思想，认为阶级斗争是你死我活的斗争，自己本身是领导班子成员，搞不好可不是闹着玩的。但自己有严重的右

作为班级领导成员，自己有严重的右倾，对敌斗争手软、怕出事、怕死。通过几天来的学习，包袱放下了许多。

倾，表现在对敌斗争手软、怕出事、怕死。通过几天来的学习，包袱放下了许多，我决心紧紧地团结在校革命委员会周围，坚决、迅速、畅通地执行毛主席的最新指示，在阶级斗争的大风大浪里锻炼成长。

1968 年 9 月 11 日　星期三

我校驻军及时抓住了妄图叛国投敌的反革命集团头目 3 人。昨天，他们其中 1 人被迫交待了他们企图越境、偷军分区的枪支弹药、抢银行、要杀死几个人的事儿。这几个学生还宣扬世界大战一旦发生，中国就难以控制局面，并商定，叛国投敌一旦失败，在无路可走时，他们就学日本武士道精神，全部自杀，或准备以打猎、种地为生。想想真是不寒而栗。今天，他们一系列阴谋全都破产了。

以前天天讲纪律、纪律的，一摆敌情，一深揭深挖，同学们都自觉地把精力放在提高觉悟这方面来。我要坚决扫除一切私心杂念和保守思想，勇敢地完成毛主席赋予我们的伟大任务。

1968 年 9 月 19 日　星期四

听说 11 名解放军即将离开学校，我心里有一种说不出的难受滋味。

昨天下午，班上有 6 名同学沉痛地交待和检查了参加武斗和打砸抢的一些错误。他们的检查也深深教育了我。

有的同学谈得很好："如果不是我校革委会高举毛泽东思想伟大红旗，要没有亲人解放军和广大同学在政治上的关怀，继续和叛国投敌的三头目鬼混，继续受他们的蒙蔽，那真是脑袋掉了也不知怎么掉的。"

毛主席教导我们，犯错误是难免的，改了就好。犯错误并不可怕，怕的就是不改。

还有的同学检查说："由于自己立场不稳，阶级斗争这根弦拉得不紧，私心作怪，使自己成为三头目手中的工具。"我虽然没有发言，但路线觉悟大大提高了。在我脑海里，以前就知道不要随便得罪同学，同学即使有严重缺点错误也不至于是敌人吧？今天我深有感触地体会到：三头目在其反动家庭的恶劣影响下（其中一个同学出身很好，爸爸是部队的军官，但他受坏人利用了），受蒙蔽很深，越滑越远，直到完全脱离人民，脱离革命。

听说 11 名解放军即将离开学校，我心里有种说不出的难受滋味。

第六章 广阔天地

（1968 年 10 月 13 日至 1970 年 10 月 11 日）

1968 年 10 月 13 日　星期日

　　不久，我们就要到农业战线上去了，【王海泉点评：1968 年 10 月 29 日，四平市革委会召开知识青年上山下乡欢送大会，全市 1966 年、1967 年、1968 年三届初、高中毕业生 14010 人分赴怀德、梨树、双辽县农村插队落户。】就要和贫下中农战斗生活在一起了，这是一个多么大的喜事呀。毕业分配全部下乡的决定太好了，这是党和国家对我们青年一代最大的关心、最大的爱护、最大的帮助。

　　由于受旧社会思想的影响，自己的活思想也充分暴露出来，一系列的"怕"字都上来了——在家里，我的衣食住行都是由大姨和大姨夫来照料的；凡有花钱处，都是向父母要，从来没有独立过。今后到农村去由谁来照顾我呀？会不会出啥事呀？是在农村干一辈子吗？难道这就是前途吗？通过妈妈给我们讲，通过学习毛主席著作和看报纸，自己对自己展开了批判，现在自己一点工农兵气味都没有，啥也不会做，就会别人做好了吃，就会动嘴皮，平时说的讲的都不错，可一点实践都没有。我决心在下乡之前，首先带好毛主席著作和毛主席语录，用毛泽东思想武装自己头脑，向焦裕

内蒙古牧民欢迎来自北京的知识青年

下乡前夕，四平七中二年二班全体女生合影留念。

（后排右二为本书作者；前排左一为孟秀华，左二为王会珠，左三为李影，左四为吴会丽；左五为张文琴。中排左一为杨艳华；后排左二为陈国彦，左四为南新民；以上均为日记中出现的人物。）

禄、麦贤得、刘胡兰① 等英雄学习，和贫下中农同吃同住同劳动，永远做贫下中农的小学生，做他们的好后代，深入持久地开展革命的大批判，彻底批判"读书做官论"②，"万般皆下品，惟有读书高"③，"劳心者治人，劳力者治于人"④ 等剥削阶级旧思想，要做好在农村扎根一辈子的打算。【张颐武点评：吉林省展开的上山下乡似乎较全国稍早。1968 年 12 月毛泽东发表了有关知识青年上山下乡的著名指示："知识青年到农村去，接受贫下中农的再教育，很有必要。"此后，全国开始了大规模的上山下乡。这里的"我"，对所去之地充满了浪漫的幻想，对于农村的期望值很高。】

1968 年 10 月 15 日　　星期二

敬爱的大姐姐，我学习的好榜样邢燕子同志：

看了报纸上刊登你的《农村十年》，对我启发教育极大。我们虽然不认识，但我坚定地相信你是保卫毛主席、保卫毛主席无产阶级革命路线的坚强战士，永远是我学习的好榜样。

目前我们吉林省四平市第七中学形势空前大好！全校广大革命师生紧跟毛主席的伟大战略部署，继续深入开展革命的大批判，深揭深

---

① 何镇邦注释：刘胡兰（1932—1947），女，年轻的共产党员，山西省文水县云周西村人。著名的革命先烈，抗日游击队队员。解放战争时期，当时担任村妇救会主任的刘胡兰，为了严守党内机密，保护群众的生命安全，在敌人的铡刀下英勇就义。消息传到延安，毛主席挥笔题词："生的伟大，死的光荣。"

② 何镇邦注释："读书做官论"，在"文革"中被广泛批判，与其相对应的是"读书无用论"。

③ 何镇邦注释："万般皆下品，惟有读书高"，成语。大意为：在社会分工中，干别的都是低下的，只有读书做官才是最高尚的事。

④ 何镇邦注释："劳心者治人，劳力者治于人"，语出《孟子》。大意为：脑力劳动者是统治别人的人，而体力劳动者则是被人统治的。

挖一小撮阶级敌人。另一方面正着手做好毕业分配工作。在分配这个问题上，同学们都浮想联翩，心潮澎湃，尤其在我头脑里剥削阶级的旧思想仍占有很大的市场，思想斗争也是很激烈的。昨天读了《农村十年》后，对我思想革命化促进很大，驻校解放军同志也向我们宣传说："有人厌恶农村，不愿下乡，请问你是贫下中农的子女，还是资产阶级的少爷小姐?"面临分配，绝不仅仅是分配的问题，而是两种思想、两条道路、两条路线的斗争，是无产阶级和资产阶级争夺接班人的大问题。当工人、农民大有作为，这是检验每一个青年是否真正忠于毛主席、是否真正忠于毛主席革命路线的试金石。

自古以来，地主、资本家拼命宣扬"劳心者治人""读书做官成名成家"的剥削阶级思想，这次如果我被分配到农村，那么我一定坚决高兴地去，以你为榜样，坚定地站在毛主席革命路线一边，坚定地依靠贫下中农，不怕流言蜚语，立志拿一辈子锄头，跟毛主席干一辈子革命。

我就要走上新的工作岗位了，我多么想知道农村的情况啊！请你将你十年多来的阶级斗争、生产实践和生活体验，以及如何培养自己的阶级感情等情况详细写信给我，越快越好。为盼！

吉林省四平市第七中学二年二班

张新蚕

1968.10.15

【金春明考证：邢燕子，河北省宝坻县人。1958 年高中毕业后下乡参加农业劳动。1960 年后，她的事迹受到《人民日报》《河北日报》《中国青年报》《中国妇女》和广播电台的广泛宣传，并被编为戏剧演出。1964年 12 月 26 日被邀参加毛泽东家庭便宴，被安排坐在毛泽东身旁，成为一代上山下乡知青的楷模。一代文豪郭沫若曾作《邢燕子歌》。】

补记 14：邢燕子的"愚钝"与辉煌

一、大裂口比比皆是

邢燕子 1942 年生于北京，祖籍天津，今年（2009 年）67 岁。邢燕子的父亲是画军事地图出身，曾做过地下工作，当过搪瓷厂副厂长。当年邢燕子的父母住在天津，爷爷住在天津宝坻县，邢燕子下乡的地方正是爷爷所在的那个村庄。

"文革"支左期间，解放军某坦克师一位姓程的师长有幸结识了邢燕子，之后写出了影响一时的长篇报道——《农村十年》。

在"全国山河一片红"的 1968 年，河北省革委会筹备组成员在北京八大处集中，成员中有部队一拨人、河北省一拨人，共办有两个学习班。有一天筹备组成员集中开会，周恩来总理进到会场后问道："燕子来了吗?"邢燕子抬起手说："总理，我来了。"接下来周总理才坐下来讲话、做指示。

20 世纪 60 年代，国家正处于困难时期，邢燕子带领社员改良土壤，治沙治碱，秋耕冬灌，沤粪施肥，为来年春天种大田做好充分的准备。当时国家经济困难，她婆家在村里也是个有名的困难户。一连十几个冬天，邢燕子都没穿过棉鞋，只穿一双夹鞋，冬天地里有冰碴也敢光着脚往里踩。日复一日，日积月累，裂口布满了双脚，尤其是脚后跟，横茬、竖茬、斜茬的大裂口比比皆是。

一个偶然的机会，县武装部一位姓韩的部长来基层检查工作，很快他便发现邢燕子冬天没有棉鞋穿。韩部长是个有心人，他返回县城后，马上给邢燕子寄出一封信，原来在他走的时候，将 5 元钱悄悄地放在了邢燕子家的桌子上。如果当时直接塞给邢燕子，又恐她百般推辞。

高擎红旗去农村，立志耕耘为人民

下乡知青邢燕子

邢燕子歌　　郭沫若

邢燕子，好榜样！
邢燕子，好榜样！
身生农村，志在农村，努力耕耘不彷徨。
一马能先，万马齐奔腾。
水上治鱼，冰上治鱼，沽网。
努力千劲风力锄。
天寒似派拨种受荒，
男女老保，有说有笑，
要使石头变米粮。
能把劳动当成乐，
吃苦在前，享受在后，
努力搞好社里家。
一面工作，一面学荒，
因好社里装家。
北大洼要变成金银窝。
回好社里装家好，
燕子结成队，右必逊京河！
习家庄变成长江，

郭沫若所写的邢燕子歌

·202·

"韩部长来信说 5 元钱不多，仅仅是一点心意。眼下是冬天，他让我赶快去买一双棉鞋穿。"邢燕子讲这话的时候，刚刚从医院返回家中，原来她的腿肿胀得厉害，多年的风湿病又犯了。

1962 年，蒋介石叫嚣要反攻大陆，河北省派出慰问团去福建前线慰问海陆空三军将士，邢燕子也是慰问团成员之一。不久，郭沫若创作了一首《邢燕子歌》，一时轰动全国。

【吴福辉考证：邢燕子，女，本名邢秀英，1940 年出生，原籍是天津宝坻县，父母定居天津市区。1958 年她高小毕业后没有跟随父母在都市落户，而是回到故乡，在宝坻县司家庄务农。她在农村组织了妇女的"邢燕子突击队"，干出了成绩。1960 年 9 月初《人民日报》发表了题为《邢燕子发愤图强建设农村》的长篇通讯，在全国形成影响，从而掀起了知识青年上山下乡的热潮。郭沫若在当月写出《邢燕子歌》，在《人民日报》登出（9 月 12 日），其词如下："邢燕子，好榜样 / 学习王国藩，学习铁姑娘 / 全家都在城，自己愿留乡 / 园中育幼幼成行，冰上治鱼鱼满网 / 天荒地冻，抢种垦荒 / 要使石头长出粮 / 吃苦在前，享乐在后 / 一切工作服从党，北大洼变成金银窝 / 燕子结成队，奋飞过黄河！"因邢燕子的带动作用，她成为当年全国青年的模范。1964 年出席共青团中央第九次代表大会，成为第三届全国人大代表。以后历任宝坻县县委副书记、地委常委、天津市市委书记、天津市政协副主席等职。她是第十届至第十二届的中共中央委员。到 1981 年退而任天津市北辰区人大常委会副主任。】

二、要找一个"土坷垃"的婆家

邢燕子的丈夫叫王学芝，1956 年入党，当过生产队长、大队长、民兵连长、副业厂厂长，也在潮白河和密云水库干过。20 世纪 70 年代中后期，邢燕子上调天津任职，按规定可以带一个子女一起进城。因此在一段时间内，王学芝和二儿子的户口一直留在农村。至 1987 年，王学芝才随邢燕子调入天津，并办理了"农转非"①。1992 年二儿子从部队复员，全家人得以在天津团聚。

初到天津时，邢燕子的粮食定量是 28 斤，大儿子是 28.5 斤。20 世纪 80 年代初，邢燕子曾在一家知青厂工作，职务是党委副书记兼市政协副主席。六年间，冬天她没生过炉子，夏季也不使用电扇。

王学芝进城后当过一段时间园林工人，因文化程度较低，最初为初级工，后来晋升为中级，退休后每月能拿 800 元的退休金。大儿子进城后当过学徒工，学习修车技术，一度每月工资 21 元。

王学芝的母亲即邢燕子的婆母，后期跟儿子儿媳一起居住，老人晚年生活美满，90 多岁故去。那年老人家的遗体被运到火葬场火化，按规定火化前家人要出示逝者的户口本，可老人持有的是农业户口，后来家人说明了情况，遗体才得以火化。

2004 年 2 月，62 岁的邢燕子接受邀请上了一次《夕阳红》。主持人陈志峰说："邢燕子大姐，您现在是党的高级干部，您能与一个农民过一辈子，并为婆母养老送终，这个特例在中国没有、在世界也没有。"

三、"群众来信得用麻袋装"

"大姐，您病得不轻，除了看医生外，能否找人做做按摩，按摩可以加速体内血液循环，也许会对您的腿病有帮助。"那天，我对邢大姐如是说。

"唉，现在做什么都晚了，年轻时哪懂什么按摩呀，满脑子都是听党

---

① 何镇邦注释：我国的户籍政策把户籍分为农业户口和非农业户口两大类，由农业户口转为非农业户口（即城镇户口），简称"农转非"。

邢燕子（中）和她的"土坷垃"丈夫（左）及刘文玑合影

的话，根据党的指示扎根农村，并按毛主席艰苦奋斗的教导带领社员战天斗地，甚至连找对象也要求自己找一个土坷垃的婆家。婚后我们夫妻在牲口棚里住过 7 个月，后来又在我爷爷那儿住过一段时间。"

我跟邢燕子大姐说："记得我上中学时，给您及侯隽姐姐都写过信，但是没有收到你们的回信。今天见到了您，总算圆了我少年时代的一个心愿。"【吴福辉考证：侯隽也是当年在天津出现的全国知青英雄人物之一。侯隽，女，1943 年出生，原籍北京。1962 年她高中毕业，主动放弃高考，而到天津市宝坻县窦家村安家落户。1963 年 7 月，天津发出在知识青年中开展学习她的事迹的号召。1964 年与邢燕子同时出席河北省劳动模范代表大会，之后历任天津地委委员、宝坻县县委副书记等职。1976 年曾任国务院知识青年上山下乡领导小组副组长。1980 年任宝坻县人大常委会副主任、副县长、县政协副主席等职务。】

燕子大姐笑了："60 年代，我的事迹在全国报道后，群众来信得用麻袋装，回信是回不过来的。到了 1968 年我就靠边站了，村里有一帮人反对我，在街上指骂我，说我是刘少奇培养的黑旗帜。1976 年粉碎了'四人帮'，又把我和江青联系在一起。"

审判"四人帮"时，作为十届、十一届、十二届中央委员会委员，邢燕子参加了旁听。邢燕子介绍说："当时我在北京住了一段时间，住单间不收钱，可我住的不是单间，一宿要交 30 元，住了 20 天共花掉 600 元。虽说这笔钱没让自己拿，但心里却不是滋味。可能是贫穷惯了吧，总觉得这钱不该花，怎么睡了一宿觉，30 元钱就没了呢？后来联系人对我说，还要再延长 20 天，并说我是农民干部，一直挣工分，因此我住宿不花钱，全由国家支付。我说，天天这么流水式地花钱，我受不了了。再住下去，我就说不清楚了。"

在党的十一大召开之前，中共中央一举粉碎了"四人帮"。至召开党的十三大，开始实施党政分开，邢燕子不再担任中共中央委员，行政职务是北辰区人大常委会副主任，主管卫生、教育和环保工作，一干就是 20 余年。因邢燕子的口碑好，又有相当的知名度，不管去哪里检查工作，接待方都要请她吃过饭再走。

四、不像个夫人，倒像个野孩子

登门拜访邢大姐的时间是 2006 年的 3 月份，引荐人是天津市的刘文玑同志。

从邢燕子家出来，刘文玑向我投来惊诧的目光："这真是非常离奇的一天。你找到我，先客套一番，然后让我帮你找到邢燕子。联系上了，你便要求去见她。我原以为去了，一走一过也就完事了，谁知你还动真格的了，又拿笔又掏本，又找桌子又照相，而且采写速度极快，个把小时就把想要的东西都拿到手了。"

2005 年秋，作者（右）与邢燕子合影

我"扑哧"一声笑道："不这样不行啊！出门在外就得见机行事。人家是病人，刚刚输完液，接到电话便从医院赶回来。如果我磨磨蹭蹭，个把小时，肯定一事无成，一无所获。"

刘文玑遂笑道："我看即使小女孩也没你这么闯。你儿子都二十好几了，你却像个野孩子，只有野孩子才会这么冲、这么闯，用我们天津人的话说，'嘛也不怕，走哪儿算哪儿'，使唤我一来一来的。"

"什么？像个野孩子?！哈哈哈哈……"我停下脚步，大笑不止，"怎么能说使唤你呢？还一来一来的，哈哈哈哈……"说着，捧腹大笑，笑得眼泪都出来了。

收住笑声，我郑重其事说道："邢燕子毕竟是一个女人，难以想象的是，几十年如一日，她怎么能吃下那么大的苦，让我这个同为女人的人，对她又敬佩又怜悯。年轻时苦干、傻干、拼命干，身体透支过了度，老了老了，疾病都找上门来了。你没听她说吗？'三讲'[①]时，她的腿一直浮肿，手脚不过血，这才刚刚退休两年，往后年龄越来越大，日子可怎么过啊？"

"你这话说明了一个问题，"刘文玑严肃道："那就是知识分子的软弱性和动摇性。刚才你跟她谈话，你是那么的激动，知识分子追求精神和感情层面的东西，一会儿就能到达彼岸。但现实中要求你们像邢燕子那样生活，你们又做不到。"

"话看怎么说，要是在六七十年代，我就有可能做到。问题是现今都改革开放了，谁还愿意回头去过那种苦日子，那岂不显得太愚钝了吗？"

谁知刘文玑越发郑重说道："你说的不是没有一点道理，但换个角度看问题，邢燕子既有你说的所谓'愚钝'的一面，同时又有另外一面，那就是有关邢燕子当年的荣光与辉煌。她所经历的辉煌，如果她自己不说，你我以及中国的下一代都将永远不可能知道，而且我们再也无法去经历那种辉煌——比如说她能与毛主席坐在一起进餐，当然是毛主席请她，而不是她请毛主席；比如说周总理接见河北代表团时先问：'燕子来了吗？'；比如说郭沫若尚未见到邢燕子便为她的事迹写诗，创作了中国现代诗开山笔祖之作《邢燕子歌》，不久两人才得以见面。"

听刘文玑这么说，我不再与他强词夺理。我突然发现，刘文玑的思想理论水平很高，在以往的交往中却藏而不露。如果说今天走访邢燕子是一个收获，那么与刘文玑的交谈也是一个不小的收获。对了，回去后我应写点什么，邢燕子大姐自己不便说的荣光和辉煌，也包括她的"愚钝"，那

---

① 何镇邦注释：20世纪90年代末，在党内广泛开展了一次教育活动，简称"三讲"，即：讲学习、讲政治、讲正气。关于开展"三讲"教育，中共中央作出了周密的部署和安排，总的要求是：调动县级以上党政领导班子和领导干部深入学习邓小平理论和党的十五大精神，提高政治素质，加强党性修养，端正思想作风，在改造客观世界的同时，增强改造主观世界的自觉性。

就让我这个"野孩子"撰文来说一说好了，也不枉刘同志的一番苦心与辛劳。

1968 年 10 月 27 日　星期日

昨天家里人把兰藕姐送走了，她去的地方是梨树县胜利公社关家屯大队。在送行的队伍中，还有一个人，这人就是一直教她练剑的杨叔叔，直到看不见姐姐她们的车队了，我们才回来。听兰藕姐说，在走之前，杨叔叔鼓励她到农村后一定要好好干，注意安全，注意爱护好身体。

后天，也就是 29 日，我也要奔赴农村，开始进行新的革命工作了。

"毛选"四卷出版

在下乡前夕，有的同学舍不得这、舍不得那，想妈，想家，有个小将说得非常好：可一生一世离父母，但一时一刻不能离毛主席。下乡是件特大的好事，是党是毛主席是人民对我们的考验。市革命委员会给下乡的同学每人发了四卷宝书①、语录、毛主席像章，我还特意买了八张毛主席语录和剪纸，并有以下打算：

一、到农村去要访贫问苦，为贫下中农做好事；

二、以陈永贵同志为榜样，不怕苦不怕累，坚持劳动，改造一切非无产阶级思想；

三、坚持天天不离毛主席的书，遇着问题学毛选，以实际行动同修正主义一切货色彻底决裂；

四、用亲身劳动体验彻底批判修正主义教育路线对青年一代的毒害。

1968 年 10 月 29 日　　星期二

今晚，我们受到了贫下中农的热烈欢迎及热情招待。喇嘛甸公社王家园子大队第二小队一位贫下中农在接待我们时说：

"在共产党毛主席领导下，你们今天吃的这饭是最好的饭了，只有在新社会才能吃上这样好的饭。"②

又一位老贫农说：

"热烈欢迎你们。知识青年和咱们贫下中农是一家，以后我们之间的阶级感情会越来越深。"

---

① 何镇邦注释："四卷宝书"指的是：《毛泽东选集》第 1—4 卷。

② 作者注释：1968 年 10 月 29 日的晚饭是作者和她的同学们来到农村后的第一顿晚餐。

1968 年 10 月 30 日　星期三

来到农村才 4 天，但无论从思想上还是生活上都有了很大的变化。尤其在劳动方面，在城市，不管怎么发言、怎么讲，一接触实际就不同了。就拿刨茬子①来说吧，开始我们几个人手上全打了血泡，手被划了近四五个大口子，肩膀和手都非常痛。我们这些知识分子②本质虽然是好的，但因光学习理论而不接触实际，对一些农活不会做，既怕困难，又怕被人笑话，思想斗争很激烈。但是贫下中农那种朴实、勤劳和忠于毛主席的一切行动，对我们有很大的鼓舞和促进。我一定不辜负毛主席和贫下中农的希望，争取在今后的日子里，努力学会各种农活，在思想上来个彻底的改造。

1968 年 11 月 4 日　星期一

贫农李大爷面对地主分子愤怒地说：

"你放着光明大道不走，找罪遭，是不是你自己找的？你去年表现积极，为队里捡点粪，这一下，出了这么多问题。你不是三四十岁的人了，你五六十了，你好好想想吧！分你家地的时候你儿媳妇把我骂了个嘴啃泥，有雇农分地的，还有地主分地的？你顽固不化，对贫下中农恨透了，你还想种些白菜还钱，你要老老实实好好地为队里干活，立功折罪！"

---

①　何镇邦注释：刨茬子，东北方言。特指农民们将秋收后尚留在地里的某种农作物的根部刨掉，以便于来年春季耕种。

②　作者注释：此处用"知识分子"来描绘下乡知青是不够准确的，若用"知识青年"更为妥当，但为了保持作品的"原生态"，此称谓未加改动。

1968 年 11 月 5 日　　星期二

今天，大队委员郭同志跟我们说：

"以前我们队来个木匠都不收，劳力是足够的，【张颐武点评：道出了当时劳动力过剩的真情。】你们是谁叫来的呢？是毛主席叫你们来到这里的。你们要做到拿起笔杆能写文章，拿起枪杆能打敌人，拿起锄头就能种地，做能文能武的人，要经常和贫下中农打成一片，同时把你们身上的毛泽东思想传播到农村，改造那些旧习惯。"

毛著辅导员郭殿发说："以前，走资派代理人封锁得那样紧，咱队哪能像现在这样，这么快就听到了主席的声音。现在毛主席的讲话很快就能跟贫下中农群众见面。"

1968 年 11 月 6 日　　星期三

今晚召开忆苦思甜大会，在会上一位老贫农讲：

"我们打开天窗说亮话，八届十二中全会公报的发表，真让我们一蹦三高哇！因为我们贫下中农从此再也不用担心走回头路了，这都是心里话呀！"【金春明考证：1968 年 10 月 13 日至 31 日中共八届十二中全会在北京召开。会议的主要议题是通过关于刘少奇专案的审查报告和九大的准备工作。中共中央副主席、中华人民共和国主席刘少奇，被诬陷为"叛徒、内奸、工贼"和"党内最大的走资本主义道路当权派"，从而被开除出党，撤销党内外一切职务，这是全国头号大冤案。1980 年 2 月，也就是在 12 年之后，中共十一届五中全会通过决议，为刘少奇彻底平反。】

还有一位苦大仇深的老贫农讲：

"得抓紧读毛主席的书哇，我真怕死了学不着了哇！我一辈子忘不了毛主席的恩情，就是死也忘不了毛主席他老人家的恩情呀！"

1968 年 11 月 25 日　星期一

今天上社员家办家庭小课堂，有个老头儿对我"教导"了一番。我认为毒素很深，语言很恶毒。

他说什么"你们得找出一个人来给你们写成绩，向上反映，争取早点回去"，还说什么"一定得争取早回去，要不，多屈才呀！当啥也比当农民强，当工人累点呗，也比农民强多了……我就说句落后的话吧，像你们这么大的闺女，干脆待在家里做做饭，干点家务活，下地干活咋说也累呀"，等等。这些话，如果不加分析，不加批判，就可能任由它自由泛滥。

毛主席教导我们："共产党员对任何事情都要问一个为什么，都要经过自己头脑的周密思考，想一想它是否合乎实际，是否真有道理，绝对不应盲从，绝对不应提倡奴隶主义。"我们来到农村，要严防糖衣裹着的炮弹的袭击，在接受贫下中农再教育中，批判一切旧事物、旧思想。今天两个阶级两种思想也在争夺接班人，内因很重要，因此要提高警惕，严防旧思想的侵蚀，把自己锻炼成无产阶级革命事业的接班人。

1968 年 11 月 28 日　星期四

昨天晚上队里向全体社员传达了毛主席在党的八届十二中全会上的讲话，当时我心情非常澎湃，特写一首小诗纪念八届十二中全会的召开：

毛主席是咱最亲的人

——传达毛主席在八届十二中全会上的讲话

小队队部静悄悄，

全体社员心如潮，

毛主席指示在传达，

字字句句全记下。

忠诚朴实把心话讲，

对我教育深又大，

贫下中农最爱毛主席，

新的征程大步跨。

1968 年 12 月 16 日　星期一

宋兆明队长两眼分外有神，不仅讲话有水平，而且遇事特压茬①。听说不少社员都怕他，背后叫他"瘆人毛"，据说正是因为有了个压茬的队长，才使我们二队的分值在全大队最高，一个工分值一角二分钱左右。

昨天我们召开了生活会，队干部给我们讲了屯里的一些阶级斗争情况。我要认真学习农村两个阶级、两条路线的斗争史，更深刻地领会毛主席无产阶级革命路线的英明。

---

① 作者注释：压茬，东北方言。特指某人在群众中有威信，说话做事能"镇得住"。

1968 年 12 月 19 日 星期四

　　今天晚上贫下中农给我评为每日 6 个工分①，对照毛主席的教导，感到自己做得还很不够，可是工分给得却很高。我一定不辜负贫下中农期望，劳动中不怕苦、不怕脏、不怕累，用实际行动感谢贫下中农对自己的鼓励，做贫下中农的好后代。【王海泉点评：1968 年梨树县推广大寨评工记分经验，实行评工记分方式。生产队记工员只记出工天数不记工分，由生产队定期召开评工会（一般 10 天一评），会上由社员先讲述本人的劳动

户长谢立群在日记中写道："张新蚕，总不打扮，身上脏，衣服脏，特脏。"可他在写另一个女生时，却说："XXX 白净，爱干净，长得好。"

---

　　① 作者注释：工分：20 世纪 60 年代，农民出工以日计工分的形式来计算劳动报酬，男性壮劳力一天为 10 分，女性壮劳力一天为 7 分，男女知青的工分略低于社员。到了年终，再按集体净收入的总额与工分总数之比来计算每一个工分应得的收入。当时作者所在的小队一个工分的收入一般为 0—12 元至 0—15 元，这在当地已经是很不错的了。

王家园子二队集体户同学合影，后排右一为作者，前排中为户长谢立群。

态度、劳动质量等，再经全队社员根据该人体力、劳动态度、技能来评定工分等级，一般在 6—10 分不等。这种方法实行时间不长，各地又恢复了"老 10 分"记工办法。所谓"老 10 分"，指整劳动力每日出工为 10 个工分，不再采取由社员大会定期评定工分的方式，女社员及非整劳动力亦然。】

　　男同学中，户长谢立群的工分也被评得较高，我对他印象一直很好，可是不知为什么，我在户长谢立群的眼里是个特脏的女孩子。那天他的日记就在男生宿舍的炕沿上放着。我进他们屋时，无意中瞟了一眼，好像有一句写着："张新蚕，总不打扮，身上脏，衣服脏，特脏……"可是他在写别的女生时，都没提到这个脏字，而且对其中一个女生用词特好，什么白净，爱干净，长得好。【张颐武点评：这里似乎有青春萌动的感受。在运用政治性语言的同时也写出了对男生的微妙的感觉，这个段落透露了"无意识"的真实。】不知为什么，我看了并不生气，因为谢立群的心眼不坏，我们两家离得很近，我家住一栋，他家住二栋。他前几天回四平探家，我还托他到家找大姨要点反面能写字的废纸；再有干农活费衣服，再跟大姨要点补丁布，留着补衣服用，他都照办了。另外，不知为什么，我对从小在一起长大的地委子弟们有一种自来的亲近感。

1968 年 12 月 24 日　星期二

昨天下午近 500 名知识青年奔赴各大队、小队宣传毛主席在八届十二中全会上的两次讲话及《人民日报》的社论。

我们 7 名女知青来到柳树营第十、第十一小队。刚走进队部，见围墙上用特大白漆字写着："毛主席是咱贫下中农的大救星。"顿时，一种深厚的无产阶级革命感情充满了全身。在会上，一位贫农社员的发言对我教育很大。他说："你们和我们在一起的时间太难得了！"他的话让我想起毛主席的指示："知识青年到农村去，接受贫下中农的再教育……各地的群众应

昨天下午近五百名知青奔向各大小队，宣传毛主席一系列最新指示，宣传八届十二中全会的会议精神。

当欢迎他们去。"老贫农的这句话，虽然仅仅是十几个字，却表达了对毛主席最新指示发自内心的拥护。是啊，王会珠同学的一句话说到了大伙的心坎上。他说要是没有毛主席，咱们哪儿能像现在这样坐在一起开会呢？

1968 年 12 月 25 日　星期三

今天接到兰藕姐从胜利公社关家屯大队寄来的一封信。

她说她们户个别的男生在学校大概受了无政府主义思潮的影响，加上资产阶级派性在作怪，到乡下后不安心劳动。

有一次大队召集开会，会上仅仅因为一点点小事情，男同学竟然挑起了一场小型武斗，影响很坏。这事与她们女生一点关系都没有。信中说，毛主席说："办学习班是个好办法，很多问题可以在学习班上得到解决。"【作者考证：当年通过办"毛泽东思想学习班"来解决思想问题和实际问题，通常被认为行之有效。】事发后，县革委会、县支农小组对此事比较重视，在关家屯大队办了个学习班。在学习班上，凡参加武斗的男生都做了自我批评，表示要积极参加劳动，拜贫下中农为师，在农村干一辈子革命。姐姐在信中说："通过学习班的学习，坏事变成了好事。"

1968 年 12 月 27 日　星期五

今天刚从公社开会回来，就参加了队里的斗私批修①。贫下中农亮私

---

① 作者注释：1967 年 7 月至 9 月，毛主席在视察华北、中南和华东地区期间提出："要斗私批修。"

国民党抓兵，我哥跑了。
我去充数，也和我妈一样，挨
了长官一个大嘴巴。

我给东家扛活扛到 17 岁，后
来当了兵，连立正稍息都不会，训
练时被人用脚扒拉。

不怕丑、斗私不怕痛的革命精神对我促进很大，下面记摘郭大叔的发言：

　　我给东家扛活扛到 17 岁。国民党招兵要我哥哥，我哥哥跑了，我妈去说情被打了两个大嘴巴，不得已，我就说我去充数，去报到时，也被抽了嘴巴。后来当了兵，连立正稍息都不会，被人用脚扒拉。后来打四平，滚了一身血，枪比我高一头，被我扔了，扔后遇见了营长我就说受了伤。后来跟着班长来到一个老百姓家，要求换件衣服，不给换，被拒绝。后来在老东家家里藏了些日子，后来听说四平守住了，才跟着班长回去找部队，班长被 4 人按着，打了七八十个板子，有人给我说情，我还是被打了 3 板子。不久听说八路军 14 日又要打回来，我就连夜跑了，总之连个上等兵也没当上。【张颐武点评：本篇里的郭大叔有点像《活着》的主人公，他的传奇经历有点像小说。这篇日记的素材非常有趣。】

　　今春跟人打了一仗，对方是贫下中农，向我借钱，我没借给他，被他抽了两鞭子，之后我才跟他动了手，都是贫下中农，应互相谅解。

关于娶了一个地主老婆的事儿，那时候也不知道现在呀！要知道现在，别说花钱娶地主家的闺女，就是白给也不要啊！

那天，有一个人打了我嫂子，我也上手了。

关于让我当队长的事，我当时就给工作队的同志说，我不能干，因为我当过国民党兵，还有一个地主亲戚。因我老婆出身是地主，常被拉纲上线受不了，再说我也耍过钱。工作队的人说，那不都是明摆着的事儿吗？于是我就同意了。后来有人说我夺了队长的权，一个生产小队也存在什么夺权、反夺权？真是的！

关于娶了一个地主老婆的事，那时候也不知道现在呀！要知道现在这样，别说花钱娶地主家的闺女，就是白给也不要啊！大家都知道，当时我哥二十八九了还没娶上媳妇，直到三十好几才娶上一个，可是直到现在大家还都说我嫂子傻。那时我就想，我哥的情况是如此，我呢，不管地富，有个媳妇就行。我是1948年订的婚，解放后，一次也没到老丈人家吃过饭。她妈到我家，她娘儿俩说她们的话，我一年也跟她说不上几句话。

1969 年 1 月 5 日　星期日

今天收工回来，张胜利同学向大家转达曲××和郭××的话：你们（指队里的社员）别总和知识青年套近乎，拉关系，他们知道你们都是些什么人啊？

12 月末，李大爷批评一个队长说：你这个队长举的是什么旗？走的是什么路？噢，大家伙劳动了大半天，你把两个地主好顿表扬，好像贫下中农都不好好干，就地主爱社如家。

还有私分猪饲料的问题，造成我队的生猪一口接一口地死去。

今晚，教化学的郭化东老师专门从学校来看望我们。他从其他大队来到我们王家园子二队，给我们讲了很多的事儿。郭老师说："李兆[1]同学说了一句话，说得很好。他说：'我们学农活还容易，但要把贫下中农无限热爱毛主席的深厚的无产阶级感情学到手，就够我们学一辈子的了。'"临走时，郭老师还嘱咐同学们说："农村阶级斗争很尖锐、很复杂，现在正是农闲，一定要抓紧时间学习毛主席著作，向贫下中农学习，为人民立新功。"

1969 年 1 月 8 日　星期三

今晚到我二队征兵的一位解放军同志说：

我们征兵，兵源是很丰富的。主要的目的就是通过征兵使广大社员更进一步地提高路线斗争觉悟，区别好权与钱二者之间的关系，有了政权就

---

[1] 作者注释：李兆是落户于其他大队的一名男知青。

今天，我生平第一次拿到了毛主席和人民发给我的工资——32元6角。

有了一切。丧失了政权，别说是挣工分挣钱了，还得给人家扛大活，你就吃糠咽菜去吧！【张颐武点评：处理好权与钱二者的关系，在今天这也是常常被提起的话题。从中，我们能够体会到，由于时代的变迁，原本相同的语言所包含的不同的内容。】

1969年1月12日　星期日

最高指示：

　　我们的权力是谁给的，是工人阶级给的，是贫下中农给的。是占人口百分之九十以上的广大劳动群众给的。我们代表了无产阶级，代表了人民群众，打倒了人民的敌人，人民就拥护我们。共产党基本的一条，就是直接依靠广大革命人民群众。

　　今天我生平第一次拿到了毛主席和人民发给我的工资——32元

知识青年到农村去，大有作为。

1969 年夏，王家园子 11 队知青在田间留影。

6角①。拿着钱想一想，再学习一下主席的教导："我们的权力是谁给的？……"心情是不平静的。大队还送给每个贫下中农一枚像章。这一切，我要把毛主席的恩情牢记心上，化为行动力量的源泉，安心劳动，认真地接受贫下中农的再教育，不但要在生产上做突击员，在其他方面也要做模范，做毛主席的好战士，为人民立新功！【王海泉点评：本篇日记记述的是社员最盼望的事——年终分红。本书作者是女知青，她劳动两个月获得了30多元剩余款，这在当时已相当不错，超出了当年梨树县平均分值水平。】

1969 年 1 月 18 日　星期六

户长谢立群同学苦苦干了两个月的农活，年终领到 40 多元的工资。

户长谢立群，苦苦干了近两个月的农活。这个地委干部子弟用 40 元的工资买了一支打鸟的猎枪。很多社员听说后都惊讶、心痛。

---

① 作者注释："32 元 6 角"是作者自 1968 年 10 月 29 日下乡之后，共计两个多月的劳动所得。这里已经扣去了口粮款和其他应该扣除的款项。比如说集体户在一段时间内由某一位女同学负责做饭，那么到了年底，这位女同学的工分将从大家的工分里均摊给她。

近些天来，常见青年男社员三三两两地谈论谢立群，说这个地委干部子弟拿钱不当钱，刚刚领到工资，便用这笔钱买了一支打鸟的猎枪。要是农家子弟用这钱来买猎枪，爹妈还不得揍死他。【张颐武点评：用两个月的工资给自己买了一支猎枪。猎枪是 30 年前年轻人流行的时髦的东西。打鸟、猎枪，这几乎已经成为历史的休闲名词，勾起了人们对过往光阴的回首。】

　　我听说这事之后，多少也有些心痛、有些惊讶。但我对同在四平地委大院长大的谢立群印象很好。他虽然手大些，可这人心眼不坏，胸怀也大气。他这么做，大概是因为生平第一次领到自己挣的钱，一时心血来潮了。

1969 年 2 月 4 日　　星期二

　　今晚队里召开社员讨论会，一位贫农老大爷的发言相当尖锐：

　　一、咱们中国最高领袖是毛主席，到底是主席政策对，还是你的政策对？你执行倒三七，穷人还吃不吃饭了？盖房子那阵，我小子才 18 岁，粮食紧张不够吃，就偷摘了地主的黄瓜。地主发现后，恨不得要把我那孩子掐死呀！【吴福辉考证："三七开"、"四六开"为中国的熟语。这个老贫农所说的是当年农村粮食分配的一桩奇事，指的是将本应留给农民的七分口粮和上缴的三分公粮的比例倒了过来，变成三分口粮与七分公粮之比。那不是让农民一家人扎脖子吗？问题是"倒三七"是事后的批判语言，实际发生的情况如此，而公开的文件是没有这种荒唐指令的。此风起于"大跃进"时代的大放农业卫星，各地冒报产量，造成中央下派的征粮数字严重失实。上面可能还以为是正三七呢，到了下面则成了倒三七，岂不是冤枉？农民批评的矛头是向着基层干部而发。对于中国老百姓来说，历来认为上面的"经"都是对的，只是叫歪嘴和尚给念歪了，没办法的办法是偷

黄瓜充饥，却分出了"地主的黄瓜"和"非地主的黄瓜"，活学活用"阶级论"，偷起来也理直气壮，真是农民式的"机智"。】

二、毛主席说没有调查便没有发言权，你对地主怎样？我那两年病是咋得的？我心里难受啊！我拿过绳子，但想起毛主席我又放下了。

三、过去你给人家扛大活，解放了，你倒端起地主富农的饭碗来了，你这叫没忘本？

这位贫农老大爷由于自身经历痛恨一个地主成分的人，也痛恨对这个地主好的一名队干部。他发言时很动感情，敢上纲上线，他说："给你们当干部的提些意见为的是啥？不就为的是权吗？"

队里召开社员讨论会，一位贫农老大爷发言相当尖锐："你执行倒三七，穷人还吃不吃饭了？你过去给人家扛大活，现在倒端起地主富农的饭碗来了。"

1969 年 2 月 7 日　星期五

今天吃完饭到大队听大队书记×××作检讨。听了解放军同志和几位老贫农的发言，我深深地体会到贫下中农最知道有权的幸福和无权的痛苦。

通过贫下中农十几天的大揭大摆，社员们受到一次深刻的两条路线斗争的教育，更进一步深刻领会毛主席"历史的经验值得注意……"的伟大教导。

早在合作化初期，就有不少人不赞同毛主席亲自领导的广大农民走社会主义集体化的道路。我们大队的贫下中农立场坚定，爱憎分明，坚决地同富裕中农拉马退社的行为进行了针锋相对的斗争，英勇地捍卫了集体化路线。

今天广大贫下中农又以雄辩的事实揭发批判大队领导人忘本和逐步蜕化变质的错误，以自己的亲身体会颂扬了党的革命路线。

1969 年 2 月 15 日　　星期六

学习了梨树县刘家馆子公社三家窝卜大队耕读小学教师、基干民兵吴学珍[①] 的先进事迹，我被吴学珍那种紧紧依靠贫下中农办学的精神所感动。

吴学珍没有忘记自己是贫下中农的后代，她不怕任何风险，无论文的进攻还是武的打击，都没有压倒她。她在耕读小学认真执行毛主席教导的"亦工、亦农、亦文、亦武"的方针，不要国家一文补助。冬天为孩子们烧牛粪，无论 5 岁还是 14 岁的孩子，她都能做到随来随收。一个孩子没衣服，她就把自己的衣服送给她。她亲自动手用土办法造桌椅，以毛主席语录为主课，她教出的学生能背一百多条毛主席语录。

---

① 作者注释：吴学珍，20 世纪六七十年代曾在吉林省梨树县刘家馆子公社三家窝卜大队任民办教师，因其办学事迹突出，当年在国内（尤其在吉林省）产生过较大的影响，曾被选为中共九大代表、九大主席团成员。

1969 年 2 月 21 日　星期五

昨天晚上 10 点钟，我们听到了毛主席发表的最新指示。

之后，全户同学心情激动，忘记了疲劳和寒冷，立即组成两支队伍，带着喇叭去各家宣传毛主席的最新指示。

当我们站在每户院子里宣讲的时候，有很多贫下中农从被窝里爬起来，穿好衣服，和我们一同参加到宣传的行列。这使我看到了革命思想一旦被越来越多的革命群众所掌握，就会变成巨大的物质力量。

现在我队政治搞得轰轰烈烈，生产搞得热气腾腾，我更要积极学习毛主席著作，为人民立新功。

为革命不怕苦和累——北大荒北京知青合影

1969 年 3 月 14 日　星期五

　　听说上海有一千多名知识青年来到东北安家落户。在我内心，我一直挺羡慕北京和上海的知青，觉得在他们身上好像有一种什么新奇的东西。下面把他们的豪言壮语摘抄下来：【金春明考证：据有关资料统计，1969 年年初，仅黑龙江一个省份就接收安排北京市、上海市知识青年各 9 万人，加上天津市和本省的知青各 5 万人，一个省共计接收知识青年 28 万人。】

　　我们一千余名上海革命小将，手捧红宝书，心向红太阳，满载着上海一千万革命人民的深情厚谊，寄托着上海工人阶级的殷切希望，肩负着建设社会主义祖国的伟大理想，告别了英雄的上海城，乘着时代的列车，迎着毛泽东思想的灿烂阳光，向着祖国万里北疆，向着反帝反修的前哨阵地——延边挺进！

　　忆往昔峥嵘岁月稠，看今朝任重而道远。我们用毛泽东思想哺育成长的革命小将，志存胸内跃红日，乐在天涯战恶风。寒冷算得了什么？翠竹凛然傲霜雪，红梅笑报春潮早。严寒炼筋骨，胸中有朝阳。路远算得了什么？革命岂能做井蛙，雄鹰踪迹遍天涯。"艰苦"算得了什么？无产阶级革命事业的接班人就是在艰难困苦中磨炼出来的。与天奋斗，其乐无穷！与地奋斗，其乐无穷！与人奋斗，其乐无穷！这就是我们革命战士的战斗哲学。

　　斗争实践告诉我们：没有舒舒服服地干革命，只有舒舒服服地滑到修正主义泥坑中去。高楼大厦只能使我们忘本，简陋的茅草房可以使我们永葆革命的青春。"香风"只能使我们迷失方向，刺骨的寒风能使我们永远保持清醒的头脑。我们不做庸碌无能的企鹅，要像海燕迎着暴风雨展翅飞翔。我们不做暖窝里的燕雀，而要学那雄鹰敢于搏击世纪风云。

对比插图：上海知青的豪言壮语

寒冷算得了什么？翠竹凛然傲霜雪，红梅笑报春潮早

路远算得了什么？革命岂能做井蛙，雄鹰踪迹遍天涯

我们不做暖窝里的燕雀，而要学那雄鹰敢于搏击世纪风云

我们不做庸碌无能的企鹅，要像海燕迎着暴风雨展翅飞翔

高楼大厦只能使我们忘本，简陋的茅草房可以使我们永葆
革命的青春

"香风"只能使我们迷失方向，刺骨的寒风能使我们永远保
持清醒的头脑

市民欢送上海知识青年到崇明插队

南泥湾精神传万代，井冈山红旗飘天下，高擎红旗去农村，立志耕耘为人民。

我们也知道，在接受贫下中农再教育脱胎换骨的改造中，不可避免地在思想上产生反复和动摇。但我们坚信，狂风暴雨只能把娇花嫩草打倒在泥土里，却把巍然屹立的山岩冲刷得更壮丽！

1969 年 3 月 29 日　星期六

昨天和王会珠同学打乒乓球，我俩谈到大队目前选领导班子的事，她还讲了她们 11 队的事。

去年冬天，她们户因为有 13 个知青，所以在地窖储了几千斤的大白菜。她们户与我们户不同，我们户做饭是用一个人，她们是两个人搭伴组成一个饭班。

有一天轮到她和张文琴做饭，一大早别的知青随社员出工去了，她俩下菜窖收拾白菜，先打开窖门，踏着挖好的土台阶一步一步下到窖底下。谁知收拾的时间一长，冷风一吹，在窖门开启处的土台阶上结了一层冰。等她二人收拾完大白菜想走出菜窖时，却因台阶特滑，使不上劲，无法登出窖口。菜窖口面积不大，站在有冰的土台阶上，只能露出一个人的脑袋瓜。于是两人只好轮流站在窖口大喊户长："吴会丽，快来呀，我们俩出不去啦！"喊了半天没动静，于是再继续扯着嗓门喊："吴—会—丽……"一声比一声高，一声比一声尖，就像公鸡打鸣似的。两个人喊累了，你看看我，我看看你，都禁不住苦笑，笑完了再接着喊，一直等到有人发现了她们，才把她们从地窖里拽了上来。

1969 年 4 月 5 日　星期六

今天大队召开扩大会议，让大家给大队班子提意见。

×××发言：

×××，你当大队书记好几年了，可到九队也就来过两次半，半次还是骑车路过的，也给你算上。这叫忠于毛主席？当了干部总也不下去，看见葱说是麦子，你这不是脱离群众忘本了吗？外国人给咱造谣说三个人穿一条裤子，如果继续照你这样领导下去，也快差不多了。一个富农就明目张胆说："你们贫下中农老说我要翻案，书记还叫我去买电线呢！"你这是在长谁的志气呀?!

×××发言：

你搞的是什么名堂？毛主席领我们走社会主义道路，你把我们贫下中农往邪路上领。你总说往北京走，还是往莫斯科走，你这是在往莫斯科走。

一位农民给班子成员提意见说："你马列主义尖朝外，私字没斗好，又怎能批修呢？你不带领大家往北京走，却往莫斯科走！"

×××发言：

你马列主义尖朝外，你私字没斗好，又怎么能批修呢？选你当干部是为人民谋幸福，不是让你骑在人民头上作威作福，压得无产阶级腰杆子直不起来。大家给你点权力，别美得不知上哪儿去了。

×××发言：

我们到农村虽然得补生产斗争这一课，但更重要的是补阶级斗争这一课。看人要看全部历史，不能看他一时一事，千万别站错队。

1969 年 4 月 11 日　星期五

今天我和王淑琴、宋玉华、杨桂芳、姜淑琴等女社员一起打粪疙瘩。她们说："你们变化真快呀，现在可真像农村人了。刚来时就瞧你们那架势跟我们两个样，想跟你们说句话，也不知从哪儿说起，你们接受贫下中农再教育变得快呀！"

前几天，大伙又给我的工分评得很高①，每日出工由6分升到了7分，大会上队长还对我进行了表扬，奖给我一本毛主席语录。

这些天，日头比以前长了，劳动很疲乏，自己怕吃苦、贪图享受的坏思想又在头脑里占了统治地位。

毛主席著作是无价宝，毛泽东思想是指路灯。平时自己也知道应抓紧时间学习，可是一累一困就原谅自己了。总之在今后的日子里，要艰苦奋斗，把自己锻炼得更加坚强。

---

①　作者注释：当时每一个社员（含知识青年）的日劳动工分均由不定期的社员大会讨论决定。

1969 年 4 月 26 日　星期六

听男同学说，申染房一小队集体户户长周杰和康庆云出了洋相了。他俩一大早赶着老牛车去八面城买土豆栽子。据说要买三麻袋，这三袋栽子关系到户里 11 口人全年吃蔬菜的问题。

上午买完了栽子，到了中午，他俩就到一家小店吃饭喝酒，吃完了便赶着老牛车慢慢地上路。

老牛认路，知道怎么往回走。走啊走啊，一直走到了太阳下山。那晚月光出奇得好，走着走着，二人酒劲上来了，先后酣睡过去。天蒙蒙亮时醒了过来，一看，三麻袋土豆栽子不见了。周杰一脚踢醒康庆云："你咋睡着了?! 不是说轮着睡吗?""那你咋也睡着了呢?!"康庆云反问周杰。

说时迟，那时快，两人头发根立时竖了起来，死的心都有。回到户里，顾不上吃早饭，他俩上队部牵出了两匹马，一急之下，忘了配马鞍子，只管朝原道飞奔，两人的屁股很快就被磨出了血，仍不管不顾的。就这样一直寻到了八面城，也没见到麻袋的影子。后来，他们垂头丧气地从贫下中农老乡家分别要了一些，总算把土豆栽子种到了地里头。【张颐武点评：上面这段故事是一个生动的小花絮——两个马虎的年轻人丢了户里的"土豆栽子"，不知他们在向队友们解释时，是怎样自我检讨的。若记录下来，可能又是一段阶级斗争语境下的自我批评。】

1969 年 4 月 27 日　星期日

刚来时觉得自己有文化，会写批判文章，总以为自己了不起。可是自开春以来，情形就大不一样了。

去年冬天，社员们对我的工分评得比其他女知青都高，还推选自己去上边开会。在一片叫好声中，自己嘴上没说，心里美滋滋的，觉得在农村领张毕业证也容易。有了成就沾沾自喜，后来又觉得农村除了农活没啥可学的，好像农民都没有什么文化，没有自己思想进步。刚来农村那阵子，心里像盆火似的，认为只要劳动好，就样样都好，想一下子把贫下中农身上的好东西学到手。可时间一长，热劲就凉了下来。不是看张三"自私保守"，就是看李四"不讲卫生"。相反，还狂妄地拿自己的长处比贫下中农的"短处"。

上山下乡前，自己思想上是做了吃苦的准备，但实际上，农村比自己想象的要艰苦得多。比如：

①春季刨茬子，尽管累死累活地跟，可还是拉后，急得直想哭；每干一项重活，无论我如何卖力气，就是追不上其他女社员。

②春季用簸箕倒粪，粪肥应该顺着垄沟撒，自己却撒了一大片，心想可能不对了，抬头一看，周围的社员都在瞅我，急得面红耳赤，心想这下出洋相了。一个女社员对我说，你倒是问一问啊，或者看看别人是怎么撒

原以为踩格子的农活很容易，不就是跟着犁杖走吗？干嘛非要拄根棍子？可到头一看，脚印花花了，静是空格子。

的啊。我感到自己还没放下架子甘当小学生，看来向贫下中农学习，任何时候都翘不得尾巴。

③那天干踩格子的活，心想就跟着犁耙走呗，还拄根棍子干啥?! 像个小老头似的，多别扭！当时我跟在宋兆明队长的后面，偷偷地把棍子提起来，里倒歪斜地踩了一阵子。到头一看，脚印花花了，东歪西扭，净空格子。我寻思了半天，心想，这庄稼活里可有大学问哩！正如毛主席所说："知识的问题是一个科学的问题，来不得半点虚伪和骄傲，决定的需要的倒是其反面——诚实和谦逊的态度。"

1969 年 4 月 29 日　　星期二

今天大队召开了活学活用毛主席著作讲用会，某生产队队长讲述了他们队的情况，给我们上了一堂生动的教育课，使我进一步懂得了"权"的重要。

你竟敢骂队委会干部说话没有牙！那年，一个地主分子给我家送去一筐萝卜，我叫我老婆给送了回去，这不是他妈的毒药吗?

他说：我们队地富占 11 户，贫下中农才 9 户。我家老婆子回家就说我，说我都叫人包围了，得罪了多少人啊！我说不怕，我是经过风雨的，就是脑袋掉了，只要是为了革命，也光荣。这点苦还真就不算啥，照当年干八路军时差多了，那时一颗枪子就完了。现在有毛主席给咱撑腰，咱们要给他老人家争气呀！没粮食，国家拿钱给你买，你拿出什么实际行动来报答？我队一个富农子弟明目张胆地骂队委会干部说话没有牙。有一年，地主分子给我家送去一筐萝卜。我问明白后，就叫我老婆给他送回去。这不是他妈的毒药吗？阶级敌人多鬼呀！无产阶级掌权，你想夺一点也不行。

1969 年 5 月 11 日　　星期日

今天，我和几个知青在公社大会上讲了活学活用毛主席著作的心得，还激动地聆听了公社党委书记李青田的讲话：

"现在有些大队干部不敢管知青，怕知青对自己有意见，有朝一日造自己的反。我们在一起座谈过，我讲了，你现在对他不负责，他一旦觉悟过来，更会造你的反。有个别同学大耍个人英雄主义，这是脱离群众的，是没有群众路线的。我们有些知识青年回家时间长了，贫下中农就想他，把他们看成是自己的亲生儿女；知识青年呢，回家时间一长，也想贫下中农。这是一种什么感情啊？啊！你们都是一起坐汽车来的，接受再教育时间都一样嘛，那么为什么收获就不一样？有收获多的，有收获少的，有没有收获的，这是什么原因？贫下中农眼光看得最清最准，对你们从政治上关怀是根本，从生活上关怀是必要的。"

李青田书记不仅人长得好，讲话也非常有水平，到会的人都愿意听。

1969 年 5 月 12 日　星期一

今晚，我参加完公社召开的知识青年讲用大会，回来后看了《小兵张嘎》① 的电影。当老奶奶被日本强盗抓住，两把刺刀斜立在老奶奶的脖前，老奶奶视死如归，凛然微笑，这时我感动得流出了热泪。老钟叔在生死存亡的紧要关头，以气吞山河的英雄胆略，以顶天立地的英雄形象站立在敌人面前，吓得敌人目瞪口呆，失魂落魄。毛主席的英明论断在我脑海里响了起来："我们中华民族有同自己的敌人血战到底的气概，有在自力更生的基础上光复旧物的决心，有自立于世界民族之林的能力。"我们要踏着先烈们没有走完的道路一直走下去，让世界上的一切剥削阶级最后灭亡！

1969 年 5 月 14 日　星期三

这些天来，我一直在学习在受教育。

开了三天知识青年讲用大会，现在又在开全公社活学活用毛著讲用大会，同志们介绍的丰富经验给自己树立了鲜明的榜样：

高富生领导的集体户帮助房东做到了完全彻底，斗了私心，锤炼了忠心。

梨树贝第三集体户崔玉琴把自己那份肉食品送给生病的同学吃。她

---

① 何镇邦注释：《小兵张嘎》，这部电影由徐光耀编剧，1963 年由北京电影制片厂拍摄成故事片。影片描述抗日战争时期冀中白洋淀地区农村少年张嘎，为其被日寇杀害的奶奶报仇的曲折动人的故事，塑造了嘎子这个可爱的少年英雄形象。剧本获1979 年"全国少年儿童文艺创作奖"一等奖。

说，只有从平凡的小事做起，才能做出不平凡的大事。毛主席也教导我们说："一切革命队伍的人都要互相关心，互相爱护，互相帮助。"而我往往以个人感情去对待同学，不平等待人，有时还和同学们吵嘴。

申染房第四小队集体户黄荣贤介绍说：我队有一名返乡青年，他的事迹对知青们教育很深。他说，"那年我妈有急病需要输血，我血型也对，但我姐姐没让我输。这次给别人输，我输吗？现在我的血虽然没有流入母亲的身体，却流在了阶级兄弟的身上，阶级兄弟跟母亲一样亲。"

田间地头天天读

一个富农子弟说："扛不动 100 斤麻袋，就别想挣 10 分！"她们分辩说："下乡的目的是接受再教育，不是为了挣分。"

　　与黄荣贤一个户的韩会然介绍经验说，由于"三自一包"阴魂没散，有些社员自觉不自觉地站在"三自一包"一边。有一次打谷子，有人干完自己的活就歇着，哪怕铺谷草还没铺一半他们也不帮忙。而我们知青放下木锨就拿起扫帚。有的人就说风凉话："一个场院，不够你们忙活的，都把分工打乱了。"当场就有贫下中农批判说："这个乱打得好，打乱了刘少奇散布的'三自一包'的流毒。"

　　那天，有一个富农子弟叫她们知青扛百八十斤的麻袋，她们说扛不动。他就说："扛不动 100 斤麻袋，就别想挣 10 分！"她们分辩说："我们下乡的目的是接受再教育，不是图挣分来了！"这个富农子弟还用破谜语的方式放毒："万杆大旗没人扛，天下大事无人知……"他攻击解放军，攻击"文化大革命"，受到了知识青年的批判。

补记 15：国民政府为爷爷立牌坊："孝子不愧"

今天听姨夫讲起了他爷爷的故事：

1939 年日本打过来的时候，我救过北步里讨饭吃的老乡，有两个老乡在讨饭途中病在路上，我给船工付了 20 多元，请船工把他们送回家门口。两个老乡下船时，跪下给我磕头。我说别这样，到了家就好了，到家后来个信就行了。见人行好这一点，可以说是我们刘家的传家宝，一个家族的传家宝可以一代一代地往下传。

我的曾祖母活了 100 多岁，她死时，我爷爷 70 多岁。爷爷说活着是孝子，母亲死后他也要在坟前守孝。他在祖母坟前盖了个小庙式的小屋，刚能进去人，铺上个草帘子，放上一个被子就在坟前守孝。光着脚，不管下多大雪，也不穿鞋。晚辈人一天给他送三顿饭，他先上供："妈，吃吧！端来什么吃什么吧！妈，快吃吧！"上完供，再端下来自己吃，足足在坟头守了三年孝。

大王村老百姓家的房子都盖在了村边上，村中央有口井供全村人饮用。一次鬼子进了村，找到井口后便在那里饮马。此时八路军居高临下，在房顶上架起了 10 挺机枪，连长发令："打！"敌人没防备，一开火便打死了 100 多个鬼子。后来日本鬼子进村报复，先将大王村包围，之后把家家户户的房子，包括场院里的柴火垛、麦根垛，反正可以点的都点着了。

那天，八路军一直和鬼子作战，到了晚上，一个连六七十人，阵亡了 32 人，三十多个老百姓被杀。我爷爷被活活烧死，美名得以传四方。打到拂晓，几十个八路军才冲出了重重的包围圈。

在鬼子进村报复之前，我叔叔撺我爷爷走，说日本人来了会杀人放火，可七十多岁的爷爷死也不肯走。日本人进村后果然在场院里点火放火，爷爷死死拦住不让放，和他们拼，结果被推进麦根垛活活烧死。

上级把爷爷的死讯告诉了我，说爷爷死在日本鬼子手里了。团部派给我一匹好使唤的马，让我骑着马回去看爷爷。有了马匹，一会儿就到家了，看到爷爷烧焦了的尸体，我哭得死去活来。

次日，我见国军和八路军的人一起在一户地主家里集合，约有一个连的人，国民政府部门专门派人来为爷爷立牌坊，我见来人手上拿着一张纸，是那种能印纸票的好纸，上面写着"孝子不愧"，上面盖着一个鲜红的大印章。

爷爷死后，大王村的父兄们请来了识文断字的老先生给题表，还在场院中央设置了灵堂、香案，妇女们用花花纸扎出童男童女，上百个人的头上都扎着太平天国式的白手巾，身上穿着白布做的衣褂和衣裤。

装棺前，一群婆子媳妇头披白布扶棺恸哭，待 8 个大汉将棺材抬起，跟在后面的婆娘们又是一阵嚎哭。抬之前，我见有人在棺材底下给爷爷撒了些纸钱，又填了一层白棉花，最后再将一床紫缎薄被盖在了已被烧焦的爷爷的身上。

之后，我在堤上参加了安葬，先将阵亡的战士装进棺材，在棺材板上放上牌子，牌子上写有死者名字，然后写好信件一一发出，让家属来认领，来后发给烈士证明，给每家发放 200—300 元不等。发的钱有日本票，也有国民党票，每月还给烈士家发放粮食。

后来八路军和国军的人行军路过大王村，都到爷爷坟上祭祀，不时还有县里的干部陪同。祭祀前，村里人介绍说爷爷生前孝顺父母，晚间睡觉怕惊动母亲，开门的声音非常小，可是在敌人面前却大义凛然、英勇就义。

1969 年 6 月 7 日　星期六

今天下午我们搬进了新房子，看到毛主席和贫下中农给予我们的关怀和幸福，心里感到十分的高兴。

这周的一天晚上，我听到几个同学的议论，听后自己心里很苦闷，情绪也不太高。自己来回走，到贫下中农家教他们的子女识字①，是对还是不对？以后还走不走了？我打开了主席语录，毛主席说："任何新生事物的成长都是要经过艰难曲折的。在社会主义事业中，要想不经过艰难曲折，不付出极大努力，总是一帆风顺，容易得到成功，这种想法，只是幻想。"又说："彻底的唯物主义者是无所畏惧的，我们希望一切同我们共同奋斗的人能够勇敢地负起责任，克服困难，不要怕挫折，不要怕有人议论讥笑，也不要怕向我们共产党人提批评建议。舍得一身剐，敢把皇帝拉下马，我们在为社会主义共产主义而斗争的时候，必须有这种大无畏的精神。"

我想，我的所作所为只要符合毛主席的教导，就不怕一切议论，坚决做到底！

这一周又轮到自己做饭了。每轮到自己的饭班，不知不觉就产生惧怕心理。记得第一次做十几个人吃的高粱米饭和土豆炝茄子，为了做成这顿

1970年2月，集体户女知青与女社员合影。前排右一为作者，后排左一为女社员单玉琴。她自幼丧母，没上过学，家里只有父亲一个亲人。作者曾利用中午和晚上的业余时间，多次去她家办家庭小课堂，教她及另外几个女社员识字。

---

① 作者注释：指作者利用中午或晚间收工后的时间，到一些农民家庭教他们的孩子识字，对象多为20岁左右的女社员。

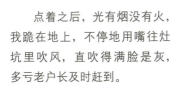

点着之后，光有烟没有火，我跪在地上，不停地用嘴往灶坑里吹风，直吹得满脸是灰，多亏老户长及时赶到。

饭，我几乎是提前两个小时动手。尽管这样，仍急得差点儿没哇哇哭上一场。原因是那天是个阴雨天，柴火垛被淋湿了，点着以后，光有烟没有火，我跪在地上不停地用嘴往灶坑里吹风，直吹得满脸都是灰，仍然不见火苗。一想起同学们回来要笑话我和埋怨我，手和腿就突突地发抖。直到贫农老户长郭殿喜帮助找来干柴火，又叫来一位大婶帮助点火和做饭，才没有让同学们饿肚子。

目前，我已克服了"最怕做大锅饭"的心理障碍，原来认为很困难的事儿，现在感到并不那么可怕。今天中午同学们收工回来，说我做的饭比以前好吃多了。这个评价说明，自己在做"大锅饭"方面已取得了较大的进步。但从个人兴趣上讲，我宁可干再苦再累的田间活，也不愿意围着锅台转。有一段时间，我赞成由杨艳华同学把做饭的事情包下来，年终再从大家的工分中为她均摊，因为她的兴趣正和我相反，她不害怕做饭。

今后再轮到自己的饭班，争取好上加好。

1969 年 6 月 11 日　星期三

最高指示：

　　农民以农为主（包括林、牧、副、渔），也要兼学军事、政治、文化……也要批判资产阶级。

　　教贫下中农上课识字，我坚持了近一个月。最近由于听到一些议论，对自己影响不小。这几天自己思想懒了，行动也跟不上了。

　　今天下雨，不出工，我看了《吉林日报》（1969 年 6 月 4 日）后，使我认识到：读书是为了革命，革命就需要认真读书。过去长期脱离实际、脱离工农、脱离生产劳动，现在我们要认真地接受贫下中农的再教育。

　　随着社会主义事业的发展，今天由工人阶级贫下中农来掌管学校，要实现农业的现代化和农业机械化，就必须具有社会主义的文化知识。

　　在旧社会，工人、贫下中农的子女哪能念得起书？今天我们当了家作了主，政权掌在我们手里，同样也需要有高度的文化水平。毛主席也告诉我们说，要做有社会主义觉悟、有文化的劳动者。因此，今后我一定要把教贫下中农识字的任务继续完成好，决不能半途而废，更不能向后退，后退是没有出路的。

1969 年 6 月 17 日　星期二

　　五月节前，有一天天还没亮，就有社员打发家人给我们送来了鸡蛋，说："天亮前吃了鸡蛋，肚子不疼。你们这么小就来到农村，不容易呀！吃吧，这些鸡蛋是送给你们吃的。"

学习吕玉兰《十个为什么》部分摘抄：

人的立足点不同，想法不一样，想的不是一个理儿，怎么会互相理解？你说我太傻，我觉得我有自己的聪明。

当领导，自己不实际干，不接触实际，就没有真知识。不能人家说啥是啥，这不是领导人，而是被人领导。别看发号施令不少，实际是个传话筒。我 15 岁当干部，哪里来的经验，就靠一个"闯"字。

我病了，有的同志对我照顾得很好，这是一种阶级感情，是在对我做政治工作。我感谢他，不一定在私人方面回敬他。在工作上努力，把工作做好，以工作成绩来报答他。不能"得人一牛，还人一马"，要公对公，不要私对私。

人的思想意识不在脾气好坏。一个阶级的人，急脾气的，慢脾气的，都能说到一块去。

个别谈话，不要光说人，也叫人家说说自己。要有来有往，互相交心，提高了人家，也提高了自己，这有什么不好呢？

1969 年 6 月 19 日　星期四

昨天我们集体户男女同学发生了口角，原因是杨艳华煎鸡蛋时舍不得多放油，又怕煎煳了，就往锅里浇了一瓢水。她这一浇，碰巧让户长谢立群看见了。谢立群顺口说："这哪是煎鸡蛋啊？成了水煮鸡蛋了！"杨艳华听后哭了，说爱吃不吃，我还不稀得①做了呢！

---

① 作者注释："我还不稀得"，是一句东北的方言，意思是：你想让我怎样做，我偏偏不那样做。

杨艳华一哭一生气，10 斤肉没吃①，饺子没人包，贫农户长郭殿喜忍着手伤的剧痛带病给我们烧火，组织我们开会。老贫农李金老大爷也看在眼里、急在心上，他喂完了猪就过来帮我们包饺子。

已经很晚了，他俩仍语重心长地做同学们的思想工作，今天天还没亮又给我们抱来了柴火。

1969 年 6 月 22 日　星期日

今天下午我正在田间砸粪料，当时又困又累，大热天头上长了个大疖子，此时头部又胀又疼，地边有好几棵大苞米被踩在脚下，自己不便低头，没有看见。老户长郭殿喜看到后十分心痛地对我说，快把这几棵苞米扶起来，再培些土，不然秋后得少打多少粮食啊！

1969 年 6 月 25 日　星期三

今天又轮到我的饭班。中午我给大家盛高粱米饭，不知从哪儿冒出来 5 个大海碗。"这些个大碗是怎么回事呀?!"我一嚷嚷，杨艳华笑着说别吵吵，那是男生到公社开会时拿回来的。我听说后，坚持让男生把碗给人家送回去，不送，也该到公社或大队做一下自我批评。

杨艳华说，你让谁去送呀？谁肯为几个大碗跑上几十里的路呢？再说这不光彩的事儿，谁去送谁不遭骂呀？

---

① 作者注释：当时可能是"五月节"。每年的"五月节"和"八月节"，生产队都要杀猪、分细粮、分鸡蛋等，知青们也享有一份。

想了想，可也是，我原有的想法也就不再坚持了。

1969 年 6 月 30 日　星期一

最近，对在农村扎根的这个问题上，思想上出现了反复和动摇，出名出利的思想像绳子一样紧紧地捆着自己。回忆起今年 2 月，当有人问我下乡以来有什么感受时，我说了句："农村好。"仅仅 3 个字，说出了自己那时得到的教育和体会。我在给父母的信中也这样写道："我已爱上了农村，爱上了贫下中农……"

想一想，看一看，为什么仅仅才相隔几个月，自己就动摇了呢？毛主席说："知识分子在其未和群众的革命斗争打成一片，在其未下决心为群众利益服务并与群众相结合的时候，往往带有主观主义的倾向，他们的思想往往是空虚的，他们的行动往往是动摇的。"

是毛主席把我们派到了贫下中农当中，离开了毛泽东思想我们就会寸步难行，就会迷失方向。【张颐武点评：对前途感到茫然时，"我"的做法是拿出毛主席语录来对照学习，赶除顾虑。通过几年来的日记，"我"的性格已跃然纸上，一些还带着孩子气的严肃的分析，一些不留情面的自我检讨，一些对家庭生活愉快单纯的回忆，一些与亲友同学稚拙的争吵，流露着纯真和执著，令我们感到亲切、真实，一篇篇地看下去，有时会恍然以为这就是我们自己的故事。】

1969 年 7 月 4 日　星期五

昨晚临睡前，户里一个女生从女厕所往屋里拿尿罐子时不小心打碎了。因为晚上我们不敢出去上厕所，于是决定到外边男厕所去偷男生用的尿罐子。为了偷到这个尿罐子和防止男生突然上厕所，我们决定集体行动。

5个女生是这样分工的：女生房间留一个人，集体户外门站一个人，从外门到男厕所的墙角①站一个人，厕所门口站一个人，另一个人进男厕所去拿尿罐。

让我们掩口偷偷笑个不止的是，我们偷到了男生的尿罐子而没有被他们发现。至于今晚他们怎么解手，怎么想办法再去找其他的尿罐子，我们就不管了。【张颐武点评：这篇日记非常生动有趣地讲述了女生集体出动去偷男生尿罐子的故事，读来让人忍俊不禁。通过作者的生动描写，花季年龄的女中学生们天真可爱和团结一致的协作精神跃然纸上。】

女生们决定到外面偷男生的尿罐子。为防止男生突然上厕所，我们开会研究怎么个偷法，每人都有严格的分工。

---

① 作者注释：当时男女厕所分别建在男女生集体寝室的一侧。

1969 年 7 月 11 日　星期五

前天下午，老贫农宋兆凤边压瓜蔓儿边对我说："你们不种这块地，就这么白白地荒着，让阶级敌人不看笑话？"老贫农的话犹如千斤重锤猛击我的头脑，给我敲了警钟。仅仅是一句话的问题吗？不是。从这句话里我们可以看到贫下中农的觉悟是多么高啊！也正如毛主席所教导的："最聪明最有才能的是最有实践经验的战士。"检查自己最近的思想情况，有点放松。从表面上看，农村一天一天很安静，知青们和社员有说有笑，但这里面却有不同的起点和不同的问题。

1969 年 7 月 29 日　星期二

今天兰玲姐来信了，说她从双辽集体户回到了四平，还带回了 80 斤粮食。从妈那儿，她听到了一些关于我的事儿。兰玲姐信中说："你才 17 岁，17 岁在一个人的一生中仅占四分之一，因此不能劳动过度。毛主席教导我们说：'身体是革命的本钱'，现在累垮了，以后四分之三的时间怎么能更好地为人民服务呢？再有你老是单独行动，利用中午、晚上的业余时间教社员识字，我认为你这样做不对。毛主席说接受再教育，并不是指接受某几个人的教育，而是上好农业这一课。现在大田作物都长起来了，自己单独行动会有危险。再说现在正是农忙时节，应劳逸结合才对，人是肉长的，不能和机器比。我们高中学生，还有三四十岁的农民成年人，在烈日下还常头晕，晚上都感到睡眠不足，你一个初中生怎能吃得消？就是教也该在农闲时教，而且要和同学一起去，这样才不会被孤立，叫大家瞧不起。再说个别社员为了让孩子挣工分，不送他们去学校念书，本身就属于自私自利行为，你不能去帮这些人的忙。"

兰玲姐还说他们队的 3 名女生都回来了，要不然她也不能回来。她现在每天帮着大姨拆洗棉袄，帮着大姨做全家 10 口人的棉活。时间长了，觉得老待在家里也没意思，准备棉衣做得差不多了就回集体户去。

前几天户里两名女同学到我家问有什么事情没有，兰玲姐代表家长顺便给我捎来了 4 元钱。听说我快没鞋穿了，姐还准备单给我亲手做一双鞋，让我再回家时带上。

最后信中问到我们这儿有没有减价的布票布，6 寸 1 尺的，若有，可酌情买一些。特别是 3 寸 1 尺的，买它 14 尺，如果手头上没布票①，可向社员借几尺。

1969 年 8 月 2 日　　星期六

《人民日报》8 月 1 日的社论——《人民军队所向无敌》传达了毛主席的新指示："我赞成这样的口号，叫做一不怕苦，二不怕死。"

毛主席这一最新指示和昨晚《平原游击队》②的电影，给了我极其深刻的教育。

前些日子自己思想在走下坡路，滑得很快，加上头上长了个大疖子，

---

① 作者注释：这里反映出当年布票供应的紧张。由于当时买布必须持有布票，而作者的家庭人口多，用布紧张，于是姐姐就到处打听有没有能用 6 寸布票买 1 尺布的，或甚至用 3 寸布票买 1 尺布的，买回来好让大姨做棉衣里子用。

② 何镇邦注释：《平原游击队》，1955 年由长春电影制片厂拍摄的故事片。其电影文学剧本是邢野、羽山的作品。北京艺术出版社 1954 年初版。影片描述抗日战争时期游击队长李向阳在敌后冀中平原与敌寇巧周旋及保粮歼敌的故事。情节曲折生动，既险又奇，李向阳与日寇松井小队长的形象均比较成功。影片获文化部颁发的1949—1955 年优秀影片故事片三等奖。

痛得要死，开始对农村感到苦，想在城市多住些日子避过三伏天，而且姐姐的来信和想法对我影响很大，甚至幻想到部队当兵，认为到部队会对自己锻炼更大，想象着当上一名女兵，走起路来该有多神气。今天我做了一下斗私批修，察觉到自己有轻视工农、思想空虚和方向不明的问题。

1969 年 8 月 10 日　　星期日

明天又要轮到自己做饭。下午收工回到户里，我跟户长反映说，明天中午没菜吃，做什么才好呢？男生 ××× 说："有，有菜，外边园子里有，准有。"

我赶紧跑到园子里看，看了一会儿又跑来说："哪有哇？在哪儿呢？"××× 说："怎么没有？我去！"不一会儿，他拎来两个西葫芦，放到地上说："这不是吗？明天炒吧！"我说："怪了，我咋没看见呢？"他说："你没往里走，就在菜地紧里头呢！"我说："哎，我真笨，怎么就没往里看呢？"

进了女生的房间，我见杨艳华老捂着嘴笑，这笑里像有什么事儿似的。她越笑，我越瞅她，并问她为什么笑。她说："自从你上次非让男生去公社还那几个大碗之后，有些事就开始瞒着你了。咱们户好多天都缺菜吃，又不敢拿本队社员家的，就去附近队的菜地里去拿，拿回来又怕你嚷嚷，就扔到园子里的犄角旮旯儿，啥时吃啥时取。你不知道这事儿，当然就找不着了。"

我刚要说什么，杨艳华又说："还有一事得告诉你，你得注意。今年开春，有一天你做完了饭，可能时间有点富余吧，就帮着附近一家社员刨苤子。等同学们回来，发现大锅里最上层的饭蓝了一大圈——那是高粱米饭放的时间长了，黑锅下的锈！大家吃了有锈的饭，能不对你有意见吗？

集体户四位女生合影。后排左一为作者、左二为杨艳华；前排左一为孟秀华、右一为李影。

这事儿你也不知道。"

听她说了以后，我坐在炕沿上想了许久，心里很不是滋味。我感谢杨艳华能把很多我不知道的事儿告诉我，要不我岂不成了傻子了吗？

1969 年 8 月 13 日　星期二

可能是这两天发生的事儿让我长了点心眼儿吧，昨晚我注意到我们几个女生睡觉的位置。去年冬天我自己一个被窝，睡在炕梢，其他 4 个女生都是两个人一个被窝，然后把剩余的一条被子压在两人合盖的那条被子上面。

还有，那天，我看见杨艳华一顿吃了 11 个豆包，就笑她能吃，她反说我更能吃。她说："你算过你一顿吃多少没有？满满一大碗高粱米饭那是 8 两啊！"我说："是吗？有那么多吗?!"她又说："不多，咱户男生还有一顿能吃 3 碗挂面的。"我听了很吃惊，半信半疑。

那天杨艳华还跟我说了一个秘密。有一天中午，杨艳华坐在炕上，拿着空碗，求一个男生给她盛饭。结果这个男生很向着①她，把很多豆芽菜盛在了碗底，菜上面压着的是高粱米饭。当众端过去，大家只看到饭而看不到菜，菜多吃起来就香。她要我保密，别跟别人乱说。【张颐武点评：本篇日记记载了知青生活中一些非常微妙、非常感人的生活细节，人物形象逼真而动人。】

1969 年 8 月 21 日　　星期四

天空下起了中雨，道路泥滑，树叶湿漉，快要走到集体户房前的苞米地时，我忽然发现一个黑胖的小猪在啃苞米。可能是它听到了人们的脚步声，一溜烟地蹿进了西边的苞米地。宋兆明队长和赵青春急忙穿过柳树林去赶猪，而我就在这么一点小小的考验面前却做了逃兵。刚一挨近树，湿漉漉的，思想立刻动摇起来，嘴里叫着："哎呀，这么湿，过不去呀！"郭队长说："他们过去了，你不用去了。"恰好，这句话给了我台阶下，就立刻退了出来。两种行动反映了两种世界观，一个为公，一个为私，当革命需要献上生命的时候，你会怎样？【张颐武点评：在日记中，年少时的"我"常常有对自己的点滴行为进行认真分析的片断，读来让人忍俊不禁。对比长大后的成人，可能会觉得，孩子是不通世故的，但却是渴望进步和讲究原则的。】

---

①　作者注释：向着，东北方言，意思是"偏向"某人。

1969 年 10 月 6 日　星期一

　　天非常阴暗，下着小雨，为了不糟蹋一粒粮食，贫下中农冒雨奋战。赵青春贪黑赶着牛车把没有拉完的谷子全部拉了回来，王洪和奋力多拉谷子不幸翻车，但精神是好的。

　　那天，贫农赵青春等几位社员在会上发言说："一人苦激起千人恨，说起来都浑身哆嗦，也恨得牙根疼。他们人在，心就不死。我早就说过，一旦仗打起来，先抓这些人垫背，把他们关进另一个洞里，没人抓，我去抓。今天咱们贫下中农掌权，万万不能马虎。到时候翻过个儿来，他都能喝你的血。熬过长夜的人最知道太阳的光明，挨过寒冬的人最知道太阳的温暖；受尽旧社会折磨的贫下中农，最懂得毛主席的恩情。"

　　我还记得第六生产队有一个姓王的贫农老大爷，他在一次大队党员代表大会上发言时说："那些妇女说我说话冒失，那得看是对谁冒失。对地主富农就得冒失，不压他们三分能行吗？我住王家园子已三十多年了，全大队这些党员我谁不知道？党一定要整，过去的苦是啥滋味我尝过，二遍苦不能吃，二茬罪不能受，说要准备打仗，敌人真上来了，提起个洋叉也要叉死几个敌人。有人说，那个地主挺老实的，我告诉你记住一句话：叫个地主就不老实，他侧个耳朵啥都听着呢！"

1969 年 10 月 7 日　星期二

　　今天学习了毛主席的教导，才深深感到对不起孟秀华同学了。近些日子自己遇事不抱吃亏态度，不从主观上找问题，而是埋怨客观。认为要是不下雨就好了，也省得为找草帽打嘴架。

因为找草帽一事，我跟
孟秀华吵了嘴，晚上躺在炕
上有些懊悔。

　　因为找草帽一事，跟孟秀华同学吵了嘴，我躺在炕上有些懊悔。这一吵嘴，我又想到今春跟张若英吵嘴的事。那天中午，还没有开饭，户长谢立群不在，张若英组织大家给集体户门前的茄子秧浇水。浇着浇着，我和张若英发生了分歧。我们互相辩论，谁也不服谁。他突然说了句："你拉倒吧你！"我随即大声回击："我看你还是拉直吧！"于是大家就笑我们"拉倒拉直"的话，我却无论如何也笑不起来。就听李影板着脸说："为浇个茄子秧，你们俩就别犟了！"当时把我气得够呛，心想我还没受过谁的气呢！凭什么拉倒？就不拉倒，我偏拉直。

　　总之，个人主义是发生一切问题的根源，只有天天学习武装头脑才行。

1969 年 10 月 8 日　星期三

　　昨天抓革命促生产的战斗，可以说是达到了顶峰。劳动虽然很累，但总是感到很兴奋。

昨天下午的传垛劳动，磨炼了我的意志，考验了我的决心，使我真正看到了老贫农一不怕苦二不怕死的彻底革命精神。跟他们相比，自己吃的苦确实是太少了。可是昨天就那么一次稍微重一点的活计，我却显露出小资产阶级的臭思想。正像宋兆明队长今天开会批评的那种人，好像就是指我说的："干一两次贪黑的活，就感到屈，话总是挂在嘴边，而别人干的时候却装作没看见。"真正的无产阶级革命事业的接班人是在群众斗争中产生的，是在大风大浪里成长的，必须要经过长期的痛苦的磨炼才行。

昨天的战斗真激烈啊！以致下雨我都不知道。"打头的"宋连福大哥、赵青春、王洪和等贫下中农的英雄形象，似乎又出现在我的眼前。一个说："不累，就是累又算个啥？又不是像旧社会给地主扛大活，这是给我们自己干的嘛！"另一个说："那是。明确了给谁干，为什么干，就知道该怎么干好了。"

1969 年 11 月 16 日　　星期日

今天上午，我队哑巴杨贵看见一名男社员来回走，不尽力干活，就用那张不会说话的嘴，呜里哇啦地撕扒那名社员，揭露了他那不好的行为。这个表现实在感人，也非常值得全体社员学习，宋兆明队长也表扬了他。

宋队长前几天还在社员大会上说，咱们不管是学习小乡①还是学习小兴安岭，人家做出的成绩都不是一帆风顺的。别人创造出了奇迹，我们跟着走，还有什么困难不能克服吗？

李向臣贫农老大爷发言说："今天我把我大儿子送去当兵，等我小儿

---

① 小乡，当年是吉林省"农业学大寨"的先进典型，有"苦战奋斗的红旗乡"之称。

子到了年龄也让他去。当兵不是为了让两个儿子升官，而是要让他们握一辈子无产阶级的枪把子，要让他们活得有出息。"

1969 年 12 月 10 日　星期三

昨天上午，我坐完马车坐汽车，好不容易从集体户赶回了家，没等敲门，却见房门上有个大锁头。于是向邻居郝大奶打听，才知道爸爸妈妈带着全家人到吉林省梨树县喇嘛甸公社梨树贝大队走"五七"道路了。【金春明考证：关于"五七"道路的源头，1968 年 5 月，黑龙江省革命委员会按照毛泽东"五七指示"的精神，在庆安县创办了一家"柳河农场"，组织机关干部下放劳动，称为"五七干校"。此事受到中共中央的肯定，《人民日报》为此在 1968 年 10 月 5 日发表专文：《柳河五七干校为机关革命化提供了新的经验》。此后，全国各地相继办起许多"五七干校"。之后凡没有去过干校、但仍被安排到农村的干部，也被看作是去走"五七道路"了。】听后，我心中好一阵子难过，无家可去，心如刀绞，眼泪马上就掉下来了。因为这个家我太熟悉了，可是，现在却没有了。【张颐武点评：因失去了熟悉的家而落下眼泪，寥寥几笔，情真意切。】

去邻居郝大奶家说了一会子话，才知道这事不寒碜，因"五七"道路你走我走他也走，是毛主席让走的，精神上人人平等。再说，既然是"五七"战士了，说明政治上是清白的，不属于"犯错误被撵到乡下"。

谈聊中，听郝大奶说兰藕姐考取了四平市文工团，再过些日子就从农村抽回城里来了。这个消息让我欣喜异常——兰藕姐回城上班了？当上文工团的团员了？这两年她哪一派也不参加，倒是跟杨叔叔学剑，学了一套弯腰劈腿的本事。杨叔叔老家在山东烟台，他们那个地方的农民心特齐，武功都非常高超。只要一家有事，敲响铜锣，全村人都跑出来助战。看来

五七指示好

黑龙江省庆安县创办了一家柳河农场，这是柳河五七干校的出工场景

兰藕姐的这段学习还真管用，真是太好了。

当日下午我到梨树县梨树贝去找爸爸妈妈。到了梨树贝才得知，原来接到上级部署之后，大人们想，既然走"五七"道路，还是靠孩子们近一些好。因我和兰藕姐都在梨树县插队，而兰藕姐现在又考取了市文工团，因此就决定奔我所在的喇嘛甸公社来了，因梨树贝交通便利，便申请来到梨树贝。

听妈妈说，初来乍到，在当地找到一处能住七口人的房子很不容易。

6 子女照于年轻农户初连发家房前，前排从左至右：新伏妹、新兰妹、振西弟，后排从左至右：作者、兰藕姐、兰玲姐

中学时代的兰藕姐

对此父母表示家境条件并不主要，只要是贫雇农家就行。于是小队干部便看准了一个叫初连发的年轻农户。

初连发接到了指令，吩咐家人集中到另一套房子去住，顺便将拴在最里边的那头大叫驴也牵了出来。于是我家4个大人和3个孩子(当时6个子女已有3个上山下乡)住进了连体的三间房。听妈和大姨说，初连发将那头大叫驴牵出去的时候，3个孩子都吓得吱哇乱叫，后来习以为常，再见到大叫驴，也就不怕了。【张颐武点评：全家迁进了初连发家，"我"年龄还小，也许一时还感受不到家庭承受的迁徙奔波之苦。】

兰藕姐跟着杨叔叔学剑术

1969 年 12 月 11 日　星期四

今天贫农老户长郭殿喜来了，找户长谢立群出来商量事情。两人商量了一会儿，老户长通知我去大队参加"开门整党"。【金春明考证：作者在本篇日记中提到了 1970 年前后的整党。当时根据毛泽东"在群众里头进行整顿"的指示，吸收党外的群众参加党的会议，并对党员进行评论。】

作为王家园子大队知识青年的唯一代表，我列席参加了。

一、方法和步骤

突出重点学深学透，理解好领袖、政党、政权、阶级、群众之间的关系，深刻理解党的性质，党的历史和社会主义阶段的主要矛盾，继而明确党的指导思想和战斗任务。

二、理论联系实际

密切联系"一打三反"运动和农业学大寨的实际，带着三大问题学，

在大队参加"开门整党"

活学活用，以杨水才、王国富为榜样，不为名不为利，不怕苦不怕死，一心为公，一心为革命，承认既有无产阶级思想，也有资产阶级思想，批判入党做官论。

三、办好学习班

天数 15 天，分三步走。分成党小组进行讨论，有上有下，以下为主。

四、讲评阶段

①加强团结，站稳无产阶级立场；

②努力学习，改造自己的主观世界。

经过这次整党，阶级斗争和路线斗争革命觉悟有了很大提高，但照党章"50 字建党纲领"的要求还差得很远。【金春明考证："50 字建党纲领"，指的是当年毛泽东的一个批示："党组织应是无产阶级先进分子所组成，应能领导无产阶级和革命群众对于阶级敌人进行战斗的朝气蓬勃的先锋队组织。"后被写入中共九大通过的党章总纲中。】

1969 年 12 月 23 日　星期二

学习了金训华和他生前战友写的文章，【金春明考证：金训华，上海市吴淞二中高中毕业生，出身工人家庭。1969 年 5 月末，金训华带着妹妹和许多同学来到黑龙江省逊克县逊河公社双河大队插队。8 月 15 日，山洪暴发，金训华为抢救集体财产率先跳进急流，一次又一次地奋战，不幸被大水卷走，年仅 20 岁。很快，金训华的事迹传遍全国各地。根据他生前遗愿，当地党组织追认他为中共党员。】自己与金训华相比，思想革命化的程度还太低，继续革命、彻底革命的觉悟还差得很远，头脑里资产阶级思想仍占上风，与贫下中农的阶级感情还相隔很远，自力更生、用双手创造一切的决心还不强。

1970 年 1 月 11 日　星期日

今天有一位女社员说我心狠，不爱回家。我想祖国哪里都是家，哪里都有亲人。离开了四平的家，集体户和农村就是我的家；离开了爸爸妈妈，贫下中农就是我的爸爸妈妈；处处拿城市和农村相比，越比越不对头；处处拿今天同贫下中农过去的生活相比，越比越觉得甜，越比越热爱毛主席。

【张颐武点评：在这里，"文革"时代有关"公""私"概念的意识形态表露无遗，显现了一种宏大的表述。这种对于"家"的理解，是以彻底消灭"私"的领域为原则基础的，实际上它是不可能存在的，或者说它的存在是值得商榷的。】

1970 年 1 月 12 日　星期一

前天晚上，出乎我的意料，杨艳华同学突然说："张新蚕，你进步也带动我不行吗？通过这两天和你接触，经过老户长的启发教育，我过去也总想什么才是真正的前途，一天感到实在没意思，开会总是听不进去。再有，没有毛泽东思想武装头脑，见到社员也没啥说的。再比如去年我借口胳膊疼，要求干看小鸡的活。说心里话，那时主要是怕苦、怕累，像你们咬牙挺着，挺过去也就好了，可当时没这么想。从那以后直到现在，我落后，没干劲，所有的问题都是从那一天开始的。"

看到杨艳华同学的进步，心里充满了无限喜悦，真正尝到了毛主席做过细致思想工作的甜头。毛主席说："思想教育是团结全党进行伟大政治斗争的中心环节。如果这个任务不解决，党的一切政治任务是不能完成的。"

杨艳华还说:"今天王洪珍因为准备结婚,想撂挑子不记工了,我就和他谈话,认为他撂挑子不对……"

杨艳华的话让我非常感动。回想起去年和她一起抬谷草,她往下拿,我就往上添,她气得干脆不和我抬了,还讽刺说:"你挣7分,我挣6分,力气没你大,我干我6分的活,咋的?!"[1] 又说:"没你进步,就这样,有法想去!"我听后,气坏了,心想,以后少答理她为好。有一段时间我俩一说话就顶牛,差一点势不两立。还有一次竟然在吃饭时把她气哭了,当时我不吭声,心里却好笑:"有能耐哭啥,别总认为是别人欺负你。"

今天同学们还没有回来,杨艳华就主动给大伙烧炕。看到女社员没手套冻手,她就把自己的手套递给女社员戴。她打心眼里说:"当时给我评6分我不服气,现在一回想,社员评的不但是劳动分,还有团结、政治等其他分,是一个人的全面分。可我却憋气干活不使劲,仔细一想,来农村到底是干啥来的? 对自己也没啥好处……"

"你挣7分,我挣6分,力气没你大,我干我6分的活,咋的?! 没你进步,就这样,有法想去!"

---

[1] 作者注释:咋的,东北方言,此处的意思是:"看你能把我怎么样吧?!"

1970 年 1 月 23 日　星期五

今天上午我领到了红彤彤的入党志愿书，上面还有毛主席神采奕奕的画像，内心别说有多激动了，一种无上的光荣感和艰巨的任务感充满了全身。我在讨论发言中说："生我的是父母，哺育我成长的是伟大、光荣、正确的党，是战无不胜的毛泽东思想的雨露阳光。以前我热爱党，敬仰党，有入党的强烈愿望，可做梦也没有想到党今天这样信任我、接纳我、培养我……"

正像贫宣队①张永富同志说的那样，即使加入了党的组织，是否就完全合乎毛主席的"50 字建党纲领"和一个共产党员的要求了呢？那还相差得很远很远，要谦虚、谨慎、戒骄戒躁，决不能自满自足、洋洋得意。即使没被批准，也要经得起组织上的考验，不能有丝毫的怨气。

"无产阶级只有解放全人类，才能最后解放自己。"成为一名共产党员，就要肩负起中国革命和世界革命的重任，她所起的作用和影响不能混同于一个普通的老百姓。

1970 年 2 月 9 日　星期一

年三十的那天晚上，梨树贝大队干部和小队几个贫下中农在我家吃年夜饭。他们一直和爸爸妈妈畅谈到深夜 10 点多钟。他们的发言，对我很有触动。

---

① 作者注释：自 1969 年 12 月，全国由上至下开始"开门整党"。为确保农村整党的质量，地方上级党组织向农村基层党组织派遣出一支农民党员队伍，时称贫宣队。

妈妈说:"刚下乡时,也是有抵触情绪的,认为革命二三十年最后下放到农村。可是下来仅仅两个月,思想感情就发生了深刻变化。过去是干部成群,每天跟工农几乎没有接触。今天贫下中农的干劲和精神,不知比自己高多少倍……"

大队书记侯占山说:"刚领这个任务时,社员们思想上都不大通,不愿意接。可是干部下来之后,大家看到干部的所作所为以及带来的影响,不但特别乐意接了,而且希望再来多些才好。没有摊到干部的小队还很希望来几户干部,另外我们做领导的也感到腰杆子硬了起来……"

1970 年 2 月 11 日　星期三

在大队"开门整党"会议上,有一个年纪大一些的党员干部,他的口才比一般的农民要好得多。记得他发言说:"1948 年,我二十多岁,干过武装民兵,当过干部,打那些地主老财从来没含糊过,打得几乎个个见血。可是为什么在夺取政权之后却变得胆小起来?缩手缩脚?之所以犯这样那样的错误,应该很好地挖一挖思想上的根源。"

他还说:"地主资产阶级的枪虽然被我们缴了,印把子也被我们夺了过来。但是,他们在思想文化战线上还占有相当的优势。我们图省心,敌人就要开心。"

1970 年 3 月 7 日　星期六

近四五天来,我队形势空前大好。通过办毛泽东思想学习班,社员自己教育了自己,自己用毛泽东思想管理了自己,革命干劲倍增,生产蒸蒸日上，真是鼓舞人心，鼓舞斗志。

昨天贫农老户长郭殿喜找我谈了一次话。

这次谈话，是我下乡以来碰到的第一次性质不同的谈话。往常谈话，教育别人，讲道理抬高自己的时候多，而这一次谈话犹如棒槌在我头脑里敲了警钟。毛主席教导我们："我们决不能一见成绩就自满自足起来。我们应该抑制自满，时时批评自己的缺点，就像我们为了清洁，为了去掉灰尘，天天要洗脸，天天要扫地一样。"作为一个青年，应少听表扬话，多听批评话，多受这样一些教育是极为有利的，这才是真正的帮助和爱护。

【张颐武点评：忠言逆耳，贫农老户长朴素的观念道出了面对生活所持有的态度。人们或许可以说："那个时代许多东西是扭曲的"，但那时推崇的"自我批评""自我检讨"所培养出的冷静和心理承受力却是异常可贵的，何况又是一个女中学生呢？】

1970 年 3 月 10 日　星期二

昨晚大队文艺宣传队总结了 6 天来的工作。作为报幕员，我在会上深挖了自己的活思想，寻找了差距。文艺宣传队的同志们基本上都发了言，大家深受教育。回想这几天来，贫农社员鲁志达家里七八口人，但每天都来得第一早，给大家生炉子，给我们知识青年做出了好榜样；王淑芬脚脖子扭了，却坚持排演；宋连成、张文琴、江凤云等同志刻苦排练；这一切都非常值得自己学习。

听妈妈说，那天我们在公社登台演出，她在台下看到了我报幕。妈妈说我身材瘦瘦的，个头儿不高也不矮，穿着一身绿军装，腰间扎着一条皮带。嘿，可精神了！

我上台报幕，着一身绿军装，腰间扎着一条皮带，嘿，可精神了！

1970 年 3 月 21 日　星期六

今天上午吃午饭前，抬头看到一张《毛主席去安源》的画像，下面的红纸上写着："奖给张新蚕，第二队全体社员。"顿时一股艰巨的任务感和惭愧的心情涌上心头。这幅奖给自己的主席画像只能说明我的以前，并不能代替现在和将来。【金春明考证：本篇日记写到了《毛主席去安源》。《毛主席去安源》为油画作品，由中央工艺美术学院学生刘春华创作。1967年 10 月，该画在北京历史博物馆展出后，备受观众推崇，留言整整写满四本。后来据有关部门统计，该画共印发了 9 亿张之多，遍布大江南北和长城内外。】

联想到自己前几天到大队文艺宣传队排练时，换上了几件新衣服和一双棕红色猪皮鞋。看起来是件小事，而头脑里怕脏怕累、想脱离群众却是大事。今早宋玉兰和一些社员都反映自己快成了脱产干部了，这个说法自己承认是有根据的。一个人做点好事并不难，难的是一辈子做好事不做坏事。一个名副其实的共产党员应该襟怀坦白、忠实、积极……共产党员应该处处给群众留下好印象，起到好的影响。

1970 年 5 月 4 日　星期一

昨天一早自己出了个笑话，但也很能说明问题。

刚下完雨的第二天，上工的钟声敲得格外早。天刚蒙蒙亮，自己一觉醒来急忙赶到了队部。犁杖已套走了，哎，女社员怎么一个也不来呀？嗯，可能还没起来呢！我顺手操起一个木头棒子，朝那大钟叮叮当当地敲了十来下，又回到队部等待出工。曲洪福队长过来与我搭话，一问，才得知男女社员们早已下地了。想想，心中暗自好笑，但却很有意义地提醒了我，共产党员一时一刻也不要脱离群众！自己已有四五天没出早工了，这次误以为自己起得最早，竟自作聪明敲起钟来了。这使我想起毛主席的英明论断："而我们自己则往往是幼稚可笑的。"还有，"谁敢于严格要求自己，

我手操一个木头棒子，朝那大钟叮叮当当地敲了十来下，曲队长告诉我说，男女社员早已下地了。

谁就进步得快，谁经常问别人，谁就不会走错路"，确实不假！【张颐武点评：本篇日记让我们再一次看到一个处于花季年龄的女孩对自己近乎严苛的要求——即使是一个因为粗心引发的小笑话，也被"我"给自己定论为"脱离群众"。不知长大后的"我"再回忆起这段往事时，还能想起当年给自己加注的"定论"吗?】

1970 年 6 月 3 日　　星期三

昨天收工后收听了毛主席亲自批示的中央 26 号文件① 的传达和公社党委具体安排意见。

我们集体户全体同学都受到了极大的鼓舞，连续召开学习讨论会，找差距，定措施。毛主席和党中央对知识青年工作如此重视、如此关怀，更加增强了我们接受贫下中农再教育的信心与决心。形势大好，形势逼人，我们不仅需要有热情，而且必须要拿出真实的干劲。【张颐武点评：全体同学听完文件传达后引起了强烈的反响，从中我们可以浏览一下当年充斥于年轻人头脑中的意识形态，以及他们所展现的思想风貌和思维特点。】

1970 年 6 月 10 日　　星期三

听说户长谢立群将成为我集体户第一个被抽回城市当工人的知青。但他去的地方不是四平市，而是扶余油田。那里正开展石油大会战，急缺大

---

① 作者注释：1970 年 5 月 12 日，中共中央转发了国家计委《关于进一步做好知识青年下乡工作的报告》。

量工人，听说每个大队的知青都摊有名额。户长谢立群是多么幸运啊！对于他能第一个被抽走，全户同学没有意见。

1970 年 6 月 12 日　星期五

爬坡①

前天中午我主动帮助"学毛著辅导员"郭殿发铲他家的自留地。他从部队复员回来，思想水平高，很多人管他叫郭排长。他和我谈心，主要讲的是"爬坡"："一个人在成绩面前是继续打胜仗，还是打败仗，甚至会不会在爬坡中跌落下来。"

他还对我说，一个青年人要真正成长为名副其实的无产阶级革命事业的接班人，需要经历很多的波折和挫折，无论到哪一个工作岗位，若出发点不对，带着私心去干革命，是不纯洁的，也是永远干不好的。一旦打起仗来，遇到点艰难困苦，一个小风浪打过来，就可能蜕变为叛徒、逃兵，由革命走向不革命，甚至反革命。总之，一切都是从"私"②字的种种表现开始的。

郭排长去年才从部队复员回家乡参加农业生产，他有这样的思想境界，我很佩服。同时心里暗暗在想，部队能够培养出这样的好战士，的确是一个革命的大熔炉。

---

　　①　作者注释：爬坡，当时是指在进行"斗私批修"的过程中，要想获得极高的境界是不容易的。好比爬坡一样，越向上攀登越艰难。

　　②　何镇邦注释：当时盛行一种论点，即剥削阶级的旧思想，最集中最本质地反映在一个"私"字上面。

1970 年 7 月 16 日　　星期四

今天下午战宣队领导刘星同志传达了公社党委关于毛主席对文艺工作的最新指示，并介绍了喇嘛甸大队文艺宣传队的经验。这次传达使我们每一个宣传员都深受教育，一上午的时间每个同志都发了言，谈了心里话，讨论得很细致。对文艺宣传的方向、意义、目的更加明确，信心十足。自己是战宣队领导小组成员，这副担子没有挑起来，很不得力，不敢大胆负责，缺乏见问题就说的大无畏革命精神。

文艺工作是培养和造就千百万无产阶级革命事业接班人的一项重要工作。我们要大批文艺危险论，文艺没出息论，狠破名利思想，狠抓出风头、耍态度、闹情绪等苗头。

这次会议标志着我们将在今后的工作中取得更加可喜的成绩。

下面把近来排练的节目归纳一下：

歌舞：

1. 老三段①

2. 雪山顶上

3. 草原上的红卫兵见到了毛主席

4. 北京的金山上

5. 暮色苍茫看劲松

6. 毛主席呀，毛主席，心里的话儿告诉你

7. 红军不怕远征难

---

① 作者注释：这里指的是《毛主席语录》中的三段指示，内容为："领导我们事业的核心力量是中国共产党……"，"我们应当相信群众……"，"下定决心，不怕牺牲……"

吉林省梨树县喇嘛甸公社王家园子大队毛泽东思想宣传队全体成员合影，后排左二为作者

知识青年为支援春耕来演出

8. 延边人民热爱毛主席

9. 把心中的歌儿献给解放军

10. 从草原来到天安门广场

11. 送新兵

话剧和对口剧：

1. 李大娘家的血泪史

2. 父子先进

3. 接受再教育

小话剧：

1. 一棵苗

2. 赞爱国卫生运动

表演唱：

1. 歌唱苦战奋斗的红旗乡

2. 目前正当春耕时节

3. 综合运用毛主席的农业八字宪法

4. 五大嫂拣粪

5. 六个大嫂挖地道

天津快板和小快板：

1. 吐故纳新好

2. 备战备荒为人民（小快板）

群口词：

1. 一打三反【金春明考证：1970 年 1 月 31 日，中共中央发出《关于打击反革命破坏活动的指示》；2 月 5 日，中共中央又发出《关于反对贪污盗窃、投机倒把的指示》和《反对铺张浪费的指示》。据此开展的运动，简称"一打三反"。】

2. 节约用粮学习班办得好

小歌剧：

一筐鸡粪【张颐武点评：本篇日记中歌舞等节目单，读起来生动活泼，是"文革"时代文化生活难得的史料。】

1970 年 8 月 14 日　星期五

昨天下午从公社开完批斗大会回来，大队刘青副书记顺便把我叫去谈话，主要讲到在今后的工作中（包括宣传队、生产队、集体户）怎样起模范带头作用，如何再接再厉，加强团结，对我鼓励鞭策很大。

晚间宣传队又召开了生活会议，同志们发言很热烈，一直开到晚间 11 点多钟。有的同志的发言很有说服力，谈出的问题很尖锐，敢于进行头脑大搏斗，一针见血，刺刀见红，体现出个人思想境界的高度。这样的会议也是活学活用毛泽东思想的一种好形式、好方法，只要敞开思想，拧成一股绳，团结如一人，就能赢得更大的胜利。【张颐武点评：作者在本篇提到的"头脑大搏斗"、"一针见血，刺刀见红"和"个人思想境界的高度"等等，反映了当年抓思想教育工作的特点。】

1970 年 8 月 25 日　星期二

8 月 20 日到 24 日，我们宣传队先后来到太平大队、高家大队、彭家大队和辽宁省昌图县八面城公社徐家大队等五个地方。

一路上，我看到太平大队的干部坚决执行党的政策，勇敢拦截去八面城卖猪的牛车，不许他们进行资本主义交易的勾当。【张颐武点评：语句不多，却真实地描绘了当年"走社会主义道路与走资本主义道路的斗争"，发人深思。】

我还接触到徐家大队曾参加过八路军的彭书记，他以普通劳动者的姿态出现，一心一意为人民服务。高家大队的"五七"战士刘万会对我们无微不至地关怀，先后送了五壶茶水。

我们一天演两场，共 4 个小时，同志们都很疲乏。但由于加强领导，强调团结，坚持了天天学天天讲的制度，同志们都保持了旺盛的革命干劲，这是完成好任务的最根本的条件。我们队伍中有的同志得了重病，为了不连累大家，不叫一声苦，发扬了勇敢战斗的革命精神，终于带病坚持完成了宣传任务。

干部们坚决执行党的政策，勇敢拦截去八面城卖猪的牛车，不许他们进行资本主义交易的勾当。

1970 年 9 月 17 日　星期四

昨天（16 号）王家园子大队毛泽东思想宣传队的全体同志，为欢送我到新的工作岗位举行了一次欢送会。会议自始至终保持着团结胜利的热烈气氛，大队党支部、革委会及战宣队向我赠送了一座庄严的白色毛主席塑像。红心啊，在激烈地跳动，好几名同志热泪流淌，这是多么动人的场景啊！

鲁志达大哥对我提出了很有分量的 3 条意见：

1. 高举毛泽东思想伟大红旗，突出无产阶级政治；

2. 刻苦锻炼劳动意志，生活朴素，永葆劳动人民本色；

3. 在新的岗位上，努力争取继续做一名学毛著积极分子。

李影同学也提出在今后的工作中要克服急躁简单的坏脾气；张文琴同学提到要发扬在这儿的革命精神，永葆艰苦奋斗的作风；战宣队刘星队长提出要向焦裕禄学习，要锻炼敢想、敢说、敢做的大无畏精神，敢于创新路，创出一套经验来；战宣队副队长高中仁提的是思想上入党，行动上要有表现，理论联系实际，继续接受好工人阶级的再教育。

县委书记焦裕禄

最后，我激动地向每一位同志赠送了一枚毛主席像章。

【张颐武点评：欢送会的场面使人感动，也使人感慨。我们相信"我"真诚的激动，告别了这里后，不知"我"是否又曾经回到过这块土地？这里的今天是怎样的呢？那些分别之后的队友伙伴未来的命运又是如何？今天出版了这本日记，也引发了我们对日记中众多人物的好奇，他们也许只在日记中出现过唯一的一次，但却有着特别生动的真实感。因此，我们同样渴望了解这许许多多"陌生名字"的命运。】

1970 年 10 月 11 日　　星期五

昨天中午从郭家店回来，一步也没停脚，晚上队里又召开了社员大会——欢送我到新的工作岗位，赠送了我四卷宝书。

贫农老户长郭殿喜、贫协主席李向臣、老贫农代表宋兆荣、女社员代表宋玉兰、集体户女知青陈国彦分别代表老户长、队委会、贫下中农、知识青年讲了话，向自己提出了更高的要求。回来后集体户又接着开欢送会，一直开到深夜 1 点钟。

今天，进城的卡车就要开了，而我却迟迟不到。等在公社为我送行的母亲心急火燎，不断往我来的路上张望，见面后大发脾气。我说我给每户贫下中农送主席像章和语录去了，车老板又套车晚了，没想到车开得这么早。我刚爬上大卡车，车子就开动了。我从高处望去，见妈妈喘了几口粗气，然后转身放心地走了。

第七章 回城·上大学·巨星陨落

（1970 年 10 月 15 日至 1976 年 11 月 29 日）

1970 年 10 月 15 日 星期四

今天劳动局给我安排了工作。在城建交通革命委员会"支左"的解放军找我谈了话，直到现在心情仍不平静。顺便打开临行前贫农老大爷单吉庭赠给我的诗，往事不禁涌上心怀：

其一

　　高举红旗朝太阳
　　学得愚公笨拙方
　　曾经人民红炉火
　　顽铁如今变金钢

其二

　　愿为人民献青春
　　灵魂深处炼红心
　　祖国优秀好儿女
　　众口齐称白求恩

作者回城照

看到单吉庭大爷对自己的鼓励，心潮澎湃，也让我想起了他的女儿单玉琴。玉琴自幼没了娘，长得又瘦又小，一天书没念，我给她办家庭小课堂，她已学会了几百个字，可惜不能再教她了。如何干好今后的工作呢，对！写一份决心书，交给亲人解放军。

1970 年 10 月 16 日　星期五

今天下午张志学政委把我叫去谈话，他先肯定了我在农村时的成绩，并说因为我是党员，打字又属于机密工作，所以看过我的档案后，才把我留到了机关，今后最主要的还是加强和提高。

张政委说，先把我放到基层去，放到工人群众中去锻炼改造，带领群众活学活用毛主席的哲学著作，促进自己的思想革命化和科学化。革命化是科学化的基础，科学化是对革命化的促进。要善于在灵魂深处闹革命，防止主观性、片面性、表面性，认真接受好工人阶级的再教育；另一方面去基层蹲点，工作要泼辣大方，敢作敢为，不要过于缩手缩脚；另外不能只会埋头"拉车"，不会抬头"看路"，那样就会迷失方向。

1970 年 10 月 29 日　星期四

印度侵略军虽已预感到侵略中国不会有什么好结果，但令人不解的是，他们明明知道自己是鸡蛋，却为什么硬要去碰石头呢？其结果，当然要碰得头破血流。【金春明考证：中印本是友好邻邦，由于英国制造非法的"麦克马洪线"，把 9 万平方公里（相当一个福建省）的中国领土划归印度，而造成一个历史遗留的边境问题。1962 年印度当局错误估计形势，

企图用武力实现领土要求，我被迫实行自卫反击，取得胜利。但边界问题尚未解决，纠纷仍时有发生。】

还有，苏修在内外交困、走投无路的情况下，很可能要突然发动侵略战争。只要我们有了准备，就能恰当地应付各种复杂局面。不管帝修反哪一天发动侵略战争，对于一切敢于来犯的侵略者，我们将坚决、彻底、干净、全部歼灭之。【金春明考证：这是当时对中苏矛盾的一种估计，而且全国已进行了反击苏军入侵的准备，特别是东北地区首当其冲。】

1970 年 11 月 6 日　星期五

昨晚解放军张政委找我个别谈话，由于我是党员，经过基层蹲点的锻炼之后，先安排到保密室做打字员，然后准备安排到局团委做专职干事。

关于住宿问题，决定安排我与其他回城的知青一起住在房产处。好在房产处也归城建局管，打个招呼加进一个人就可以了。

同时，张政委还指出了我身上的缺点，说我有优越感和骄傲自满情绪，要将自己的一言一行提高到对人民负责、对党负责、对党的领导机关负责的高度来认识。特别强调的一点，就是无论何时何地都要把自己置于小学生的位置，和机关的同志们一起共同掀起学习毛主席哲学思想的高潮。

局里有一位解放军叫荆玉玺，三十五六岁，他在局保卫处当领导。他的性格特别乐观，与他谈上几句，常常令你掩口大笑。

今天下班后，保卫处的廖艳华大姐还特别向我介绍了她参加工作以来的体会，说要多靠近党组织，自觉主动地找工作干，平时与周围的同志多谈心，努力学习，加强改造，不要浪费年轻有为的好时光。

1970 年 12 月 2 日　　星期三

从农村回到城市，从集体户到机关，似乎一切很不平常，但实际感觉却平常得很。

如今每天坐在房内不停地敲打打字机，这个工作虽然比在农村干体力活要轻松一百倍，可不知道为什么，自己很不习惯，觉得老坐着太腻歪，老想站起来干点活。心想，老这么坐着打字，自己的头脑会不会停滞起来？每每用毛主席光辉哲学思想进行分析吧，好像又无话可说。

此外，自己渐渐由勤变懒了；由不怕吃苦渐渐往贪图享受上变；由特别要求上进渐渐变得能随大溜就行；由和贫下中农建立起深厚的无产阶级感情变得见了人无话说。

这一切变化，说明自己正在演变之中。记得以前自己批判过别人的这种思想，也瞧不起这种中不溜的人，而现在竟由看得惯到慢慢被同化了、服从了。

今天跟同是知青抽到机关工作的冯福凌和女大学生韩淑华谈话，对照人家的进步与目标，自己惭愧得很。仅仅两个月，思想上的变化多大呀！以前的誓言难道就这样去实现吗？

作者当打字员时照：新的起点

自己很不习惯，觉得老坐着太腻歪，老想站起来干点活。

1970 年 12 月 6 日　星期日

李玉和、杨子荣、方海珍、郭建光、洪常青等一系列工农兵英雄形象，他们是在我国长期、激烈、艰苦、复杂的革命斗争中涌现出来的千百万无产阶级英雄人物的典型代表，"壮志撼山岳，雄心震深渊"，"立下愚公移山志，敢叫日月换新天"。在我们这些英雄们的身上，鲜明地体现了以毛泽东思想为伟大旗帜的新时代的特征。

1970 年 12 月 7 日　星期一

今天中午市里下达通知：参加今冬明春斗批改的全体成员，下午到市生产指挥部会议室开会。

会上听了王亚茹、李长富、相明、郭生等同志的典型事迹介绍，既受感动又受教育。一位姓曲的同志还进行了忆苦思甜，回忆了旧社会。他说，当年父亲只因想过一个痛快年而卖了几斤麦子，后来被日本人打成经济犯，最后关进去被活活打死。

事迹介绍生动、具体、活泼，使到会的同志们明白了为什么不急于进点（斗批改的点）、而要把大家集中起来集训7天；为什么说要解决"老大难"，就必须先解决思想上的"老大难"。

1971 年 1 月 5 日　星期二

元旦放假两天，我见到了杨艳华。她告诉我，自我走后，户里去年

《红灯记》剧照

《白毛女》剧照

革命样板戏集锦

《沙家浜》剧照

《智取威虎山》剧照

开春养的那头猪长得可肥了，肥得眼睛都陷进去了。年前杀了这头猪，眼瞅着挂起来的肥肉就往下淌油。另外，今年户里分到的粮食很多，而谢立群和我又抽走了，既然余粮多，有时就拿着高粱米换豆腐吃。我说开春以后又要刨茬子、踩格子了，不知道今年春天是不是还让咱们知青用小锄把儿间高粱苗。记得有一天杨艳华蹲得时间长了，累得吃饭上不去炕。她说，最初队里怕知青用大锄头铲地伤高粱苗，就让用小锄把儿，估计今年间苗还得用小锄把儿。

杨艳华同学照

1971 年 1 月 14 日

1970 年过去了，这一年我入了党，回城当上了打字员。

【张颐武点评：总结过去的一年，作者认为有两件事对她很重要：入了党，是她获得重大进步的标志，而回城则是改善生活境遇的第一步。其实，无论什么年代，人们改善自己处境的愿望都是一致的。】

今年的 7 月 1 日是党诞生 50 周年纪念日。今晚 6 点，机关党支部召开了全体党员会议：1. 讨论党内纳新事宜；2. 进行机关"四五好总评"；【何镇邦考证："四五好总评"，1961 年 1 月，根据林彪对部队工作的指示，中国人民解放军总政治部决定开展"四好连队"和"五好战士"的评比活动，简称"四五好总评"。"四好连队"是：政治思想好、三八作风好、军事训练好、生活管理好；"五好战士"是：政治思想好、三八作风好、完成任务好、军事训练好、锻炼身体好。这一评比活动后来发展到了地方。】有 9

名同志被评为五好战士，另有几名同志受到表扬。军代表、政工组组长张志学代表支部指出我工作较为泼辣，下去蹲点任劳任怨，在劳动上勇于挑重担，和男同志一样干。

第一次参加党内生活会，让我感受到党内生活的温暖，体会到党组织对党员在政治上的关怀。总评后又学习讨论了实践第一、人的因素第一和内因与外因的关系。

1971 年 1 月 22 日

星期三（20 日）下午，机关同志看了电影《红旗渠》①，大家被河南省林县人民"劈山造渠、愚公移山、改造中国"的雄心壮志所感动。回来之后，干部们参加装煤运煤劳动。行动是思想的试金石，在林县人民"要把河山（太行山）重安排"的硬骨头精神感召下，大家纷纷拣重担挑。【张颐武点评：红旗渠是当时自力更生和艰苦奋斗的象征，后来拍的电视剧也曾经有过不小的影响。当时中国的封闭环境，特别需要这一类的在极度困难的条件下顽强奋斗的典型，这在当年也确实起到了激励的作用。】

---

① 王海泉注释：电影纪录片《红旗渠》，反映河南省林县人民在太行山东侧林县境内修建的引水灌溉工程，1960 年年初动工，1969 年初步建成。在太行山悬崖绝壁上盘山开渠、穿山越谷。劈开山头1250 座，凿通隧洞180 座，架设渡槽155 条，共挖土方（石）2500 多万立方米，修成总长近2000 公里的引水渠。沿渠还修建了中小水库300 多座、提灌站200 多座、水电站52 座。灌溉面积达60 多万亩，解决了人畜用水困难，还为工农业提供了电能。

1971 年 2 月 3 日

　　昨天上午机关同志到市礼堂听市革委会副主任周煜做"批清"运动的动员报告。【吴福辉考证："批清"运动：此简称在"文革"十年全过程中一直使用，但经查，从来没有在中央文件或报刊上严格定义过，所指弹性甚大。在"文革"中期，"批"应指"批陈（陈伯达）整风"，也称"批极'左'思潮"。1970 年八九月，在庐山党的九届二中全会上，陈伯达配合林彪制造了"称天才"的材料，遭毛泽东的严词批判。"清"是指同年中央部署的"清查'五一六'反革命阴谋集团"的事。那个日子，政治运动一浪高过一浪，政治词汇让人眼花缭乱：如"批"，可指批刘少奇、批林彪、批孔夫子、批周公、批邓；"清"，可指清理阶级队伍，清理得也没完没了。至于日记里具体的"批清"一语，考证 1970 年中共中央 20 号文件，有案可查，文件是"中发［1970］20 号"，时间是 1970 年 3 月 30 日，文件全称《中共中央通知（关于清查"五一六"）》。转过年到 1971 年初贯彻到基层，时间上也恰好吻合。】中央首长十分重视"批清"，周煜副主任传达了1970 年中共中央 20 号文件，文件说："一定要把'五一六'分子肃清，一个也不要漏掉。"【张颐武点评：说起清查"五一六"，这在当时是一件风声鹤唳的大事，也曾让很多人处于非常紧张的状态。在远离中心城市的小城市里，居然也有如此规模的动员大会，其清查面的宽泛由此可见一斑。】

　　"五一六"集团是一个反革命阴谋集团，人不多，手伸得却很长，手段阴险，影响很坏，破坏性极大。【何镇邦考证：1966 年 5 月 16 日，中共中央发出关于开展"文化大革命"的通知，称为"五一六通知"。自通知公开发表后，北京出现了一个群众组织，名曰："首都五一六红卫兵团"。该组织人数很少，打着贯彻通知的旗号，秘密建立组织，开展秘密活动。1967 年 9 月 8 日，毛泽东在《人民日报》发表的姚文元《评陶铸的两本书》一文中加入一段话，指出"五一六"的组织者和操纵者，"用貌似极左、实质极右的口号，刮起'怀疑一切'的妖风"，企图"炮打无产阶级司令部"，是一个"搞阴谋的反革命集团"，应予彻底揭露。没用多长时间，这个反动组织就被清查出来，为首分子被公安机关逮捕，问题基本上得到解决。随后，有人借清查"五一六"之机，极力夸大这一组织的力量，任意扩大清查范围，借机把反对他们的干部、群众也打成了"五一六"分子。】

　　下午，党支部召开党团员动员大会，号召党员同志在"批清"运动中起先锋模范作用，站在斗争第一线，站在党性和党的政策的立场，用实际行动保卫毛主席，保卫红色政权，保卫伟大长城，保卫无产阶级文化大革命的胜利成果。经过"批清"，刘少奇黑司令部的一、二两套班底将被彻底粉碎。

吃忆苦饭

1971年3月2日

三天来，我们凭吊了辽源矿工墓和四平市北山烈士墓，听取了王兴本、谭金张两位老工人的忆苦报告，受到了一次活生生的阶级斗争和路线斗争的教育。

谭金张老工人从罪恶的万人坑里死里逃生，全家四口人都惨死在方家坟，连尸体都被狗吃了。在这次"文化大革命"中，他带领革命群众开展对敌斗争，敌人三次企图暗害他、枪杀他，他都毫不畏惧。在中国人民解放军的帮助、支持、保卫下，工人阶级立场更坚定了，"权"掌得更牢了。

毛主席指出："这次无产阶级文化大革命，对于巩固无产阶级专政，防止资本主义复辟，建设社会主义，是完全必要的，是非常及时的。"

如今革命群众把方家柜大大小小的把头揪了出来。解放后，这些人乔装打扮，用各种手段混进了国家的要害部门：方成的侄子进了中央水利部门，伪报贫农，不仅入了党，还担任了××组的领导；另一个把头混进了大庆油田，当上了干部，历次运动都没人给他贴一张大字报；还有一个把头还担任了某矿务局的一把手，叫嚣什么：过去方家柜是咱说了算，今天还是咱说了算。他们密谋串连，妄图夺取辽源市公安局，准备迎接蒋介石反攻大陆。【张颐武点评：方家柜一类的事情代表了当时的政治动向。以阶级斗争为纲，大事小事都要上升到阶级斗争这个高度来认识。】

毛主席的革命路线永远是革命人民的生命线、幸福线。

1971年4月2日

清晨，广播里传来中国乒乓球获得男子团体赛冠军、女子团体赛亚军这一振奋人心的好消息。【何镇邦考证：1971年3月28日在日本名古屋举办的第31届世乒赛上，中国男、女乒乓球队获得了优异的成绩。正是这一届世乒赛，揭开了"乒乓外交"的序幕，为中美外交打破坚冰走上正常化作出了巨大贡献。】我国已经有5年没参加国际比赛了。在经历了"文化大革命"之后，这个胜利向世界人民展示了中国人民的崭新面貌，以及"文化大革命"所取得的伟大成果。

几天来，"批清"运动进入到大批判阶段，每天晚上都开会到八九点钟。通过揭、摆、查、辩，大家认清了"五一六"分子在四平市制造的种种反动观点：

1. 矛头向上，向上就是大方向；①

2. 当前运动发展的大方向，是揪出军内一小撮走资派。揪出军内走资派②，就是最大的拥军；

3. 四平两派的斗争是革与保的斗争，不能调和。

【吴福辉考证："五一六"原指1967年"文革"初起的时候，"首都五一六红卫兵团"开始从事秘密活动，人数不多，面目极"左"。1968年中央成立清查"五一六"专案组，到1970年清查进一步扩大化。既然是秘密组织，单线联络，"破获"也就神秘兮兮，谁只要莫须有地被扣上一顶"五一六"阴谋集团分子的帽子，清晨还正常出门上班，到晚上就成了地下反革命了。】

---

① 王海泉注释：矛头，特指批判斗争；向上，指上级领导。"矛头向上，向上就是大方向"，是"文革"中出现的煽动无政府主义的口号。

② 何镇邦注释：1967年"文革"发展到"全面夺权"和"全面内战"的白热化阶段，群众造反组织开始揪斗"军内一小撮走资本主义道路的当权派"。后来，这种思潮受到毛泽东及"无产阶级司令部"的申斥，凡参加过"揪军内走资派"活动，或有过类似言行的人，大多遭到清算和处理。

1971 年 7 月 1 日

1921 年 7 月 1 日，中国共产党在上海举行了第一次全国代表大会，如今党迎来了她 50 周年的生日。作为一名新党员，我要认真学习党史和党内两条路线斗争史。

今天，《人民日报》《解放军报》《红旗》杂志均发表了长篇社论，社论深刻全面地论述了中国共产党建党 50 年来的历史经验：

一、坚持武装夺取政权的道路；

二、坚持无产阶级专政下的继续革命；

三、重要的问题在善于学习。

社论说：50 年来，党战胜了陈独秀、瞿秋白、王明、李立三、张国焘的"左"倾机会主义路线；战胜了高岗、饶漱石、彭德怀的右倾机会主义反党联盟；经过长期斗争，今天又粉碎了刘少奇的反革命修正主义路线。我们的党正是在两条路线的斗争中、特别是在战胜了对党危害最大的陈独秀、王明、刘少奇三个反党集团的斗争中，巩固、发展和壮大起来的。是毛主席的马克思列宁主义路线，引导党和人民转危为安，从小到大，由弱到强，从失败走向胜利，直至取得今天这样的成就。

1971 年 10 月 22 日

1971 年 10 月 18 日，机关全体党员参加了由市委统一组织的学习班——揭批林彪反党集团，先是集中听传达，然后回单位学习消化。

学习班历时 7 天，今天是第 5 天。大家的情绪和认识正像一位领导同志所说："只有仇恨入了心，热爱才能扎下根。"

5 天来，党员干部义愤填膺、怒火万丈，狠批林贼仓皇出逃、狼狈投敌、叛党叛国、自取灭亡的卖国行径。

在讨论中，大家提高了对突然和必然两者之间关系的认识。林彪并不是什么常胜将军，也不是"一贯紧跟照办"的典范，更不是什么"最好的学生和接班人"，而是一个地地道道的赫鲁晓夫式的人物，是典型的反革命两面派。

多年来，林彪采取了贪天之功为己有的种种卑鄙手段，骗取了党和人民的信任，窃取了党政军的重要职务。从一开始反党、反九大团结胜利的路线，到秘密纠集死党，阴谋另立中央，妄图发动帝修反帮助国内打内战，最后竟发展到策划谋杀毛主席这一现行反革命事件。毛主席洞察一切，明察秋毫，再一次战胜了林彪这个最隐蔽、最狡猾、最毒辣的资产阶级野心家和阴谋家，及时挖出了这颗定时炸弹。【张颐武点评：林彪事件是当代中国震撼力最大的事件之一，看王朔的《致女儿书》便可知道林彪事件对于当时社会的冲击力，以及在全党全军全国引起的巨大的波澜。对于林彪事件，作者做了大段的记述，当一个不可触碰的神圣的东西在一夜之间轰然倒塌，一个年轻的女性在感受到心灵震颤的同时，即刻响应党中央的号召，拿起笔做刀枪，开展革命的大批判，同时一次次地向组织表决心。这篇日记平实、客观，反映出那个年代人们的思维方式和鲜明的战斗意志。】

1971 年 11 月 3 日

为了把"揭批林彪反党集团"推向深入，党组织要求机关党员干部要与基层广大党员、革命干部、革命工人在一起，揭批林彪及其死党叛党叛国的滔天罪行，大讲毛主席无产阶级革命路线的英明正确和这场斗争所取得的伟大胜利。

前天我来到局系统所属的汽车公司，大胆地开展了工作，与职工一道，学习了中发〔71〕3 号、4 号、77 号等 7 个文件，并积极发言，谈认识，谈体会。干部职工纷纷表示，这场斗争关系到党和国家的存亡，在两个阶级、两条道路、两条路线的激烈斗争中，从政治上要划清界线，从思想上要转好弯，从感情上要决裂，"三个觉悟"[①] 要提高。

打倒林彪、陈伯达、黄永胜、叶群、吴法宪、李作鹏、邱会作！

誓死保卫毛主席！誓死保卫党中央！

1972 年 5 月 20 日

作为青年党员，受组织的委派，我结束了保密室的打字和收发工作，被分派到局团委做共青团工作。

昨天，我和张春荣同志作了交接，结果证明，一年来的工作基本称职。作为一名党员，在党内斗争的重大事件上，态度鲜明；在管理批林彪、批陈伯达等一系列文件方面，没出任何差错，心操得值得。

影片《大有作为》唤起了我对农村两年战斗生活的回忆。我和影片中的青年榜样们有一点是相同的，那就是在农村"三大革命实践"[②] 中加入了中国共产党。今后就要从事共青团的工作了，要谦虚谨慎、戒骄戒躁，紧紧地依靠党组织，完成好组织上交给的各项任务。

---

① 王海泉注释："三个觉悟"，应指阶级、思想和作风三个方面的觉悟。

② 王海泉注释：1963 年，毛泽东在浙江省农村干部参加劳动的七个材料上写下批语，提出阶级斗争、生产斗争和科学实验，是建设社会主义强大国家的三项伟大的革命实践。基层开展上述三项工作往往称之为"三大革命实践"。

1973 年 1 月 10 日

机关 1972 年度的年终评比结束了。我被评为"四平市及城建系统先进工作者",很快还要出席"四平市先进生产（工作）者代表大会"。

我是一名在红旗下成长起来的青年，对于这项突如其来的荣誉，我深感意外，同时也感到光荣和自豪，它将成为激励我继续前进的巨大动力，争取在 1973 年迈出新的更大的步伐！

1973 年 2 月 20 日

1 月 15 日至 19 日历时 5 天的"四平市第十一次先进集体和先进生产（工作）者代表大会"胜利结束，5 天来带给我的是喜悦、兴奋和激动。

首次参加如此隆重的"群英会"，与数百位来自工人阶级和贫下中农的劳模们一起开会，让我开阔了眼界，强烈的荣誉感让我豪情焕发。劳动模范们的崇高思想和光辉事迹，深深吸引、感动着我，心中充满着对党、对毛主席、对社会主义祖国的无比热爱之情。

毛主席教导我们："等到明年再开劳动模范大会时，努力做出更大的成绩。"组织上给自己的荣誉很高，这一点要有自知之明。【张颐武点评：参加"群英会"，交流各方难得的经验，在物质十分匮乏的时代，这种精神的力量不可小视。荣誉给年轻人带来了蓬勃的朝气，鼓励的作用非常见效。】

出席隆重的"群英会"，强烈的荣誉感让我豪情焕发。

1973 年 3 月 10 日

部队、地方"合属办公"成为了历史

近期军代表即将撤离城建系统，返回部队工作。伊海峰、张志学两位领导参加"三支两军"^①已有几年了，为城建系统革命和生产的发展贡献了力量。进、出都是党的决定，也是形势发展的需要。

3月8日晚，局里召开了欢送会，局系统所属单位的一把手和全体机关干部参加了会议。会上新上任的张万琨局长、周庆明副局长、宋金波副局长

光荣地完成了"三支两军"任务

① 王海泉注释：1967年1月23日，中国人民解放军根据中央决定，介入地方"文化大革命"，进行"三支两军"。"三支两军"中的"三支"是指：军队支左（支持当时被称为左派群众的人们）、支工（支援工业）、支农（支援农业）；"两军"是指军管（对一些地区、部门和单位实行军事管制）、军训（对学生进行军事训练）。

等领导同志先后发言。昨天下午，局政工组又专门开会欢送军代表张志学同志。会上，曾宪林、葛同海、刘瑞琪的发言很感人，他们回忆了与军代表朝夕相处、一同工作的美好时光，谈到了军代表对同志们政治上的培养、思想上的教育、工作上的指导，表示今后将用通信的方式继续保持联系。

昨晚一把手伊海峰主任恳切地向我指出：你照初来时进步很快，机关同志普遍反映不错，但还应看到自己成长一直很顺利，从家庭到个人，许多方面很优越，这样就容易产生优越感。群众越是称赞我们，我们越是要谦虚谨慎，正确对待已经取得的成绩和荣誉。

我想，人家很快就要离开地方了，依然不忘关心、指导年轻同志，这种品格和作风让我深受感动。【张颐武点评：运动的轰轰烈烈和无政府主义的蔓延，造成了社会秩序的长期混乱，军宣队的进驻与撤出，在当时是一个全国性的现象。当年以及在相当长的一段时间内，人们还来不及深刻思考产生这一现象的社会根源，但有一点可以肯定，这次大规模的撤离，标志着混乱、动荡的"文革"时代已接近尾声。】

1973 年 4 月 19 日

昨天是星期日，下午 1 时半左右，新上任的张万琨局长找我谈话，让我谈谈机关组与组①、局机关及基层单位的大致情况，以及个人在机关工作的收获和体会。

最后张主任指出，本人条件很好，家庭条件也很好，今后做青年工作既能接触群众，又能接触上级机关，要多和群众打交道，多找上级领导汇

---

① 作者注释："文革"十年，中央有个机构叫"文化革命领导小组"，当时局机关各部门也均以组相称，如政工组、秘书组、生产组、保卫组……负责人称为组长或副组长。

报工作，要多吸取积极因素，坚持原则，坚持真理，勇于斗争，不做"老好人"。【吴福辉考证："老好人"，据《现代汉语词典》1996 年修订第 3 版，此条目的释文如下：脾气随和，待人厚道，不得罪人。而这里我们将"老好人""不得罪人"的词义加以引申，特指那些在政治运动中害怕大风大浪，行动上不能"斗"字当头，不敢坚持原则、坚持真理、坚持斗争，奉行阶级调和的人，在当时显然是带有贬义的，这种人你就该好好进行"思想改造"了。】

1973 年 4 月 26 日

韩中午和于桂琴两位领导一直负责局机关团的工作，近期韩组长要调到新的单位任职，昨晚 7 时左右，我去了他家，去后，他及家属待我很热情。在谈到团的工作的时候，他作了 5 点指示，回家后写在日记里，以便在今后工作中遵循：

一、"三会一课"①，思想建设，组织建设；

二、紧跟党的中心工作开展团的工作；

三、典型最有说服力，要抓好典型，以点带面，指导、推动全面工作；

四、抓好骨干，树立优秀团干部和优秀团员；

五、勤学，勤问（请示汇报），勤做。

韩组长指出：就你个人现有条件看，将来独立工作是完全有可能的，相信在政工组副组长、团委书记于桂琴同志的培养和带动下，会逐渐地胜任工作。

---

① 　王海泉注释："三会"，指定期召开支部党员大会、支部委员会、党小组会；"一课"，指按时上好党课。

1973 年 5 月 2 日

今年的红五月同往年一样，春暖花开，就是时常刮起风沙。

5 月 1 日，在家吃了大米饭和饺子，睡了两宿热炕头，驱走了前几天不知何因引起的小感冒。

5 月 2 日，10 点左右，原集体户的同学（张胜利、王彦东除外）来家里找我，我们坐上一辆汽车，一路谈笑着就到了喇嘛甸公社王家园子二队。

汽车把我们载进队部的大院，我们跟一个个熟悉而且张口就能叫出名字的社员亲切地打着招呼，和女社员们热烈地拥抱、嬉笑，仿佛我们并没有离开二队，而是回家住了些天，或是出了趟远门，如今又回来了。我和老户长、入党介绍人郭殿喜和王凤大爷，以及贫协主席李向臣大爷，还有郭正奎大爷、李金柱二哥等一一交谈，之后挨家串户地走了十几家。

临走前，我们来到了二队的集体户，与陌生的知青们促膝交谈。其中有一位我认识的女知青，她是市委干部子女。她母亲叫高桂英，与我的母亲很熟悉、很要好。我与她招手告别时，她哭了，估计是想她的爸爸妈妈了。离开了新的知青群体，不禁引发我好一番感慨。5 年前当我们走进这 3 间大屋子的时候，跟他们一样，也很小、很幼稚，记得那时候我才 16 岁。一个 16 岁的女中学生，要学会用柴火做大锅饭；嫩嫩的小手要学会刨茬子；与其他 4 名女同学一样，要适应睡觉时会有小昆虫爬进爬出的硬土炕；一走一晃的"柳条腰"，要挑起沉沉的两大桶水。

"革命事业的接班人是在群众斗争中产生的，是在革命的大风大浪中成长的"，走与工农相结合的道路是青年的必由之路，也是唯一正确的途径。青年学生走进广阔的天地，接触广大农民，必然会产生来自于社会实践的思想感情和自我约束的政治觉悟。这次集体回访，凝结着知识青年上山下乡的丰硕成果，对我们、对社员、对新入户的知青都是一次教育和鼓舞。【张颐武点评：当时的知青们就已经懂得到第二故乡去怀旧了。这种怀旧也将超越时空，抑或在多少年里，乃至在长达几十年的时光里，"怀旧"都会在他们的生活中发挥作用。究根溯源，当年的上山下乡，因其脱离了中学生正常的成长轨道，所以打下的烙印也就格外深刻。】

1973年5月3日

为迎接"五四"青年节，今天局团委组织全局在册的共青团员到四平山门去野游、打靶。

风和日丽，天遂人愿。局里出了一辆小轿车，张万琨局长、宋金波副局长亲临现场助兴。砖瓦厂、房产公司、市政工程处各开出一辆大卡车，汽车公司开出一辆公共汽车，人车齐备，浩浩荡荡，直奔山门。

局领导一下车，团员们立刻围拢上来。大家的情绪本来就很高，一见局领导来了，更显得兴高采烈、意气风发。

在局武装部和全体团委委员的配合下，打靶活动开展得很顺利，射击成绩令人满意，没有发生任何事故。

打靶之后开始拔河、击鼓传花、找宝、猜谜，青年人好动、好胜，输了的想赢，赢了的还想赢；不管是输是赢，大家一直欢歌笑语。

本次野游证实了一点：只要思想教育和组织措施得力，团员们有觉悟，守纪律，知情达理，基本达到了预期的目的。局团委委员赵立功说得好："一次活动组织起这么多人，要求人人规规矩矩，不出一点格，客观上讲不大可能。"

实践证明，只要局领导重视，充分调动团委委员和基层团组织的积极性，就没有克服不了的困难，就会开展顺利的局面。

1973 年 6 月 27 日

6 月 15 日（星期五），上级通知我与房产处的史颜良书记、中层干部王桂臣、笔杆子赵立功等，共 5 名同志去加气板厂蹲点。中央、省、市三级领导对加气混凝土的研制非常重视，据说除北京外，目前全国仅有四平这一家在搞土法上马。成功与否，是个路线问题，因此意义非同寻常。

前不久，因主攻质量关，老工人于得和从楼上摔了下来，为研发工作摔瞎了一只眼，令人痛心疾首。至今，购买单位寥寥无几，实际上是在等、看、默默地拒绝。此外，厂内职工意见不统一、不团结，也影响了革命和生产的进展。

1973 年 8 月 11 日

近半个月的蹲点暂告结束。

自去年开始，国家恢复了大学招生。今年上级又分配给我局两个上大学的名额，一个给了局机关，另一个给了房产处，学校是哈尔滨建筑工程学院。由于局机关小青年就我一人，局里把名额给了我，房产处的名额给了上海返城知青顾国强。

前天，政工组 10 名同志开会，为推荐我上大学进行群众评议。大家的发言证明了一点：我 3 年来的表现，领导和同志们心中都有数。【张颐武点评：女知青回城后，得到了一次上大学的机会，这在当时是极为难得的。既有其表现突出的一面，也有人际关系非常重要的一面。】

为了迎接统一的考试，我过起了忙碌的复习生活。抱着只能成功不能失败的信念，不分昼夜，埋头复习中学学过的数学、语文和英语的课程，尝到了读书的艰辛。整个复习过程紧张、有序，期间，上海知青钟英杰、夏振兰、龚玮、顾国强，还有兰玲姐，都帮我温习功课；集体户的孟秀华同学也伸出了友谊之手；我还从张锡武、张锡久、孙继胜、石永太、张守芳姨那里借书、借资料，很多人都叫我麻烦到了。

1973年8月22日

昨天，我去团市委办理工作交接手续，组织组佟明珍和周广生出面接待了我。"资金、收据分文不差；来龙去脉，一清二楚"，听周广生同志这么说，我感到很骄傲。

做团的工作时间不长，毕竟是历史的一页，向党的事业负责，向自己的历史负责。回到机关，我在办公桌前坐了许久，怀着十分欣慰的心情向共青团工作做亲密的告别。【张颐武点评：责任感是人生非常重要的好品质，这里引发的自豪是值得的，文章凸显出作者当年的豪迈情怀。此外，作者即将转换人生的跑道，新的生活即将开始。作为人生转折的一个重要关口，确实值得总结，值得纪念。】

1973年8月30日

8月24日至28日，党的十大隆重召开。会上周恩来总理作了工作报告，王洪文同志作了修改党章的报告，会议选举产生了老中青三结合的新的中央委员会，标志着党的事业兴旺发达、后继有人。

会议一致通过了永远开除资产阶级野心家、阴谋家、反革命两面派、叛徒、卖国贼林彪的党籍；永远开除林彪反党集团的主要成员、托派、叛徒、修正主义分子陈伯达的党籍，拥护对其主要成员采取的决定和措施。

这次大会是团结、胜利、朝气蓬勃的大会，受 2800 万党员的委托，带着全国人民的心愿，来自全国四面八方的党员代表，幸福地和伟大领袖毛主席在一起，团结、紧张、严肃、活泼地开展了工作。

1973 年 9 月 28 日

9 月 26 日下午 5 时许，刚刚经过房产处宿舍（我平日的住宿处）的大门，就听值班的王大爷招呼道："小张，有你一封信，是和顾国强的信一起送来的。"

乍听说有我的信，有点犯疑，私人信件一般都寄到局里啊。待进屋拆开信封一看，啊！是天天盼的大学录取通知书来了！我被哈尔滨建筑工程学院二系暖通专业录取了，毋庸置疑，顾国强肯定也被录取了。

我忘掉一切地往外跑，就听王大爷说："看把你乐的！"

"那天考题出得并不难，我估摸我的成绩能在及格以上。"回到寝室，我对上海女友龚玮说，"考前最怕的是数学。开考后，一看题目，让解一元二次方程和二元一次方程组，里面要用到通分、因式分解和合并同类项什么的。"龚玮笑道："你是初二的底子，顾国强是高一，那他答题就更没问题了。"我点了点头，兴奋道："龚玮，不多说了，我得赶快去局里。"说着，三步并作两步，推开外门直奔机关而去。

宿舍与局机关相距半里路，我恨不得一步踏进局里，尽快把消息告诉大家。片刻之后，政工组即刻热闹起来，大家纷纷站起来向我表示祝贺。

27 日下午，组里召开欢送会。会上，于桂琴、曾宪林、葛同海、于宝昌、李金中、张贵、于国臣先后发言，一部分人称我为"新蚕同志"，也有说成"这孩子""小战友""小青年"的。大家指出我肯学习，生活朴素，工作泼辣，为人正直，希望上大学之后，防微杜渐，再接再厉，勇于克服学习上的困难，为造就宏大的无产阶级知识分子队伍贡献一份力量。

1973 年 10 月 5 日

昨天兰玲姐帮我收拾行李忙了一天。傍晚，爸爸妈妈下班后也特地赶到房产处宿舍来看我，鼓励我上大学后好好读书、不断进步。

今早上班时间刚到，我就赶到了局里。至 8 点 30 分，我将乘 17 次直快列车直达哈尔滨。

张万琨局长向我询问了有关上大学的事宜；李景义副局长不知从什么地方拿出一个大本子送给我作纪念；宋金波副局长一看，也从保密室张春荣手里要了个本子送给我；付永春副局长走出局办公楼，他手推一辆自行车，驻足回头对我说："小张，你就要走了，我可要骑车到市里开会去了。"

宋金波副局长、团委书记于桂琴、政工组的葛同海、曾宪林，以及同寝女友龚玮、夏振兰、李凤秋等都到车站为我送行。

列车缓缓启动，站在车窗口，我向送行的人们挥手告别，我看见每个人的脸上都带着微笑。很快，他们的身影在车窗口消失了，剩下的是渐渐分散开的人流、冷冰冰的石灰地和大小不一的站牌。我突然感到嗓子眼儿发紧，眼泪流了出来。【张颐武点评："告别"不可小视，其实凡是过来人，都会有这样的体会：一个人的人生道路，既短暂又漫长，只有经历了许多次的告别之后，才有可能真正走向成熟。】

1973 年 10 月 30 日

10 月 6 日上午，我与顾国强去松花江商店逛了一圈。他告诉我，他也在二系，但专业与我不同，他分在了给排水 73—2 班。

下午，二系的新生进大教室集中学习了批林批孔材料。至晚，重新分配宿舍，我住进了女生宿舍楼 4 楼 405 号房间。

7 日星期日，伏案一气写了四五封信，先写给父母亲和家人，然后写给城建局的同志们。

8 日休息。

9 日检查身体，合格后才能注册学籍。体检时，我心里有点紧张——身体可千万别出什么岔子啊，如果被打发回去，那可就没脸见人了。

10 日傍晚，我暖通二班全体同学奔赴郊区新兴公社。到公社后，我们 6 人（三男三女）又去了车朴大队第二小队，晚上住在一位叫刘忠诚的老大爷家。我们将在第二小队住上 15 天，白天下地劳动、宣传、走访，接受生产斗争和革命传统的再教育，晚间向社员宣讲"十大"会议精神。

我们 3 位女同学跟刘大爷的老伴、女儿淑艳睡在一个炕上。淑艳的母亲快 60 岁了，每天要为我们做三顿饭。晚上散会后，男同学帮助房东挑水，女同学主动做些家务活。日子一多，我们和房东处得就像一家人。睡觉前，男女同学聚在热炕头上聊天，讲故事，尽管还互为陌生，但新的大学生活，已经把大家的心紧紧地贴在了一起。

在淑艳那里，我看到了几本书，书名是《政治常识》《林海雪原》《你知道吗》，还有一篇茅盾评论《青春之歌》的文章。

从前做梦都想成为一名大学生，现在终于跨进了大学的校门，于是又想追求更高的东西。回校后，接到了妈妈的一封来信，妈妈来信提醒得很及时："花开花落几日红？青年人容易幻想，实现了，就容易想入非非；实现不了，就感到痛苦，就打不起精神。"【张颐武点评：简述上大学之后的第一个月的生活，感悟新的人生跑道。作者翻看的那几本书，反映了当时农村青年的文化状况。"文革"初期，《林海雪原》遭到了批判，之后虽然没有再版，但已不再列入禁忌书之列。】

1973年11月8日

今日一早，给排水73—2班贴出了一张大字报——向修正主义教育路线开火！文中一开始引用了周总理在"十大"工作报告中的讲话——要把上层建筑领域的斗、批、改搞好。作为新入学的工农兵大学生，把哈尔滨建筑工程学院的事情办好同样重要。

大字报还引出上海师范大学两位毕业生毕业前夕的感言，同时指出：目前工宣队虽然进驻了哈建工，但尚未发挥出应有的作用；资产阶级知识分子仍占据大学的重要位置；"智育第一""百分加绵羊"的无形枷锁依然有形、无形地显现出来。

一张大字报犹如一颗信号弹和一条动员令，不足一天，积极响应的大字报先后贴了出来：

"在潜移默化的'智育第一'的修正主义教育路线的毒害下，工农兵中的一部分优秀分子，也渐渐失掉了劳动人民的本色。他们对政治不闻不问，一心想走旧的老路，那是一条极其危险的路，时代潮流不允许我们走那条路。工农兵学员要敢于反潮流，反潮流是马列主义的一个原则。"

"即使我学习成绩不好，我也要当一名教育革命的铺路石……"

"不能光低头拉车，不抬头看路。上、管、改的任务艰巨而重大，应首当其冲在大学开展教育革命……"

看到这些大字报，思想上很矛盾。在我的潜意识里，觉得太多的政

大字报一隅

教育要革命

工人宣传队进驻北京地质学院

作者入学后照于哈尔滨建筑工程学院大楼前

治活动不大适合工科院校。虽说自己并不喜欢工科，但因上学前在城建口，上边对口下达的指标就是建筑大学，并不由个人选择学校和专业。自己的底子是初中二年级，内心最担心的就是学习成绩。一旦"打狼"①，人前一站，丢人现眼，其他方面，想硬也硬不起来。因此想扎下心来，一门心思搞功课。而今看了大字报，扪心自问：大字报所批所指是不是在说自己呢？你是不是也想走不问政治、埋头业务的白专道路呢？【张颐武点评：日记写得很生动，看过大字报之后引起了作者复杂的心理变化。大字报是那个时代的时髦品，到"文革"后期已经没有前期那么抢眼。作为技术院校，本该大胆任用专业人才，但又不甘心完全放手、大胆使用他们，这也反映出"文革"自身难以解决的矛盾和冲突。不能不用，又不敢重用，这样的困境对于老知识分子来说恐怕并不陌生。】

1974年元月1日

今天是元旦。

昨天下午教室里披上了节日的盛装。6点30分始，37名同学团团围坐成一个大圆圈，大家唱歌、吟诗、猜谜、畅谈、表演、祝辞，八仙过海、各显其能，同学们沉浸在欢乐的海洋里，你说我笑，一直闹到凌晨1点。

听了大家的发言，我才知道，37名工农兵学员来自五湖四海——有来自大庆油田的职工；有来自黑龙江生产建设兵团的上海知青；有来自北京部队和沈阳部队的中下级军官；有参加过珍宝岛战役的复员转业军人；有来自农村的女拖拉机手；也有来自延边朝鲜族自治区的少数民族。

---

①　作者注释："打狼"，即指学习成绩为最后一名。

猜谜语，我猜到了二个："酥油炸豆腐（打一三国人物）——黄盖""工人干劲冲破天（打一字）——夫"，奖品是 5 块水果糖；击鼓传花，传到了我，我朗诵了知识青年的一首豪言壮语：

一	二	三
毛主席语录怀中揣	毛主席语录怀中揣	毛主席语录怀中揣
革命干劲滚滚来	大风浪里不摇摆	心头太阳升起来
手握镰刀望全球	稳准狠打击一小撮	阳光普照万物升
革命种田志不衰	牛鬼蛇神脚下踩	朵朵忠字花儿开

【张颐武点评：大学时代的热情、友情、激情，单纯、浪漫、奔放。】

1974 年 5 月 1 日

今天是"五一"国际劳动节，学院放假一天，宿舍同学帮我拆洗了被褥。

至傍晚，我写了一篇稿子，题目是：《五四青年节所想到的》，交给板报组之后，想想又该写日记了。

为了搞好大学的"上管改"①，前些天，学校从哈尔滨市某大厂请来了一位工人老师。这位工人老师浓眉大眼，古铜色脸膛，个头中等偏上，身穿普通夹克衫，看上去既像厂级干部，又像一位车间主任。

他登上讲台讲课，声音洪亮，膛音很重，语言风趣，内含哲理，大致讲到 4 个方面的内容：

---

① 作者注释："上管改"指的是："工农兵学员上大学，管大学，用毛泽东思想改造大学。"

一、有个寓言讲：老虎不会爬树，小猫便教老虎爬树，可老虎学会之后，掉过头来却吞吃了小猫。

二、修正主义教育路线倡导"智育第一"，小孩子刚刚上学，就开始按成绩排队拔尖子。某某小学一色的高干子女，上下学有专车接送……今天大学校门应该向哪些人敞开？如今，国家从基层有实践经验的工农兵中选拔优秀人才上大学，你们身上的担子很重，"上管改"说起来容易，做起来并不容易，任重而道远。

三、有句顺口溜说：轻工业底子薄，只能生产抠耳勺；重工业待提高，不能光生产切菜刀。如今厂矿的"七·二一"大学和业余大学在全国遍地开花，工人们有机会进大学深造。某厂"七·二一"大学的学员，平均年龄接近 50 岁，显然他们一不图升官，二不图发财；某厂铸造车间的工人学员入学后大搞技术革新，但厂里的总工却不予以支持，这里面有孔老二"上智下愚"的思想在作怪。其实不是工人、农民的脑筋笨，问题的关键是文权掌握在谁的手里。【吴福辉考证："七·二一"大学，如果说这是"工农兵学员"上的那种"文革"时期的大学，你就能明白个八九不离十了。1968 年 7 月 21 日，毛泽东批转了一篇题为《从上海机床厂看培养工程技术人员的道路》的调查报告，这个批语在很长时间内被奉为革命中国重建大学的指针，文字不长："大学还是要办的，我这里主要说的是理工科大学还要办，但学制要缩短，教育要革命，要无产阶级政治挂帅，走上海机床厂从工人中培养技术人员的道路。要从有实践经验的工人农民中选拔学生，到学校学习几年，再回到生产实践中去。"这种大学后来遍地开花，如作为钢铁基地的鞍山当时竟办了 241 所"七·二一"大学，很难想象这类学校的教学设备、师资是如何匆忙解决的。普通工人仅凭贫农、中农的家庭成分和政治表现，被选进大学自然是光荣了，但学校忽视基础课程，以用代学，便会发生许多问题。后来又推行朝阳农学院的经验，手上的厚茧就是入大学的资格，更趋极端。工农兵学员高唱着《七·二一》之

毛主席语录

　　灿烂的思想政治之花，必然结成丰满的经济之果，这是完全合乎规律的发展。

贫下中农管理学校

歌进大学，还要负担改造大学的任务，看来当学生比当老师还不容易。所以后来虽也有个别工农兵学员尽管出息，但到 1980 年后就难以为继，最终停办了。】

【吴福辉考证：孔老二"上智下愚"的思想，语出《论语·阳货第十七》，是紧接着"性相近也，习相远也"一句之后说的，原文是："子曰：'唯上知与下愚不移。'"日记作者其时已深受"批林批孔"的影响，她自然是将孔子作为"封资修"里的反动封建思想代表人物来理解的，对这句话连想都不用想，即是纯粹蔑视劳动人民而已。但孔子作为中国古代伟大的思想家、教育家，并不那么简单。我们今天很容易产生下面的质疑：假如这句话不是谈人的性情，而仅仅是说上层人物都是智者、下层百姓都是愚者，不可变易，那么孔子怎么又会同时提倡"有教无类"，认为教育不应分阶级、上下、贫富、贵贱的呢？这不是矛盾吗？学界现在有人理解此语为专指人的性情、才能，人有智愚高低之分，承认天才，则是为"因材施教"提供理论依据。同样一句话，阐释不同，彼此的区别可不算小，存此以备读者参考吧。】

四、"如虎添翼"形容勇猛的老虎添加了翅膀，地上跑，天上飞，本领大得不得了。老虎添了翅膀怎么飞？飞向哪里？工农兵学员毕业以后，要成为什么样的接班人？越是艰苦的地方，越是祖国最需要的地方，就越需要新一代的知识分子去工作、去开拓。

1974 年 5 月 5 日

昨天是"五四"青年节。

为了纪念青年自己的节日，5 月 2 日下午 2 点，体育教研室把 13 个班级组织起来，搞了一次男女生混合组成的长跑比赛。我在剧烈奔跑 800

1976 年 6 月，作者毕业前照

米之后，肺、喉、鼻全是火辣辣的，尽管我们班只排在了第 8 名，但整个过程很刺激，女同学为运动员拿衣递水，男同学为运动员骑车呐喊，学院三辆大卡车前后照应，好不热闹。比赛结束后，学校给每位运动员发了一个 32 开的不很厚的笔记本，扉页上印有"纪念五四青年节"，还找来摄影师为运动员和裁判员合影留念。

5 月 4 日下午，我和几位女同学穿上朝鲜族服装，在学院礼堂登台表演了舞蹈：《天安门前留个影》和《毛主席是各族人民心中的红太阳》。【张颐武点评：为纪念"五四青年节"，学院组织长跑比赛，学生们上台表演节目，类似的纪念活动，在今天的大专院校依然在延续，这里写到的细节很热闹，让人联想到自己的大学时代。】

1975 年 1 月 9 日

安定团结，斩钉截铁

昨晚班级同学来教室投票，有 5 名同学被评为上报学院的优秀工农兵学员，我是其中之一。这让我想起自己在王家园子二队被评为优秀社员（11 名中的 1 名）；在城建局被评为市、局先进工作者和优秀团干部；如今来到大学，又获得了这项荣誉。

选举过后，党支部成员继续开会，会上分工，由我担任支部副书记。我发言说：入党三四年了，在原单位只是一名普通党员，今后担任副书记，要虚心向支委们学习，配合好支部书记的工作，认真落实毛主席"安定团结"的指示，把党支部建设成为带领全班同学捍卫毛主席无产阶级教育路线、搞好"上管改"的战斗堡垒。【吴福辉考证：1975年已是"文革"后期。日记写在这年的1月，正是这年的元旦社论传达了毛泽东"要安定团结"的最新指示。凡经过"文化大革命"岁月的人，当不会忘记两报（《人民日报》和《解放军报》）一刊（《红旗》杂志）的社论意味着什么。而发表毛泽东的最新指示又是怎样重大的事情，往往要连夜敲锣打鼓上街游行欢呼的呀。大约从1974年下半年起，毛泽东就不断地发话：8月说"还是安定团结为好"，说"无产阶级文化大革命已经八年。现在，以安定为好。全党全军要团结"。1974年10月，他在党内谈四届人大的人事安排，最后说"总的方针要团结，要安定"。文字稍有出路，可以听出背后那些没有"斗"够的人可能还嫌阶级阵线不分明，还不同意马上团结呢，所以说还是如何如何为好。可见毛泽东的指示最后是用命令的语式公布的，斩钉截铁的一句"要安定团结"，就不容分说了。此年邓小平出山后重整破碎山河，他抓住了学习理论、安定团结和把国民经济搞上去这三条，归纳为毛泽东的"三项指示"，便大刀阔斧干了起来。】

会后，支部委员、班长付丁成找我谈话，他出语直率、尖锐，常常给我留下深刻的印象。他说："当选为优秀学员，又当了支部副书记，千万不能飘飘然。你应该知道，荣誉往往是在特定历史条件下产生的，因而荣誉和一个人做工作的多少并不成正比，就像成为党员不一定就能成为马列主义者一样。因此不要把荣誉看得那么重，要探究客观事物的内在联系。"

今天下午，辅导员索老师又找我谈话，他也提醒说，当选为院优秀工农兵学员，又担任支部副书记，今后一举一动同学们都会观察、效仿，也会逐渐接触到一些比较复杂的事物，处理问题要冷静沉着。总之，要珍惜来之不易的荣誉。

1975 年 1 月 19 日

昨晚，全院教职员工、学生汇集在学院礼堂，收听"四届人大"的重要新闻。在大会主席团的名单中，很多名字为大家所熟悉，如老一辈无产阶级革命家朱德，新一辈的小英雄龙梅①，代表中有体育界的庄则栋，教育界的杨荣国、张铁生，还有知识青年的代表——侯隽、董加耕、朱克家，可谓：风流人物看今朝，英雄盛会斗志高。

收听新闻联播之后，同学们走上街头，跟着长长的不断高呼口号的游行队伍前行。大家一面观望着张灯结彩的热闹场面，一面张贴"庆祝四届人大胜利召开"的大字块，想来已经很久没有张贴过大字块了。

走了一段路程之后，我和潘文华、徐军一同返回宿舍，躺下时，已近夜晚 11 点。

【张颐武点评：这篇日记提到了很多人的名字，不可否认，他们都是当代非常有影响的人物，在这些人物身上也都深深地印刻着那个时代的痕迹。说起他们，年轻的一代或许会感到陌生，但当时他们确实红极一时。尔后，时代的变迁将这些人物如同大浪淘沙一般席卷而去，后来这些人物的命运多多少少都有些坎坷，有的甚至付出了沉重的代价。】

---

① 何镇邦注释：1964 年 2 月 9 日，年仅 12 岁的内蒙古自治区蒙古族少女龙梅和她的年仅 9 岁的妹妹玉荣，在替父亲放牧集体的羊群时遭遇暴风雪。为了保护羊群，她们与暴风雪搏斗了一天一夜，舍生忘死保护集体的羊群。当年 3 月，内蒙古自治区党委授予她们"草原英雄小姐妹"的光荣称号。

1975 年 2 月 3 日

因放了寒假，我和在清华大学念书的振西弟都回到了家里。兰玲姐为我们弄到了不少的演出票，我和振西弟一起看了两场，自己单独看了一场。线路器材厂的坐唱《小三订婚》；四平师范学院的话剧《办学》；育红小学的朝鲜族舞蹈《支农》（表演的是朝鲜族社员学大寨的事迹）；医药站演出的相声《只因我缺少两根弦》（"两根弦"指的是阶级斗争和勤俭节约。有句台词是：由于我缺少两根弦，因此出门就欠钱）；电影院演出了《八大员》；联合化工厂的舞蹈《人老心红》；有三四岁孩子拉的手风琴，也有盲人演奏的单弦和二胡独奏。

1975 年 3 月 3 日

今天，班级党支部组织党员活动，学习新出版的文集——《论林彪反党集团的社会基础》，作者姚文元。

文章很长，犹如一颗重型炮弹，向林彪反党集团猛烈开火：

"林彪一类的阶级本质是什么？林彪反党集团产生的社会基础是什么？把这个问题弄清楚，对于巩固无产阶级专政、防止资本主义复辟，对于坚定地执行党在社会主义历史阶段的基本路线，一步一步地造成资产阶级既不能存在也不能再产生的条件，无疑是十分必要的。"

【吴福辉考证：日记作者读了"四人帮"的笔杆子批判林彪集团的文章，其中说及林彪违背了这条"基本路线"。以今日青年读者的角度看，是够匪夷所思的。因为这条路线本身就是错误的，"四人帮"是错误的，林彪也犯了大错误，那还谁批谁呢？这条"基本路线"自 1962 年由毛泽东在

8月北戴河中央工作会议和 9 月党的八届十中全会上提出，后写入党的九大政治报告和文件中，其形成的历史追溯起来，足可以写一本书或很多本书。其文字有毛泽东理论表述风格，是自成体系的，大致如下："社会主义社会是个相当长的历史阶段。在社会主义这个历史阶段中，还存在着阶级、阶级矛盾和阶级斗争，存在着社会主义同资本主义两条道路的斗争，存在着资本主义复辟的危险性。要认识这种斗争的长期性和复杂性。要提高警惕。要进行社会主义教育。要正确理解和处理阶级矛盾和阶级斗争的问题，正确区别和处理敌我矛盾和人民内部矛盾。不然的话，我们这样的社会主义国家，就会走向反面，就会变质，就会出现复辟。我们从现在起，必须年年讲，月月讲，天天讲，使我们对这个问题，有比较清醒的认识，有一条马克思列宁主义的路线。"这条"基本路线"的内容，对社会主义阶段的阶级、阶级矛盾和阶级斗争的形势估计是过于夸大了。最要害的是，依据这一"基本路线"，阶级斗争和无产阶级专政在社会主义内部不但不会逐渐消亡，反而越演越烈，发展到"文化大革命"，终于登峰造极。】

无产阶级专政万岁

"林彪反党集团代表了被打倒的地主资产阶级的利益，代表了被打倒的反动派推翻无产阶级专政、复辟资产阶级专政的愿望。林彪反党集团反对无产阶级文化大革命，对我国无产阶级专政的社会主义制度怀着刻骨的仇恨，诬蔑为'封建专制'，咒骂为'当代的秦始皇'。他们要使地、富、反、坏、右'政治上、经济上得到真正解放'，即在政治上经济上变无产阶级专政为地主买办资产阶级专政，变社会主义制度为资本主义制度。作为力图复辟的资产阶级在党内的代理人，林彪反党集团向党和无产阶级专政进攻达到了很疯狂的程度，直到搞特务组织和策划反革命武装政变。"

"我们看到了林彪在政治上、思想上破产以后，怎样像一个亡命的赌徒一样想把无产阶级'吃掉'，孤注一掷，直到叛国投敌。毛主席、党中央非常耐心地教育、等待、挽救，也丝毫不能改变他的反革命本性。这都反映了无产阶级专政下无产阶级同资产阶级两大对抗阶级的生死斗争，这种斗争会继续一个很长的时期。"

【张颐武点评：林彪事件已经过去了很多年，但文章的作者仍然反复地挖掘、解说"林贼一伙"得以生存和进行阴谋活动的社会根源。在长篇大论的"挖掘"的背后，似乎透露出某种文化的僵化和刻板。】

1976 年 1 月 9 日

周恩来总理

昨天上午 9 点 57 分，敬爱的周总理去世了。

那年夏天，母亲去省城长春开会，见到了周总理的夫人邓颖超及省妇联诸位领导，还拿回了一张大照片。之后，这张镶有玻璃镜框的大照片，在父母的卧室里一挂就是几十年。

那是一个星期日，母亲正在卧室里洗衣服。突然，母亲抬高嗓门儿喊道："好噢！说得好噢！我们支持噢！"我斜身一看，见母亲的脸上洋溢着一种爱，那是一种因见到什么人或听到什么人的声音而发自内心的爱。侧耳聆听，原来收音机里正在播放周总理在一次庆典活动中的讲话。

周恩来，江苏淮安人，中等个头，端庄清秀，举止文雅，从南昌起义至抗日战争时期；从解放战争时期至新中国成立以后，无论是国际形势的剑拔弩张，还是党内形势的错综复杂，面对困难和艰险，周恩来总是镇定、从容、乐观，应对自如，仿佛就是为了解决人间危难才来到大千世界的。

世人对周总理的热爱，似乎超越了政见、国界和意识形态。据讲重庆谈判时，连宋美龄都深表遗憾地说："我们国民党里怎么就没有周恩来这样的人才?!"①

去年冬天，北京看似风平浪静，但大学校园里却暗流涌动。一天，一位学生干部煞有介事地对我说："赶快销毁！不可迟疑！否则追查到谁，谁后果自负！"

"赶快销毁"，指的是周总理在私下场合里的一次谈话。谈话中，周总理非常怀念战争年代为党为国捐躯的战友，尤其提到了恽代英生前曾经对他说过的话。【何镇邦考证：恽代英（1895—1931），无产阶级革命家，中国共产党早期青年运动倡导人之一。又名蘧轩，字子毅，原籍江苏武进，出生于湖北武昌，中华大学毕业，是武汉地区五四运动主要领导人之一。1920年创办利群书社，后又创办共存社，传播新思想、新文化和马克思主义。1921年加入中国共产党，1923年任上海大学教授，同年8月被选为中国社会主义青年团中央委员、宣传部部长，创办和主编《中国青年》杂志，培养和影响了整整一代青年。1927年参加南昌起义和广州起义，1928年以后，在党中央宣传部工作，1930年在上海被捕，1931年4月英

---

① 何镇邦注释：宋美龄同周恩来的接触与交锋，时间最多一次是在1936年的西安事变。1936年12月12日，张学良、杨虎城二将军出于爱国热忱，一举扣押了蒋介石，爆发了震惊中外的西安事变。此后，宋美龄在宋子文陪同下飞抵西安，寻求事变的和平解决，并尽快释放蒋介石。当时，周恩来代表中共介入谈判，最终促使事变和平解决，继而促成了抗日民族统一战线的建立。周恩来超凡的风度和谈判艺术让宋美龄甚为折服。到了重庆谈判的时候，宋美龄大发感慨也就顺理成章。

勇就义，时年 36 岁。】这个谈话真伪难辨，但广为流传，同学中你抄他，他抄你，我也抄了一份。

"莫非周总理出了什么问题?!"因为害怕，回到宿舍，我找出那篇文章，撕碎后丢进女厕所的便池里。如今一看，十里长街送总理，国家重视，人民热爱，后事庄严、隆重，又后悔当初不该轻易毁掉那份材料。【张颐武点评：回首 1976 年，重大事件可以说是一件接着一件，为此，中国人民经受了巨大的磨砺与考验。在这篇日记里，作者以一个普通大学生的身份记下了当时的蛛丝马迹和周总理去世后的所思所想。此类文章极不多见，具有较高的"心灵诉说"的史料价值。】

1976 年 3 月 23 日

今天我走进工宣队的办公室，主动与分管暖通二班的赵师傅谈话。

我讲道："近来我班党支部改选，原来我任支部副书记，在前不久进行的支部改选中，有个别党员背后搞了手脚，造成我的票数刚够半数，也就是说只差一票没超过半数，我被人从支部里剔出来了，为此心里很不痛快。"

赵师傅笑了："如果是自己主动要求的，心情就会好得多。"

我说："我看谁阴坏，就不想跟他说话，即使走个对头碰，也不理他；偶尔碰上几位追随者，就用眼睛瞪他们。"

赵师傅问："班里同学的年龄组合是怎么一个情况?"

我说："年龄最小的 19 岁，大的接近 30 岁。"

接下来，他问到我入党的时间、地点和家长的情况，最后又问到票数刚够一半，补选工作为什么没往下进行，系里领导又是如何表的态。

在了解了大致情况后，他说："我刚来学校工作，对班上的情况不是很了解。从谈话中看，你很开朗，敢想敢说敢为。青年人的胸怀要宽广，出现问题不要过于悲观，毕业以后走向社会，工作的时间还长着呢，肯定还会碰到哭鼻子的事儿。今年我 40 岁出头，经历过很多挫折，相比之下，你这点挫折，实在不算是什么挫折。今后如果不再担任支委，但毕竟还是一名党员，还要配合新的支部做好工作，这样我们的威信不但不会降低，反而会提高。"

赵师傅的话让我看到了工人阶级的觉悟和水平。

1976 年 3 月 26 日

昨晚我在 309 房间与暖通一班的王淑卿、黄阿密两位女同学聊天。我发现一班的党支部书记王淑卿为人很好，成熟、正义、知识面广；黄阿密的性格在某些方面与我相像，比如她喜欢读书和探讨问题，阐述问题直截了当，观点大胆、鲜明、有锋芒。

我们三人谈到对未来的憧憬，谈到托尔斯泰的作品《安娜·卡列尼娜》。

今晨在走廊里，我和黄阿密走了个对头碰，她见我手里拿着一本《俄罗斯作家的故事》，便对我说："没事儿常过来聊聊，你走后还感到挺冷清的。"

我笑着说："我也愿意跟你们聊！"

1976 年 4 月 3 日

临近毕业，来哈市北方大厦实习已有两周了。3 年来，我与潘文华同寝朝夕相处，感情甚佳，这次实习又有幸分到了一起。

北方大厦的伙食很好，中午几乎顿顿有肉，价钱也便宜。记得第一次通过大厦的大门，那个大大的玻璃门不停地旋转，它可不管你，你只能适应它。等小心翼翼地通过大门，乘电梯上9楼，上去后，心脏忽悠忽悠地往下沉，等电梯门一打开，进来了一拨人，再一打开，9层楼就到了，真是太神奇了！

中午在地下室大餐厅就餐，大厅内你来他往，热热闹闹，隔壁有个休息室，可以下棋，墙角处有诸多个小格子类的信箱，不远处还摆放着各省的报纸和杂志。

我们每天在大厦的锅炉房搞测试，一天下来，头发、脸颊、鼻孔尽是灰尘，洗澡后浑身顿感舒适和轻松，想想锅炉房的那几位师傅，常年与煤尘打交道，真是不容易。

带我们实习的董珊老师乐观风趣、动手能力特强，他看见炉里的链条坏了，就敢跳下去修，手扶钢条和工人一起干；由他批条子，我们5位同学每人每天可得到三毛钱的补助费。

1976年4月12日

7日下午，学院通知毕业班在外实习的同学全部返校。

至晚，全院师生在学院礼堂收听了"天安门广场反革命政治事件"的广播，内容带有重大的政治性，看来就要开展"反击右倾翻案风"了。【何镇邦考证：在1976年4月的清明节前后，北京市民及广大群众聚集于天安门广场，悼念刚刚逝世不久的周恩来总理，人民英雄纪念碑前放满了花圈。至清明节这一天，悼念活动达到高潮，广场上聚集群众达200万之多，花圈2000多个，而且还写有很多悼念周总理的诗词。很快，这一悼念活动被定性为"反革命政治事件"，诬陷邓小平是"事件"的总后台，

并做出决议："撤销邓小平党内外一切职务，保留党籍，以观后效。"】

邓小平的以"三项指示为纲"① 是修正主义的纲领。这个纲领反对以阶级斗争为纲，宣扬"唯生产力论"，否定"文化大革命"，为全面复辟资本主义开辟道路。

明日 10 点，我们将参加全院的声讨大会，接下来系里也要开会，班长让我写稿子准备代表班级发言。

昨天 5 点我就起床了，除吃饭用去半小时外，从食堂回来一气写到 9 点多，先写发言稿，之后给母亲写回信。**【张颐武点评："反击右倾翻案风"在当时很不得人心，从这篇日记中我们可以看出：在离首都北京相对偏远的一所大学的校园里，理工科的学员们依旧可以感受到"反击"和"声讨"带给他们的冲击。】**

1976 年 4 月 26 日

昨天过了一个很有意义的星期日。

上午参加扒炉灰劳动，扒得全身都是灰，午饭前又测了四五次水温。午饭后回寝室休息，下午又去了锅炉房。刚走近扒灰处，忽然发现连接锅炉的一个大阀门坏了，水哗哗地流向炉内的大链条。我顾不得别的，赶紧踩着铁板梯上二楼叫人。有位老师傅出来一看，动作迅速而麻利。他很有办法，手拿一把大钳子，拧巴拧巴就把水止住了。等他停下手里的活，仰脸跟其他师傅说，这起事故非同小可，刚才上楼时还好好的，没几时就出事了，要不是女大学生及时发现，等水漏尽了，锅炉里的管子被烧坏，四

---

① 何镇邦注释：1975 年春季，邓小平主持中央工作以后，汇集多方面意见，提出了"学习理论反修防修、安定团结、把国民经济搞上去"，又称三项指示。"以三项指示为纲"，后被指责为"修正主义的纲领"。

面的锅炉墙就有坍塌的危险，到时候写多少份检查都来不及。

快下班前，这位老师傅主动走过来向我讲解锅炉的性能。讲着讲着，抬头见一位管事的人从铁板梯上走了下来，忙大声喊道："今天这事，是她最早发现的。"

1976 年 5 月 6 日

在北方大厦，由于实验数据不一样，对风量的计算产生了差异，我与崔启刚同学产生了一次争论，争得面红耳赤，总算没有掰脸。自从与秦兰怡老师、荣大成老师和工宣队赵师傅谈话后，又接到母亲批评的来信，现在我要求自己尽量心平气和地对待、处理不同的意见。

现已劳动 3 天了，有时我也算"带病"（带着例假）爬进爬出大锅炉，但情绪一直很高。每日与大厦吕、郭、逢、孙、董等师傅接触，干累了就与工人们一起休息，休息时听工人们聊天，感觉他们的语言与在校的老师截然不同：

"那天为了心中那个他，那女人哭得眼泪圈套圈。"

"那可没办法，找对象嘛，可不谁的眼皮大就找谁。"

"歇得差不多了，咱们起来干吧！"

"忙个啥嘛，有劲悠着点使，一旦过了力，屎都拉不出来。"

听着听着，我禁不住偷偷地笑个不止。

1976 年 5 月 20 日

今晚班里组织学习《人民日报》5 月 16 日的社论：《文化大革命永放

光芒》，副标题为："纪念中共中央一九六六年五月十六日《通知》十周年"。

文章说，在"反击右倾翻案风"的斗争中，毛主席指出："搞社会主义革命，不知道资产阶级在哪里，就在共产党内，党内走资本主义道路的当权派。走资派还在走。"

"资产阶级就在共产党内"的科学论断，是对马列主义的新发展，为我们在无产阶级专政下继续革命指明了方向。文章认为，混进无产阶级专政机构内部的党内走资派，掌握着党和国家很大一部分权力，他们可以把无产阶级专政的工具变为对无产阶级专政的工具，因而搞起复辟来，比党外资产阶级还厉害……只要阶级、阶级矛盾和阶级斗争还存在，资产阶级和国际帝国主义、修正主义的影响还存在，走资派还在走，将是长期的历史现象。

记得去年冬天，大致是在 11 月份，当时"反击右倾翻案风"还没有打响，同学中流传着："快要恢复考试制度啦！"

几乎与此同时，一位学生干部对"教育也要全面整顿"表示质疑。他在准备大会发言稿时指出：工农兵学员上管改①对不对？开门办学②对不对？朝阳经验③该不该学，指出工农兵学员不单单要上大学，管大学，还要用毛泽东思想改造大学。

后来学院审稿时认为：这部分内容要删掉，因为全面整顿的话是邓小平说的，不宜公开质疑。可是到了发言的那一天，这位学生干部并没有删。

转眼到了 1976 年的 2 月 24 日，《人民日报》公开发表文章说："什么'以三项指示为纲'？安定团结不是不要阶级斗争，阶级斗争是纲，其余都是目。"

---

① 王海泉注释："上管改"，是"上大学，管大学，用毛泽东思想改造大学"一语的简称。

② 王海泉注释："开门办学"，指离开学校到社会实践中搞教学。

③ 王海泉注释：1975 年 12 月 13 日《人民日报》发表短评，肯定了辽宁省将沈阳农学院搬到朝阳、铁岭等四个地区分散办学，实行"社来社去"。由于《人民日报》的肯定，使之一时成为大学校园可借鉴的经验和样板。

1976 年 8 月 3 日

7 月 28 日 3 时 42 分，河北唐山、丰南一带发生了强烈地震，地震波及到了天津和北京。

昨天，《人民日报》发表了社论：《英雄的人民不可战胜》。社论说："毛主席教导我们：'这个军队具有一往无前的精神，它要压倒一切敌人，而决不被敌人所屈服。'这次严重的自然灾害考验和锻炼了我们的人民。灾区群众和干部，泰山压顶腰不弯，灾难临头无所惧。他们发扬人定胜天的革命精神，斗志昂扬，信心百倍，迅速组织起来，抢救人民的生命财产，千方百计地安排群众生活，积极地恢复生产和交通运输，向严重的自然灾害展开了坚韧不拔的斗争。"

社论给全国人民以极大的鼓舞——有党在，有毛主席在，有社会主义祖国在，人定胜天，你来一场地震，我来一场革命，任何艰难险阻也阻挡不了中国人民前进的步伐。

1976 年 7 月 28 日，河北唐山、丰南一带发生了强烈地震。

母亲又来信了，也许是做女儿的一种天性和本能吧，读着读着眼泪就下来了，过了一会儿，又笑出声来。让我感动的是母亲对女儿的一片深情，笑的是贫雇农出身的母亲，叙事质朴、较真、净说大实话。

我无法想象，生活中一旦失去了母亲，我将会变得怎样？

1976 年 8 月 6 日

近日，我们对北方大厦往复推动锅炉进行了第 3 次测定。头两次测定，用的是 28 元／吨的六级煤，最后一次用的是劣质煤。每次测试后，都要将数据拿到化验室进行化验分析，之后再进行理论计算。

傍晚时分，我在回宿舍的路上碰到了暖通专业的于立强老师，我向他请教了"风帽阳力"的基本原理，问后心情极为舒畅。

1976 年 8 月 13 日

7 月 28 日 3 时 42 分，自唐山、丰南一带发生强烈地震以来，中央人民广播电台一天也没有间断过对抗震救灾的报道。这些天来，我早晨起床后，一直留意听广播，李玉林这个经过朝鲜战火和文化革命风暴洗礼的钢铁战士，地震中，他惨失二十几口亲人，遭受如此大的损失和打击，他没掉一滴眼泪，然而就在中央慰问团到达唐山宣读慰问信的时候，当念到中央首长问候语的时候，李玉林这条硬汉，再也按捺不住自己的情感，眼里流出了滚烫的泪水。

一个小姑娘已被压了两天一夜，当亲人解放军来救她的时候，她说："解放军叔叔，你们先吃饭吧，等吃了饭有了力气再来救我……"听到这里，我的眼泪夺眶而出。

1976年8月23日

8月18日那天，我以三次测定的数据为依据，理论联系实际，把30多页的锅炉热力计算书讲给董珊老师、锅炉房的各位师傅和4位同学听。因事前做了充分的准备，一通讲下来，仿佛成了锅炉的行家里手，一跃踏上了好几个台阶。

昨天我们在哈市铆焊厂又度过了紧张的一天。我配合王新一同学，对铆焊厂立式蒸汽炉进行了最后一次计算校核，然后正式向厂方提出了修改意见。尔后工人们调换了风机，加大了二次风管的通风面积，炉内又增加了一层耐火砖，抽掉风板后，炉栅由100多毫米升至200毫米。经再次测定，蒸发量、气化强度、热敏率都达到了设计标准，性能得到显著提高。

在没掌握立式蒸汽炉的规律之前，觉得蒸汽炉里尽是超热度的蒸汽，充满着爆炸和烫人的威力，想想既神秘又可怕。如今，当你一旦掌握了它的原理，反过来它就会乖乖地服从你的调动和指挥。"噢！蒸汽炉原来是这么一个东西！"一种快感便在心中油然而生。

朱、卢两位师傅一个是七级工，一个是八级工。7月份天气炎热，他们身穿打

将数据进行化验分析：左一为王新一同学，右一为本书作者。

补丁的工作服，一直在岗位上忘我的持续性的操作。相形之下，自己显得娇气得多。

昨天在测试现场，铆焊厂的周书记、李技术员还请来照相馆的人为厂校两方人员现场拍照。

1976 年 8 月 24 日

两天来，吃到了四顿大鱼大肉的饭，喝了两次啤酒。期间，从一张报纸上看到一篇小短文，题目是《限制资产阶级法权——评吃得开》，文章说："一些人把党和人民赋予的权力作为捞取个人私利的本钱，一吃就开门，越吃越开门，把金钱、礼物置于革命原则之上。这种庸俗的礼尚往来，不过是你给我一点'好处'，我再给你一点'好处'，现在给你一点'好处'，正是为了将来你给我更大的'好处'，'投之以桃，报之以琼瑶'……说穿了，所谓'吃得开'，就是靠'吃'来开路，吃到嘴里确实香，喝进肚里确实甜，但吃掉的是社会主义的制度，吃倒的是我们革命队伍中的人，呼走的是一种崇高的革命精神，腐蚀的是我们的战斗意志。如果让资产阶级法权任意扩大和发展，把渗透了资本主义商品交换的铜臭味搬进党和国家的政治生活中来。那么，人与人的关系就浸入到冰冷的利己主义之中，变成了赤裸裸的金钱交易。"

看完之后，心里直打鼓，我们是在校的工农兵大学生，如今去工厂开门办学，厂里为我们提供的伙食那么好，我们该不该出面抵制呢？可是放下报纸，翌日再去厂里，一忙起来，便将"评吃得开"的话抛到脑后。待餐桌前坐定，厂里摆什么，我们就吃什么。心想：厂领导是出于感谢之意才为我们改善伙食，再说有董老师在，当学生的少事。【张颐武点评：这段日记写得很有意思，讲到了当时主流社会所提倡的"限制资产阶级法权"。可是后来当作者把这一理论运用到实际生活的时候，却遇到了思想上的"顽强抵抗"，最后一句"当学生的少生事"恰恰就说明了这一点。】

1976 年 8 月 30 日

经过两天精心的准备，今天上午，我在毕业班大会上最后一个发了言，从 12 点讲到 12 点 45 分，题目和内容都是围绕实习和开门办学。上讲台前，我瞥见二系的荣大成老师和工宣队的赵师傅都坐在第一排。今年年初我分别找他们谈过话，临近毕业，我有幸向二系的系领导、老师和工人阶级的代表作汇报，心里感到十分激动。

在此之前，顾国强也代表给排水 73—2 班发言，题目是"开门办学了还要继续前进"。文章写得很好，得到与会老师和同学们的掌声，他的"节外生枝"的观点阐述得非常精彩。

会后孙院长把我叫住，边走边询问发言中涉及的一些内容。他问得很细，听得也很认真，聊着聊着，便把发言稿要去了。

1976 年 9 月 9 日

黑压压的人群哭声一片

今天下午 4 时整，全院师生汇集到学院的大礼堂，集中收听中央人民广播电台的广播。当广播员用十分低沉的语调说道："我们伟大的领袖毛泽东主席……"此语一出，大礼堂黑压压的人群顿时哭声一片，上千人就像同时痛失亲人似的，哭声跌宕不止，一浪高过一浪。尽管在今年的 1 月

8 日和 7 月 6 日，中央也报道过周恩来总理和朱德委员长先后去世的消息，但毛泽东主席的逝世，依然如晴天霹雳，让全院师生员工感到无比的震撼和惊愕。

1976 年中国多灾多难，9 个月之内，三位伟人先后去世；1976 年 4 月，发生了天安门事件；7 月唐山又发生了强烈地震……

毛主席对我们这代人的影响巨大而深远。晚上躺在床上，我回忆起 1966 年两次见到毛主席的情景，脑海里翻腾着《西行漫记》和《漫长的革命》中的内容，还有政治学习笔记里记载着的毛泽东的许多光辉思想，现在中国人民永远失去了他。

1976 年 9 月 11 日

昨天上午走在街头，黑龙江省委和院党委的通知不时在脑海中回响，眼泪不禁刷刷地往下掉。环视四周，所有的行人仿佛都沉浸在悲痛之中，大地变得无声无息。

今天下午党小组活动，党员们一致表示：毛主席是我党我军我国人民的伟大领袖，是国际被压迫人民被压迫民族和国际共产主义运动的卓越领导人，是劳动人民的大救星。我们要化悲痛为力量，更高地举起马列主义的旗帜，更高地举起无产阶级专政下继续革命的旗帜，更高地举起国际共产主义运动的旗帜，将伟大领袖毛主席领导的革命事业进行到底！

晚饭后，全班同学精心地扎着小白花及大小各式的花圈。扎花期间，朝鲜族同学宋昌镇走过来对我说："新蚕同学，毛主席将永远活在我的心里。我是在贫穷家庭里长大的孩子。旧社会，父母过着暗无天日的悲惨生活，1949 年终于盼来了大救星。我要好好学习，听毛主席的话，跟共产党走……"他汉语不甚流利，但语言和表情却真挚动人，感人肺腑。

1976 年 9 月 13 日

昨晚 8 时许，我和王淑卿从街上回来，她让我看了她男朋友的来信："主席逝世的消息传来，我的心像撕碎了一样难受。在革命需要他的领导、航程需要他来掌舵的时候，他却与我们永世长辞了。谁能想到、谁又愿意想到他的逝世会来得这么突然。这个意外让中国人民遭受了巨大的打击。我们是党的孩子，要忠诚于党的事业……"看着看着，眼泪刷地一下又流了出来。

今天下午 12 时 10 分，同学们集合去了哈尔滨市车辆厂。在那里，我们瞻仰了 1950 年毛主席曾经视察过的两个车间。

1976 年 9 月 19 日

昨天吃过早饭，全院师生在学院操场集合。至 10 点 20 分，以系为单位，教职员工和学生们排着整齐的队伍，步行去 8 区参加 50 万人的追悼大会，沉痛悼念伟大领袖毛主席。

回来后翻看《参考消息》，有一篇文章这样写道：

毛泽东主席的逝世，翻过了半个世纪世界史的一页，意味着 20 世纪的结束。他的逝世让世界感到了空虚，他的名字和他领导下取得的成就是一同义词；他的谦虚正是他的伟大，也是全心全意为人民服务的典范，和他谈话能够得到智慧和教导；他不单单是大批游击战士的指挥员，也是一个对马克思列宁主义勤奋好学的人；在长征中，他和他的成员是经受了失败和饥饿考验的战士，他生活的简朴是革命家普遍、共同的特征。

各族人民热爱毛主席

1976年9月26日

今天是我大学生活的最后一天。

几天来过得异常紧张，一连三天，每晚仅睡四五个小时，可不知为什么，并不觉得困乏。

19日晚，我们在北方大厦实习的5名同学，一起去了董珊老师家，并在董老师家合影留念。

23日，男同学主动帮助女同学捆绑行李和箱子。至下午1时半，哈尔滨建筑工程学院二系暖通73—2班的全体同学合影留念。在回来的路上，朝鲜族同学宋昌镇的话又拨动了我的心弦："新蚕同学，我们就要分别了……我立志做一个像毛主席那样的共产党员……"

下午同学们顺利地办理了离校手续，根据地方学员哪来哪去的分配原则，我将分回原单位——吉林省四平市城建局。

1976年9月28日

三年的大学生活结束了。【张颐武点评：在本篇日记中，作者对大学生活作了认真的总结，从以下的述说中我们可以看到她大学生活的步履和侧影，以及作者对当代生活的关注点，读来别有一番意味。】

3年（1973年10月至1976年9月）的时间不算长，但无论从思想、学业、身体等诸多方面，都已发生了深刻的变化：

1.尝到了革命革到自己头上的痛苦，不再那么单纯和幼稚。

2.大学3年，有计划地支配了时间，先后阅读了《马克思的青年时代》《钢铁是怎样炼成的》《西行漫记》《叶尔绍夫兄弟》《第三帝国的兴亡》《胶

1980年11月28日，审判江青、林彪两个反革命集团。

1980年11月，审判江青、林彪两个反革命集团。

东纪事》《艳阳天》《列宁回忆录》《列宁家书集》。这些书籍改变着我的精神世界，并将对自己产生深远的影响。对于《国家与革命》等马列主义的书，今后还要抓紧时间系统深入地读。

3. 专业课的学习填补了入学前的空白，下工夫最大的是锅炉课，采暖与通风次之；在开门办学中，北方大厦和哈市铆焊厂的锅炉改造，收获颇丰。

4.3 年中，作过 4 次大小会发言，①评儒法斗争中的秦始皇；②在能容纳几百人的大教室里，代表班级作"反击右倾翻案风"的发言；③向老师、同学、司炉师傅汇报分析测定数据；④在毕业班大会上做毕业实习（开门办学）的总结汇报。

5.3 年来，与母亲、家人、对象及数位男友通信颇丰。据统计，自 1976 年 2 月至 9 月，历时 8 个月，先后接、寄书信共 110 封信，平均每月 13 封。【张颐武点评：将全年寄出和收到的信件的多少作以统计，女性的细腻与执著跃然纸上。】

6.3 年来一直入围学院短跑运动员前两名之列，在哈市高校运动会上，除了接力有名次外，其他各项皆无，在体育课上学会了滑冰和游泳。3 年来，身体没得过什么大病，也较少感冒，只是在毕业前夕的实习阶段，得过一次重感冒。

7.3 年来，家庭状况悄然发生了重大变化——父母亲重新走上领导岗位，父母的社会地位和每月的收入使 11 口人的大家庭得以幸福地运转。大姨、大姨夫仍强壮有力，为家庭生活提供着可靠的保障。兰玲姐、兰藕姐均结了婚，很快又都有了孩子，家庭成员多出了 4 口。兰玲姐、兰藕姐、我、振西弟、新兰妹先后加入了中国共产党，振西弟还考取了清华大学水利系研究生，新兰妹上山下乡后担任了生产队的女队长。【张颐武点评：从本篇日记中，我们可以阅赏到那个时代人们思考问题的出发点，以及青年大学生执笔抒情时的写作风格与语言特色。】

1976 年 10 月 8 日

今天正式报到上班。

四平市城建局的局长已变为王伯平，一个很有修养、很受人尊重的老同志。

到局机关后，王伯平局长接待了我。他先问我有什么想法，我说组织送我学习了三年，刚刚毕业，个人没有挑选岗位的权利，无条件地服从组织分配。

"三年的学业不可荒芜，"王局长笑了，那是一种理解和满意的笑，"先到局属建筑设计室去工作，要坚持政治挂帅，起到共产党员的先锋模范作用。"

回来的路上，心情是愉快舒畅的，看到机关领导和政工口同志们的热情态度，往事历历在目，激励自己更快地投身到工作中去。

1980 年 5 月 17 日，刘少奇追悼大会现场。

1976 年 10 月，
群众聚会游行，
庆祝打倒"四人帮"。

1980 年，江青、张春桥在被告席上。

1976 年 10 月 21 日

10 月上旬,中共中央一举粉碎了"四人帮",王洪文、江青、张春桥、姚文元被逮捕。同全国各地一样,近来四平市也举行了规模盛大的集会庆祝活动,成千上万的群众走上街头,欢呼粉碎"四人帮"这一具有历史性意义的伟大胜利。

有人称,逮捕"四人帮"是上层发生的惊心动魄的大事变。文化大革命持续了 10 年,"四人帮"的命运天上地下。粉碎"四人帮",标志着中国历史就此翻开了新的一页。

1976 年 11 月 29 日

11 月 6 日,裴爱华从长春返回了四平。眨眼间,他 24 天的假期就要到了。由于他父亲是多年卧床的老病号,家里子女又多,家庭生活一直非常困难。白天,他要去建筑工地干苦力,成年男子每人每天可挣 1 元 8 角 6 分,妇女每人每天可挣 1 元 3 角 2 分。月底开资后,他一分不差,全部交给他的母亲。

作者男友裴爱华照于 1973 年

白天他出工干活,晚上与我一起散步、交谈,可以说期待中的美好憧憬逐渐成为了现实。上周日,轮到我在单位值班,这一天,他没去工地干活,我们在设计室得以长聚长谈,双双陶醉在无比兴奋和时间如飞的快感之中，恋爱令男女双方精神焕发，力量倍增，至深夜仍激动不已，久久不能入寐。【张颐武点评：对于个人的谈情说爱，作者在此篇做了简短而细腻的描述。其实青年人的感情世界从来都是丰富多彩的，即使是在刻板的约束力极强的年代，也同样难以压抑她们的青春之火和对新的生活的向往。】

今天又是周日。继雷作仁大姐夫冬季招兵来四平之后，牛建文二姐夫也公出来到了四平。两位姐夫都是共产党员，又都是营职军人，且长相个头都说得过去。整整一天，父母亲一直很高兴，全家人沉浸在和谐与欢快之中。

责任编辑：王世勇　吴继平

版式设计：杜维伟

图书在版编目（CIP）数据

家国十年：红色少年日记/张新蚕 著 . —北京：人民出版社，2018.8

ISBN 978 - 7 - 01 - 019027 - 3

I.①家…　Ⅱ.①张…　Ⅲ.①纪实文学 - 中国 - 当代　Ⅳ.① I25

中国版本图书馆 CIP 数据核字（2018）第 042684 号

家国十年

JIA GUO SHINIAN

——红色少年日记

张新蚕　著

人民出版社 出版发行

（100706　北京市东城区隆福寺街 99 号）

北京中科印刷有限公司印刷　新华书店经销

2018 年 8 月第 1 版　2018 年 8 月北京第 1 次印刷

开本：710 毫米 × 1000 毫米 1/16　印张：22

字数：293 千字　印数：0,001 - 6,000 册

ISBN 978 - 7 - 01 - 019027 - 3　定价：78.00 元

邮购地址 100706　北京市东城区隆福寺街 99 号

人民东方图书销售中心　电话（010）65250042　65289539